WITCH AND MERCENARY

# 마녀와 용병 2

**초호키테키 카에루**
CHOHOKITEKI KAERU

illust. 카나세 벤치

CONTENTS

ER

현상금 사냥꾼

# 라이카 리우론
*Lyka Liullonne*

형씨, 머리는 괜찮아?
나는 살인이나
즐기는 놈인데?

H

ARY

부족을 대표해서
그대의 도움에 감사를.
백뢰희

등급 모험가

클로즈
*Glows*

# 이사나 게이혼
*Isana Gayhone*

시, 시어셔 왔구나! 아니, 이건 말이지.

——흘끔.

식은땀을 흘리며 변명하려던 베이츠의 입을 그 눈빛만으로 막았다.

베이츠는 얼어붙은 듯이 굳어버렸다.

시어셔는 개의치 않고 느긋한 걸음걸이로 지그의 옆으로

다가가 어깨에 손을 얹더니, 얼굴을 들여다보며 빙긋 웃었다.

아름다운 그녀의 얼굴에 꽃과 같은 미소가 피어났다.

하지만 그것은 미소와 사뭇 다른 인상을 주었다.

……빨리 왔군. 일은 어떻게 됐지?

시어셔의 눈을 보지 않고 목소리를 쥐어짜냈다.

그 목소리가 쉬지 않은 것은 심상치 않은 지그의 담력 덕분이었다.

와다츠미 소속 6등급 모험가

## 세츠 미하바리
*Seeez Mihabari*

강했어요. 지원이 없었으면
당했을 거예요.

응, 엄청났어.
절대 못 이길 것 같아.
나랑 나이차도
별로 안 나 보이는데⋯⋯.

WITCH
AND
MERCEN

와다츠미 소속 6등

## 밀리나
*Milyna C*

# 마녀와 용병

WITCH
AND
MERCENARY

**2**

**초호키테키 카에루**
CHOHOKITEKI KAERU

illust. 카나세 벤치

일러스트 — 카나세 벤치

결국 사람은, 장소와 환경이 바뀐 정도로는 쉽게 바뀌지 않는 걸지도 몰라.

이전에 용병단 동료가 술과 자신에게 취해 그런 소리를 했었는데, 결과적으로 그 말은 반은 맞고 반은 틀렸다.

시어셔는 처음 만났을 때에 비하면 많이 바뀌었지만, 자신은 그다지 바뀐 것 같지 않다. 이 차이는 분명 스스로 바뀌려고 하는가 하는 의지에서 비롯된 걸 거다.

흔해빠진 말이지만, 본인 하기 나름인 것이다.

그런 생각을 하던 지그는 시어셔와 함께 앨런 일행이 말한 가게로 향했다.

지난번 특정 마수 토벌 관련 소동 당시, 예상치 못한 사태가 발생하여 지그는 앨런의 의뢰를 받아 그의 동료를 구했다. 그 답례와 보수를 받을 겸 식사를 얻어먹기로 한 것이다.

일을 마친 다음날도 그들은 길드에 보고하느라 정신이 없어 보였지만, 그것도 드디어 일단락이 된 듯했다.

지그 일행이 가게에 도착해보니, 그는 성실하게도 밖에서 기다리고 있었다.

"여어, 지그, 시어셔 씨. 수고가 많아."

"수고가 많으세요."

"오자마자 미안하지만 갈까. 가게는 이쪽에서 정했는데 상관없지?"

"그래."

"다행이야. 동료들은 먼저 가서 자리를 맡고 있어."

그들이 선택한 가게는 그렇게까지 크지 않았지만 번듯한 건물에 차분한 분위기를 풍기고 있었다.

앨런을 따라 안으로 들어가 보니 손님 중 모험가들이 많음에도 불구하고 소란스럽지가 않았다.

담소를 나누고는 있지만 무식하게 떠들지는 않는, 얌전한 손님들이었다.

"분위기 좋은 가게네요."

똑같이 느꼈는지 시어셔가 감상을 입 밖에 냈다.

지그는 주변에 자리한 손님들을 보았다.

체격과 행동거지에서 실력자 특유의 박력이 느껴졌다.

전부 다는 아니지만 대부분이 실력 좋은 모험가인 듯했다.

"이곳은 모험가 중에서도 상위에 있는 사람들을 겨냥해서 가격을 설정했거든. 그러다 보니 자연스럽게 그런 손님들이 모여든 거야. 실력은 좋지만 점잖은 건 싫고 잡다한 게 더 좋다는 사람도 꽤 있지만 말이야."

"드문드문 보이는 일반인은?"

"모험가의 가족이나 연인, 그리고 직접 의뢰를 맡기러 온 부자겠지."

"그렇군."

앨런이 손님을 맞으러 나온 점원에게 일행이 있다고 전달했다.

안내를 받아 안으로 들어가 보니 이미 앨런의 동료들이 모여 있었다.

요리가 나온 지 얼마 안 되었는지.

호화스러운 식사에서 김이 오르고 있다.

"기다렸지?"

"기다리다 목 빠지는 줄 알았다고, 대장. 얼른 먹자."

"자자, 조금만 더 기다려 줘."

앨런은 라일을 달래고서 모두에게 말했다.

"다시 한번 소개할게. 지그와 시어셔 씨야. 두 사람은 이번 사태를 해결하는 데 도움을 줬을 뿐 아니라 동료들을 궁지에서 구해준 은인이야. 오늘은 두 사람에게 답례를 하기 위해 식사에 초대했어. 마음껏 먹고 마셔줘. 건배!!"

앨런이 건배사를 읊자 모두가 잔을 들이켰다.

잔을 비운 후, 앨런은 돈이 든 가죽 주머니를 내밀었다.

"의뢰의 보수야. 말할 필요도 없겠지만 성공 보수는 최대치로 넣었어."

"고맙군."

그 말을 들으니 몸을 던진 보람이 있다는 생각이 절로 들었다.

합계 백만의 무게를 기분 좋게 느끼며 품 안에 집어넣는다.

무기를 새로 장만하느라 썰렁해진 지갑 사정이 단숨에 개선되었다.

만족스러운 수입이기도 하거니와 노동을 한 후라 술맛이 한층 더 각별하게 느껴졌다.

각자가 담소를 나누며 음식을 먹고 술을 마신다.

"그럼 그때 소리쳐 알려줬던 것도 당신이었어?"

"그래. 미안하다, 기분 나쁘게 훔쳐봐서."

유령 상어 사건 당시의 일도 거론되었다.

"핫핫하!! 지그는 별 걸 다 신경 쓰네! 목숨보다 중요한 게 어디 있다고, 안 그래?"

라일이 그렇게 말하며 옆에 앉은 남자의 어깨를 두드렸다.

그때 그 마술사, 마르토라는 남자는 술을 홀짝홀짝 마시며 답했다.

"그렇지. 분명 멋대로 훔쳐봤다니 기분이 썩 좋지는 않지만, 결과적으로 목숨을 건졌는데 호들갑 떨어서 뭐 하겠어."

"그렇게 말해주니 고맙군."

그때의 일을 이야기했더니 또 감사 인사를 했다.

훔쳐봤던 것은 지그가 걱정했던 만큼 신경 쓸 일이 아니었던 모양이다.

"그런데 지그가 있던 곳에서는, 엿보고 있던 걸 들키면 어떻게 되는데?"

"글쎄… 몰매를 맞는 정도면 그나마 나은 편이고, 상대에 따라서는 주로 쓰는 팔을 베어버려도 할 말이 없었겠지."

상상을 뛰어넘는 처벌에 앨런 일행이 굳어졌다.

라일이 식은땀을 흘리며 쉰 목소리로 겨우 입을 열었다.

"…무시무시하네. 보통 그렇게까지 하진 않잖아."

"기술을 훔친다는 건 그런 거다."

심혈을 기울인 노력의 결정을 훔치려 한 것이다.

그 정도는 각오해야 한다.

"지그, 한 잔 더."

"그래, 고맙군."

리스티가 빈 잔에 술을 따랐다.

"……정성이 지극하네, 리스티. 노리고 있나 봐?"

"장래 유망, 잘 보여둬야지."

"장래는 둘째 치고 이미 충분히 강하지 않아?"

마르토가 딴죽을 걸었지만 리스티는 무시했다.

그 모습에 앨런이 웃었다.

그러더니 갑자기 진지한 얼굴로 어떤 제안을 해왔다.

"리스티는 알아서 하라고 하고…… 시어셔 씨랑 지그, 우리 파티에 오지 않을래?"

"……진심이야, 대장?"

목소리와 표정을 통해 라일은 그 말이 농담이 아니라는 것을 깨달았다.

그에 반해 시어셔는 차분하게 술을 마시고 있었다.

"진심이야. 나는 시어셔 씨의 마술을 가까이서 봐서 단언할 수 있어. 시어셔 씨의 실력은 의심할 여지가 없어."

"……찬성이야. 내 마술은 색적과 방어에 치중되어 있으니까. 시어셔 씨의 화력과 마력량이 있으면 선택할 수 있는 전술이 확 늘어날 거야."

마르토가 합리적인 답변을 입 밖에 냈다.

리스티는 처음부터 찬성할 생각이었던 모양이다.

하지만 라일은 어딘가 망설여지는 눈치였다.

"그렇기는 하지만…… 등급 차이가 너무 나잖아. 그 문제는 어쩔 건데?"

"딱히 당장 가입하라는 게 아니야. 승급해서 때가 되면 들어오라는 거지. 물론 들어오겠다고 해주면 온힘을 다해 돕고. 혹시 저둘의 실력이 기대에 못 미친다는 거야?"

"……그렇다는 건 아니야, 하지만."

"잠깐."

리스티가 라일과 앨런을 제지했다.

"우리끼리 이러쿵저러쿵 하기 전에, 우선 본인들의 의사부터 물어야지."

지당한 말에 두 사람은 겸연쩍은 표정을 지었다.

"미안, 흥분했던 모양이야."

"미안해……."

리스티의 말을 듣고 흥분을 가라앉힌 두 사람은 거북한 눈치다.

두 사람 대신 리스티가 물었다.

"그래서, 언제?"

간결한 물음에 먼저 답한 것은 시어셔였다.

"……생각 좀 하게 해주세요. 저도 지금 마침 앞으로 어떻게 해야 할지를 고민하던 중이었거든요."

"그렇구나."

"우선은 임시 해결사 자격으로, 파티라는 걸 경험해 두려고 해요."

"……응, 그렇게 해."

선뜻 답을 내놓지 않은 시어셔의 말에 리스티는 만족스러운 표정을 지었다.

이어서 지그 쪽으로 시선을 옮겼다.

"……대충 예상은 되지만, 지그는 어쩔 거야?"

지그는 손에 든 잔을 비우고 테이블에 내려놓은 후, 그들의 눈을 보았다.

"미안하지만 나는 용병을 관둘 생각은 없어."

예상했던 답변인지 앨런 일행은 그다지 놀라지 않았다.

"하지만 필요할 땐 불러줘. 손이 빌 때는 가세하도록 하지. 물론 보수를 봐서."

"……뭐, 그럴 줄 알긴 했지."

그렇게 이번 제안은 무산되었다.

술기운이 올라 흥분한 앨런 일행을 리스티가 쿡쿡 찌르는 광경 속에서 연회는 계속되었다.

가게가 붐비기 시작해서 근처에 있던 자리에도 손님이 앉았다.

"어머? 앨런 군이잖아?"

"엘시아 씨. 안녕하세요."

은발에 육감적인 몸을 감싼 법의, 그리고 눈을 가린 안대.

특징적인 용모다.

한 번 밖에 만나지 않았지만 지그도 기억했다.

상대도 이쪽을 알아본 것인지 입가를 일그러뜨렸다.

"당신은, 그때 그 개똥 같은 자식……."

"아, 진정하세요, 엘시아 씨."

살기등등해진 엘시아를 앨런이 달랬다.

가게에서 소란을 피울 수는 없다는 생각에 엘시아는 흥분을 가라앉히고 지그를 노려보았다.

그 시선에 지그가 한숨을 내쉬었다.

"그건 네 자업자득이었을 텐데."

"……앨런 군을 봐서 넘어가 주겠지만, 또 장난질을 하면 가만두지 않을 거야."

그렇게 말을 토해내고 옆 테이블에 앉았다.

그 모습을 본 라일 일행은 어리둥절해졌다.

"……너, 무슨 짓을 한 거야?"

"이상한 짓을 하려고 하기에 설사약을 먹였지."

"악마 같은 놈. 겁도 없지……."

"내가 엘시아 씨에게 사람을 찾아달라고 부탁했거든. 여러모로 오해가 쌓여서 일어난 사고 같은 거였어."

앨런이 유령 상어의 존재를 알려준 사람을 찾아달라고 엘시아에게 부탁을 했다는 것이 사건의 전말이라고 한다.

당사자는 와인글라스를 기울이며 관찰이라도 하듯 이쪽을 보고 있었다.

안대로 가려져 있어 시선을 어디로 보내고 있는지는 알 수 없지만, 이쪽을 의식하고 있다는 것은 알 수 있었다.

그리고 또다시 마술을 행사할 때 특유의 냄새가 엘시아에게서 풍겨오고 있다는 사실을 알아챈 순간, 지그가 불쾌하다는 듯이 관자놀이를 꿈틀거렸다.

"지그 씨……?"

그 낌새를 가장 먼저 알아챈 시어셔의 몸이 긴장감에 조금 굳어졌다.

그에게서 배어 나오는 분위기가 익숙했기 때문이다.

그것은 숲에서 지그와 처음 대치했을 때였다.

죽고 죽이는 싸움을 하는 적에게 보내는 그것에 한없이 가까운 기운이다.

지그는 천천히 품 안으로 손을 집어넣었다.

그러고는 은화 한 닢을 꺼냈다.

순간, 지그의 손가락이 흔들리더니 시어셔의 시선 끝에서 은화가 사라졌다.

그와 동시에 무언가가 깨지는 듯한 소리와 함께 놀란 여성의 목소리가 들려왔다.

당황해서 소리가 들린 쪽을 보니 엘시아가 깨진 와인글라스를 든 채 멍하니 앉아있었다.

지그가 지탄(指彈)을 날려 와인글라스를 깬 것이다.

그건 알겠지만 왜 그런 짓을 한 것인지는 모르겠다.

엘시아는 이쪽을 보고 있던 덕에 무슨 일이 일어난 것인지 금방 파악한 듯했다.

"윽…… 당신! 이게 무슨 짓이야!!"

열화와 같이 화를 내는 그녀를 보고 앨런 일행도 무슨 일이 일어났는지 알아챘다.

"이것 봐, 지그, 이번 건 좀 위험한 것 같은데……."

"엘시아 씨의 태도에도 문제는 있었지만, 방금 전의 그건 과했어."

저마다 지그를 나무랐다.

하지만 그런 말은 안 들린다는 듯이 그는 계속 차가운 눈빛을 보내고 있었다.

그런 태도가 그녀의 분노에 기름을 부었다.

"……뭐 하자는 짓이야? 앨런 군이 마음에 들어하는 것 같아서 조금 봐주고 있었는데, 아무리 그래도 이번 건 도가 지나쳤어. 밖으로 나와. 벌 좀 줘야겠어."

표면적으로는 분노를 억누른 채 조용히 말했다.

앨런 일행은 이거 큰일이라는 생각에 당황했다.

엘시아는 3등급 중에서도 손에 꼽히는 실력자다.

아무리 그래도 상대가 좋지 않다.

어떻게든 사태를 수습할 궁리를 하던 중, 지그가 그제야 입을 열었다.

"너, 뭐 하자는 짓이지?"

"……그건 이쪽이 할 소리인데."

의도를 알 수 없는 질문에 엘시아가 한숨을 내쉬었다.

"네가 나에게 마술을 쓰려고 한 건 두 번째 아닌가?"

"……뭐?"

지그의 말에 엘시아가 얼어붙었다.

조금 전까지 화를 내던 사람은 어디로 가버렸는지, 들켰다는 생각에 동요한 기색을 감추지 못했다.

그 태도가 곧 답이라는 걸 알 수 있는 반응이었다.

"지그, 그게 대체 무슨……?"

"말 그대로의 뜻이다. 이 녀석은 이전에 접촉했을 때도 마술을 행사하려 했어."

"……근데, 그걸 어떻게 알아챈 거야?"

어지간히 규모가 큰 마술이 아닌 한, 발동하기 전에 알아채기는 어렵다.

하지만 엘시아의 반응으로 미루어 마술을 사용하려 한 것은 사실인 듯했다.

"요령을 좀 알거든."

지그는 적당히 얼버무리고서 자리에서 일어났다.

그러고는 천천히 다가가 엘시아를 정면에서 쳐다보았다.

"처음에는 그냥 넘겼지만, 두 번이나 그럴 순 없지. 네가 모험가가 아니었다면 그 목을 쳤을 거다. ……밖으로 나와. 조금 따끔한 맛을 보여주지."

"잠깐 기다려."

이거 말리지 않으면 큰일 나겠다.

그렇게 판단한 앨런이 지그의 앞을 가로막았다.

그가 지그에게 눈빛을 날린다.

등줄기가 약간 싸늘해지는 게 느껴진다.

살기와는 다른, 제거해야 할 장해물을 보는 듯한 눈이라고 할까.

마수나 도적과는 다른 눈빛에 몸이 굳어지려 한다.

그러한 감각에 동요하기는 했지만 내색하지 않고 그 눈빛을 똑바로 받았다.

"비켜줬으면 하는데."

"그럴 수는 없어. 일단 대화로 해결하면 안 될까?"

"다짜고짜 마술을 쓰려 드는 상대와 말이냐."

"너를 거짓말쟁이로 몰 생각은 없지만 증거도 없잖아? 그렇다면 결국에는 너…… 나아가 고용인인 시어셔 씨가 책임을 지게 될 거야."

"……"

그녀의 이름을 언급하면 지그도 멈출 수밖에 없었다.

호위가 호위 대상을 위험에 빠뜨리는 행동을 하는 건 그야말로 주객이 전도된 꼴이 아닌가.

하지만 위해를 가할 가능성이 있는 인물을 방치할 수도 없는 일이다.

멈추기는 했지만 물러나지도 않는다.

"네가 엘시아 씨를 가만히 둘 수 없는 것도 이해는 해. 그러니 더더욱 대화로 해결할 기회를 주면 안 될까?"

지그는 그를 바라본 채 침묵했다.

그 눈을 똑바로 마주 본다.

얼마간의 망설임 끝에.

"……알았다. 하지만 대화는 필요 없어. 하나 빚진 걸로 하고…… 저 여자가 이걸 마신다면 이번엔 물러나도록 하지."

어찌어찌 지그에게서 양보를 이끌어낸 것 같다.

앨런이 엘시아를 쳐다보았다.

그녀는 아직도 놀라움에서 빠져나오지 못한 듯했지만 고개를 끄덕였다.

"……알았어."

지그는 엘시아의 답변을 듣자마자 발걸음을 돌렸다.

시어셔가 그 뒤를 따랐다.

그녀는 앨런 일행을 향해 공손히 고개 숙여 인사했다.

"마지막에는 소란스러웠지만 오늘은 잘 먹었네요."

"그래, 앞으로도 잘 부탁한다."

그렇게 두 사람은 가게를 나섰다.

†

그 뒷모습을 배웅한 후, 앨런은 이마에 배어난 땀을 훔쳤다.

일촉즉발의 사태는 어찌어찌 무마한 것 같다.

"뭐, 지그도 진심은 아니었겠지만……."

그럼에도 이상하리만치 등줄기가 싸늘해진 것은 기분 탓일까.

자신의 감이 맞다면, 그때 그대로 뒀다면 피를 봤을 거다.

하지만 지그는 그래 봬도 신중한 타입이다.

호위 대상을 스스로 위험에 빠뜨릴 만한 행동은 하지 않을 것이다.

그렇다면 대체 누구였지?

머릿속에 어떤 인물이 떠올랐지만 설마, 하고 웃어넘겼다.

뒤에 있는 엘시아에게로 시선을 옮겼다.

기가 죽은 듯이 의자에 앉아 있었다.

말을 걸까 싶었지만 지금은 그냥 두는 게 좋으리라.

자신들의 테이블로 돌아왔다.

"뭐라고 해야 할지, 굉장한 신입들이었네. 아니, 지그는 아니었던가."

마르토가 애매하게 둘러대듯 말했다.

심정은 이해하지만…….

복잡한 얼굴을 한 채 술을 마시는 라일에게 말을 걸었다.

"그래서, 어떻게 생각해?"

"……사전에 좀 알려주면 어디 덧나? 그랬으면 이것저것 준비했을 텐데 말이야."

"미안."

라일은 우리 파티의 두뇌 담당이다.

사려 깊은 성격인 그는 풍부한 경험을 살려 파티의 방향타를 잡고 있었다.

실제로 만나서 말을 섞어 그의 의견을 듣고 싶었던 것이다.

라일이 떨떠름한 표정을 지을 만도 했다.

지금까지 보아온 타입과는 다르기 때문이다.

"남자 쪽은 일에 목숨을 거는 타입 같아. 다소 완고하기는 해도 그만큼 일 처리는 빈틈없이 하겠지. ……하지만 필요하다면 망설임 없이 죽이지 않을까. 본인은 용병이라고 했지만 내 눈에는 암살자에 가까워 보였어."

라일의 인물평을 들으니 납득이 되었다.

암살자라. 정말 적절한 표현이다.

"이쪽에서 적대하지 않는 한은 위험하지 않을까?"

"아마도. 적극적으로 법을 어길 사람처럼은 보이지 않았으니까."

"실력 쪽은 어떤 것 같아?"

"……송사리를 쓸어버리는 것만 봐서 단언은 못 하겠지만, 내 실력으로는 못 막겠지."

"그 정도라고……?"

라일의 방패 검술은 일류다.

방어력으로만 치면 3등급과도 맞먹을 정도다.

하지만 그가 떨떠름한 표정을 짓고 있는 데에는 다른 이유가 있는 듯했다.

"여자 쪽 말인데…… 모르겠어."

"……무슨 소리야?"

그가 모르겠다는 소리를 하는 건 매우 드문 일이다.

라일은 함께 식사를 하며 담소를 나누면 어느 정도 상대의 방향성을 짚어낼 수 있었다.

게다가 지그라면 모를까, 시어서 씨의 방향성을 모르겠다는 게 무슨 뜻일까 싶어서 앨런은 의아한 투로 물었다.

"겉모습이랑 말씨만으로 판단하자면, 성실하고 귀여운 시골 소녀라고 대답하겠지만 말이야."

그렇게 운을 떼더니 술을 들이켰다.

잔을 내려놓은 그의 표정은 어두웠다.

"깊어. 눈이."

"깊다고?"

"그래…… 저렇게 깊은 눈은 본 적이 없어. ……보고 있으면 빨려들 것만 같은 느낌이 엄습해 온다고. 속에 뭐가 들었는지 전혀 모르겠어……. 저 녀석은 대체 뭐지?"

그 감각이 떠올랐는지 라일이 몸을 부르르 떨었다.

라일의 이런 모습은 처음 봤다.

다른 동료들도 동요하고 있다.

그러고 보니.

조금 전, 머릿속에 떠오른 인물도 그녀였다.

일단 웃어넘기기는 했지만, 지금은…….

"한 가지 확실한 게 있어."

그의 말을 듣고 머릿속에 떠오른 생각을 떨쳐냈다.

라일은 확신에 찬 표정으로 앨런에게 말했다.


"저 여자…… 시어셔는 무슨 일이 있어도, 지그 편에 설 거야."


†


두 사람이 밤길을 걷고 있다.

두 사람의 보폭은 달랐다.

그럼에도 두 사람의 거리가 벌어지지 않는 것은 지그가 맞추고 있기 때문이다.

시어셔는 얼마 전에야 그 사실을 알아챘다.

지금까지 다른 사람과 걸어본 적이 없기는 했지만, 이런 배려는 기쁘다는 생각에 저절로 미소가 지어졌다.

시어셔가 천천히 지그를 올려다보았다.

"저는 저기서 한바탕해도 상관없었는데요?"

지그는 한숨이 나오려는 것을 참았다.

시어셔는 지그의 입에서 상대가 자신에게 마술을 사용하려 했다는 말이 나온 순간, 그 즉시 남몰래 마술을 구축해 엘시아를 조준하고 있었다.

그 역시 진심으로 한바탕할 생각은 없었다.

두 번 다시 이상한 짓을 하지 못하도록 위협만 해둘 속셈이었다.

솔직히 말하자면 조금 더 겁을 주고 싶었지만 시어셔가 임전 태세에 돌입한 것을 알아채, 중단할 수밖에 없었던 것이다.

그녀는 이성적이지만 다소 극단적이다.

적과 아군을 지나치게 빨리 구분하는 경향이 있다.

내력을 생각하면 무리는 아닐지 모르지만, 세상에는 적이나 아군으로 구분하기 어려운 자들이 많다.

그 모든 이들을 적으로 돌리면 몸이 몇 개 있어도 모자랄 거다.

"이제야 모험가 일이 잘 풀리기 시작했으니, 지금은 조심해야지."

"그것도 그러네요. ……요즘, 하루하루가 바빠서 즐거워요."

기쁜 듯 웃으며 통통 뛰는 듯한 발걸음으로 앞으로 나아간다.

그렇게 얼마간 앞으로 가서 몸을 돌려 지그를 쳐다보았다.

"지그 씨는 어떤가요?"

달이 푸른 눈을 비추었다.

빨려들 것만 같은, 깊은 눈동자가 지그를 똑바로 바라보았다.

"글쎄…… 어딜 가나 다를 게 없던 전장에 있을 때에 비해, 일할 맛은 나는군."

만족스러운 답변에 시어셔가 미소 지었다.

그녀는 지그의 옆에 나란히 서더니 그와 팔짱을 끼었다.

길고 검은 머리가 나부낄 때마다 팔에 닿았다.

들뜬 듯이 그러고 있던 그녀는 문득 지그가 생각에 잠겨 있다는 사실을 알아챘다.

"뭐 신경 쓰이는 거라도 있나요?"

"음…… 그 안대의 반응이 조금…….."

마술을 사용하려고 했던 것을 간파당했다.

그 사실에 놀란 것은 이해한다.

하지만 앨런이 말했듯이 아무 증거도 없다.

아니라고 우기면 추궁을 해도 얼마든지 빠져나갈 수 있었을 거다.

그런데 그 반응은…….

마술을 간파당한 것에 대한 반응치고는, 너무 호들갑스럽지 않았나?

마치 들켜서는 안 될 것을 들켜 버린 듯한…….

지그의 가설을 들은 시어셔가 복잡한 표정을 지으며 입을 열었다.

"어떤 마술이었는지는 아시겠어요?"

"아니, 기억에 없는 냄새였다. 하지만…… 잘 표현은 못 하겠지만 공격이나 방어 같은 것과는 다소 부류가 다른 냄새였던 것 같군."

"지그 씨가 지금까지 본 마술은 공격, 방어, 치유, 강화…… 남은 건 은신일까요?"

은신이란 말을 들으니 유령 상어가 떠올랐다.

지금은 기억이 가물가물하지만 풋내 같은 냄새였을 터.

엘시아의 마술에서는 씁쓸한 듯한 냄새가 강하게 느껴졌다.

"굳이 따지자면, 은신에 가깝나……?"

"으~음…… 그것만으로는 정보가 너무 적어서 특정하기 어려울 것 같네요……."

그 안대에게는 이상한 점이 많았다.

게다가 뭔가가 마음에 걸리는데, 그게 뭔지 모르겠다.

지그는 그 안대를 요주의 인물 리스트에 추가하기로 했다.

"지그 씨, 저는 이사나 씨가 말한 임시 파티라는 거에 참가해볼까 해요."

조금 전 앨런 일행이 했던 이야기가 떠오른 것인지.

시어셔가 앞으로의 방침에 관해 말했다.

"그래, 괜찮겠군. 앞으로는 다른 모험가들과 협력할 일도 많을 테니까."

파티를 맺지 않은 상태라 해도 함께 싸워야 할 때가 있다는 것은 이번 토벌 임무를 통해 뼈저리게 깨달았다.

계속 이렇게 연계를 취하지 못하는 상태로 있을 수는 없다.

"알아봐 둔 곳은 있나?"

"리스티 씨가 알려준 파티를 만나볼까 해요."

그녀의 말을 들어보니 여성이 많은 모험가 파티라는 모양이다.

현재 8등급이라 시어셔도 조건이 맞는다.

리스티가 소개했다면 소행도 문제없을 것이다.

임시로 파티를 맺기에는 제격이다.

시어셔는 조금 침울해진 눈으로 지그를 쳐다보았다.

"그래서, 죄송하지만……."

"그래, 나는 적당히 지내고 있지."

그녀가 무슨 말을 하려는지 알아채고 대꾸한다.

임시라고는 해도 호위가 딸려 있으면 파티에 받아들여주지 않을지도 모른다.

"임시 휴가도 나쁘지 않아. 단, 귀환 예정 시각은 미리 말해줘. 예정보다 많이 늦어지면 찾으러 간다."

"알겠어요."

그녀의 실력이라면 별일이야 없겠지만 만일의 경우라는 게 있지 않은가.

아직 마수에 관해 모르는 점이 많으니 늘 예상치 못한 사태에 대비해 두어야 한다.

향후 예정에 관한 이야기를 나누며 두 사람은 귀갓길에 올랐다.

†

"……."

길드의 식당. 그 끄트머리에 있는 테이블에 앉은 두 사람 사이에 팽팽한 긴장감이 감돌고 있었다. 잔에 담긴 채 식은 지 오래인 홍차가 그 자리의 분위기를 대신 나타내주고 있는 듯했다.

진지……하다기보다는 뻣뻣한 표정으로 시어셔가 마주하고 있는 것은 리스티가 소개해준, 임시 파티를 맺기로 한 모험가였다.

"으음…… 시어셔 씨, 맞지? 리스티 씨한테서 이야기 들었는데, 우리랑 임시로 파티를 맺기로 한 거…… 맞지?"

걱정스러운 투로 그렇게 물은 것은 자신을 린디아라고 소개한, 어린 소녀라고 해도 무방한 나이대의 모험가였다. 그녀가 다른 동료들을 대표해 이야기를 진행하려 했다.

오자마자 긴장해서 굳어버린 시어셔를 보고 난감하다는 듯이 쓴웃음을 짓고 있었다.

"아, 네!"

시어셔는 매우 긴장해 있었다. 지그와 지내게 되고서부터 사람들과 어울리는 법을 어느 정도 익히기는 했지만, 점원이나 접수 담당자와 이야기할 때와는 다른 분위기에 뻣뻣하게 굳어버린 것이다.

임시라고는 해도 앞으로 동료가 될지도 모르는 사람을 어떻게 대하면 좋을지 몰라서 시어셔는 쩔쩔맸다.

"자, 자자 진정해. 으, 으~음…… 자기소개는, 아까 했지…… 어라, 다음은 뭐였지?"

그녀들 역시 시어셔의 특이한 분위기와 동성(同性)임에도 한숨이 절로 나올 정도의 외모에 압도되어 있었다. 그 때문에 당황해서 컵을 잡으려다 아무것도 없는 허공을 허우적거렸다.

"……후후."

마찬가지로 당황한 그녀들을 보니 자연스럽게 시어셔의 입가에 미소가 떠올랐다. 희한한 광경이라는 생각이 들어서다.

인종도 연령도 출신도 상식도 모두 다른. 그런 양측이 똑같이 처음 만난 상대를 어떻게 대하면 좋을지 몰라 쩔쩔매고 있다. 그 사실이 몹시도 우스웠다.

다른 사람도 아닌 자신이. 침묵의 마녀라고까지 불렸던 자신이 인간처럼 당황하고 있다니.

"……오늘 일을 돌이켜보고 웃을 수 있게끔 해보라고, 했던가요."

나직하게, 주변에 들리지 않도록 입속말로 그에게 들었던 말을 중얼거린다. 그것만으로 경직됐던 몸이 풀어지기 시작한 걸 보니, 자신의 몸인데도 참 약삭빠르다는 생각이 들었다.

천천히 눈을 감았다가, 뜬다.

그러자 그 자리에는 평상심을 되찾은 그녀가 있었다.

"네. 평소에는 둘이서만 일을 하다 보니, 여럿이서 모험가 일을 해보고 싶었거든요. 잘 부탁드릴게요."

"…………아, 네."

마성(魔性). 린디아 일행은 그렇게 표현해도 지장이 없을 시어셔의 미소에 눈길을 빼앗긴 채 넋이 나간 듯이 답했다.

†

일을 하러 가는 사람들이 거리를 오고간다.

임시 파티를 만나기로 약속했다는 시어셔를 길드까지 바래다준 후, 지그는 거리를 어슬렁거리고 있었다.

호위라는 입장상 자유롭게 거리를 돌아다닐 시간은 그리 많지 않았다.

지형 파악도 대략적으로밖에 하지 않았으니, 이런 시간을 유용하게 활용해야 한다.

그런 구실을 내세워 이전부터 점찍어 두었던 가게를 구경하러 가는 중이다.

주로 마장구(魔裝具)를 취급하는 가게가 목적지다.

마구(魔具)에도 관심은 있지만 마력이 없으면 발동할 수 없다니 어쩔 수 없다.

진열된 상품들을 구경한다.

"호오, 충격을 가하면 빛나는 갑옷 토시라. 횃불 대신 쓸만할까……?"

실용성이 없는 물건이라도 구경은 즐겁기 마련이다.

지금은 주머니도 두둑하니, 뭔가 사보는 것도 나쁘지 않을지 모른다.

의외로 새로운 걸 좋아하는 지그는 지금 살 수 있을 듯한 가격대의 상품을 찾기 시작했다.

나이프와 화살 등 다양한 작은 물건 중에서 부류가 달라 보이는 것을 발견했다.

"동전인가?"

탁한 푸른빛을 띤 동전 여러 개가 늘어서 있다.

궁금해져서 근처에 있던 점원을 불러다 물어보기로 했다.

"이 상품은 창금강(蒼金剛)을 주재료로 만든 동전입니다."

"귀에 익은 이름이군. 분명 마력을 분해한다고 했던가……."

이전에 시어서와 마구를 보러 갔을 때, 이걸 소재로 한 단도를 본 적이 있었다.

마술을 벨 수 있다는 특성에 혹했었다.

하지만 단도는 실용성이 낮고, 쓸 만한 사이즈의 것은 터무니없는 가격이라기에 단념했더랬다.

"네. 이 상품은 유적에서 발견된 것으로, 과거 이것을 통화로 사용한 나라가 있었다더군요. 마술이 먹히지 않는 특이한 성질로 인해 위조와 은폐가 어려워 신용도가 높았을 것으로 추측됩니다."

"지금은 안 쓰이나?"

"옛날만큼 창금강이 생산되지 않으니 통화로 쓰기는 어렵겠죠. 점주는 골동품으로서 판매하고자 하고 있습니다."

확실히 이 정도 양으로는 단도 한 자루도 못 만들 거다.

가공비까지 치면 굳이 녹여서 만들 가치도 없다는 뜻일까.

"흠…… 30만이라."

같은 크기의 동전이 30개 정도 있다.

한 닢에 1만이라고 생각하면 상당히 큰 지출이다.

"마력을 분해한다고 했는데, 어느 정도의 규모까지 가능하지? 실제로 이걸 맞추면 어떻게 되지?"

"글쎄요…… 닿은 부분의 마술이 소실된다고 생각하십시오. 공격술이나 방어술에 구멍을 뚫을 수는 있지만, 작은 구멍 정도라면 마력을 추가로 주입해 금방 막을 겁니다."

세상 일이 그렇게 호락호락하게 돌아갈 리가 없지.

이걸로 마술을 방해할 수 있으면 했건만.

"하지만."

체념하려던 참에 점원이 설명을 이어갔다.

"술식 자체를 섬세하게 계속 유지할 필요가 있는…… 예를 들어 모습을 감추는 부류의 술식이라면 이것에 닿기만 해도 큰 영향을 받겠지요……."

"……호오."

생각지 못한 정보에 지그의 머리가 돌아가기 시작했다.

술식 자체에 구멍을 뚫어도 추가로 마력을 공급하면 끝이다.

하지만 술식에 직접 간섭한다면 그렇지만도 않다.

"그럼…… 술식을 구성하고 있는 도중에 이걸 맞추면, 어떨까?"

지그의 물음에 점원은 턱에 손을 댄 채 생각에 잠겼다.

"……가능하지 않을까요. 창금강을 사용한 마장구를 만들 때도 손잡이 등은 다른 소재로 제작됩니다. 사용자의 술식 제어를 방해하지 않기 위해서지요. ……다만 사이즈가 작기도 하고, 계속

들고 있을 수도 없으니 아주 잠깐 술식을 중단시키는 용도로밖에 못 쓸 겁니다."

"아주 잠깐이면 충분해."

술식의 발동을 냄새로 알아챌 수 있는 지그라면 유용한 수단이 될 거다.

생각지 못한 수확이라는 생각에 저절로 미소가 지어졌다.

이래서 보물찾기를 끊을 수가 없는 거다.

"이걸 사지. 재고는 이게 전부인가?"

"본점에 있는 재고는 그게 전부지만, 손님이 원하신다면 추가 입고도 가능합니다."

이 정도 있으면 당분간은 충분할 거다.

주워서 재사용할 수도 있으니 수량이 적어졌을 때 부탁하면 된다.

사실 별 쓸모가 없을지도 모르니 한 닢을 사서 시험해보고 검토하면 될 일이다.

하지만 이때의 지그는 보물을 찾아낸 기쁨으로 다소 들뜬 상태였다.

그의 안 좋은 버릇이다.

"일단은 이 정도면 돼. 30만이지?"

"이용해주셔서 감사합니다."

대금을 치르고 물건을 받는다.

앨런에게 받은 보수 덕분에 이 정도 지출은 허용 범위라 할 수 있었다.

창금강 동전은 경도도 충분해서 지탄으로 날리기에 제격이다.

"얼마나 방해할 수 있을지 시험해봐야겠군."

나중에 시어셔에게 도와달라고 하자.

신이 나서 가게를 나선다.

그때, 낯익은 얼굴이 저 멀리 보였다.

거리가 있어도 특징적인 머리색 때문에 금방 누구인지 알 수 있었다.

이사나가 하얀 머리카락을 나부끼며 연신 주변을 두리번거리고 있다.

누군가를 찾는 모양이다.

"……."

귀찮은 일일 것 같은 낌새가 느껴져 못 본 척하기로 했다.

긁어 부스럼을 만들 필요는 없으니까.

그녀의 귀가 좋다는 점을 고려해 속으로만 그렇게 중얼거렸다.

지그는 그 커다란 몸집치고는 상상도 못 할 만큼 조용히, 그리고 잽싸게 그 자리를 뒤로 했다.

"잠깐, 왜 사람 얼굴을 보고 도망쳐."

"……끄응."

하지만 그래 봐야 워낙 몸집이 컸다.

아무리 조용히 움직여도 눈에 띈다는 점에 변함은 없었다.

순식간에 발각된 지그는 단념하고 이사나와 마주했다.

그녀는 어쩐지 초조한 얼굴로 쉴 새 없이 귀를 움직이고 있었다.

"무슨 볼일이라도 있나? 보아하니 누굴 찾는 것 같은데."

"그래, 맞아. 우리 애 못 봤어?"

예상치 못한 답변에 굳어버렸다.

이사나는 반응이 없는 지그를 보고 의아하다는 표정을 지었다.

경직 상태에서 풀려난 지그가 간신히 입을 열었다.

"너, 애가 있었나……."

"……설명이 부족했네. 나 말고 우리 부족 애 말이야."

"그런 뜻이었나."

무의식중에 식은땀이 배어난 이마를 훔쳤다.

오해가 풀린 후, 이사나가 사람을 찾는다는 이야기를 듣고 궁금해진 점을 물었다.

"미아인가?"

"……조금, 사정이 있어서."

그녀는 지그의 질문에 대답하기 곤란한 눈치다.

그 표정을 보고 단순한 일이 아님을 깨달았다.

"그렇군, 미안하지만 그런 인물은 못 봤어. 그럼 볼일이 있으니 이만."

"기다려."

귀찮은 일이구나 싶어서 도망치려 했지만 그녀는 애초부터 놓아줄 생각이 없었던 모양인지.

팔을 꽉 붙잡았다.

마력으로 강화했는지 쉽게 뿌리칠 수 없을 정도의 힘으로.

"오늘은 그 애도 없으니 한가하지? 일을 의뢰하고 싶은데."

"……웃기지 마. 아무리 의뢰라도 미아 찾기 따위를 하라고?"

돈만 주면 무슨 일이든 한다지만 거기에도 한도가 있다.

사람을 찾는 일에는 힘을 쓸 필요가 없으니, 적임자는 자신 말고도 얼마든지 있을 텐데.

"헌병에게 부탁해. 사람을 찾을 땐 완력보다 인해전술이 최고일 텐데."

"……이민족의 부탁은 들은 척도 안 해."

지그가 정론을 늘어놓자 그녀는 벌레라도 씹은 듯한 얼굴로 말을 토해냈다.

"……모험가, 그것도 2등급 아닌가?"

"그런 칭호가 통하는 건 길드나 나라의 높으신 분들뿐이야. 도시 사람들에게 그런 건 상관없어. 겉으로는 싹싹하게 대하지만, 아무도 진지하게 찾아주지 않아."

지금까지 몇 번이나 같은 일을 맛본 탓인지.

이사나의 말에는 분노와 증오가 아니라 일종의 체념만이 담겨 있었다.

이 나라의 이민족 문제는 표면화되지 않았을 뿐, 뿌리가 깊은 모양이다.

하지만 그렇다면 길드 녀석들에게 부탁하면 될 텐데.

그러지 않고 굳이 자신에게 왔다.

그렇다면 그 의미는――.

"길드에는 부탁하기 어렵다……. 마피아가 얽혔나?"

"……윽."

정답인 모양이다.

하지만 마피아가 이사나에게 손을 댔다면 보복을 각오해야 한다.

게다가 길드를 적으로 돌리게 된다.

아무리 양대 마피아라도 그건 좋지 않다.

하지만 이번에 그들이 손을 댄 것은 이민족 아이다.

민간인을 보호하는 건 헌병의 일이다.

하지만 피해를 당한 게 이민족이라면 선뜻 움직이려 하지 않을 거다.

길드도 모험가에게 직접 손을 댄 게 아니니 움직이기 어려울 것이다.

"아니…… 움직이고 싶지 않겠지."

민족 문제에 얽히기 싫어하는 것은 어디나 마찬가지인 모양이다.

피가 이어진 아이도 아니니, 가족에게 손을 댔다며 움직일 수도 없다.

어쩌면 길드에서 얽히지 말라고 모험가들에게 지시를 내렸을지도 모른다.

"이번에는 길드를 의지할 수도 없어……. 부탁이야. 의뢰비라면 얼마든지 낼게."

"……경우에 따라서는 마피아와 대립하게 될 수도 있는 안건이야. 나 혼자라면 모를까, 호위 대상도 있는 몸으로 그렇게 큰 위험을 무릅쓸 수는 없어."

"얼굴은 들키지 않도록 복면을 쓰면 돼. 무기는 너무 눈에 띄니까 이쪽에서 대용품을 준비할게."

조금씩 거절할 이유를 제거하고 있다.

이윽고 변명거리가 떠오르지 않게 되어 무거운 한숨만 나왔다.

"미리 말해두겠지만, 비싸다."

"……해줄 거야?"

체념한 투로 지그가 그렇게 말하자 이사나는 눈을 반짝였다.

받아줄 거라고는 생각도 못 했으리라.

"거절했다가 소문이라도 내면 귀찮아질 테니까. 조금은 빚을
지워두는 것도 나쁘지 않겠지."

지그가 어깨를 으쓱하며 그렇게 말하자 이사나가 자세를 바로
했다.

가슴 앞에서 손바닥으로 주먹을 감싸 보이며 고개를 숙인다.

유연하고도 아름다운 동작이다. 어떤 의미가 있는지는 모르겠
지만, 몸짓과 표정을 통해 최대급의 감사 인사라는 걸 알 수 있
는…… 그런 동작이었다.

"부족을 대표해서, 그대의 도움에 감사를."

장소를 바꾸자는 이사나의 제안에 동의해 그녀의 뒤를 따랐다.

큰길을 벗어나 뒷골목으로 들어간다.

가는 동안 대략적인 사정을 들었다.

"어떤 상황이지?"

"며칠 전부터 아이가 집에 안 돌아왔다는 보고가 여럿 올라왔어. 대략 30여 명."

"미아라고 하기에는 너무 많군."

"그래. 십중팔구 납치당했을 거야."

"목격자는?"

이사나는 고개를 가로저었다.

"……없었어. 한 명도."

그 말을 들은 지그는 눈살을 찌푸렸다.

30명 이상이 사라졌는데 목격자가 없다는 건 이상하다.

게다가 외부의 인간이 있었다면 꽤나 눈에 띄었을 거다.

그렇다면 가장 먼저 의심해야 할 것은.

"내부자가 범인일 가능성은?"

"거의 없을 거야. 우리들…… 우리 달인들이 얼마나 무서운지 잘 알 테니까."

"마피아의 사주를 받았다면?"

"그 마피아는 우릴 쫓아내지 못해 안달이 난 녀석들이잖아. 돈에 눈이 멀었다 해도 나중 일을 생각하면 그런 선택은 못 할 거야."

일리 있는 말이다. 이 도시에서 이민족이, 그것도 진수우·야가 혼자 살아가려면 상당한 고충이 따를 것이다.

돈이 문제가 아니다. ……아니, 돈이 있으면 더 위험하다.

하지만 그렇다면 누구의 짓일까.

의문을 품은 채 뒷골목을 거닌다.

이윽고 점차 주변의 분위기가 바뀌기 시작했다.

지저분한 길은 그럭저럭 깨끗해졌고, 폐허가 아니라 주거지라 부를 정도로 많은 건물들이 늘어서 있다.

건물들은 옹기종기, 빽빽하게 들어서 있었다.

하지만 인적은 적었다.

남자만 드문드문 보이고 여자와 아이들은 전혀 보이지 않는다.

그 점을 의아하게 여기고 있던 중, 이사나가 설명해 주었다.

"지금은 다들 집에서 나오지 말라는 지시가 떨어졌어. 이 이상 희생자가 늘어나지 않도록. 범인을 쉽게 찾기 위해서이기도 하지만."

목적지는 안쪽에 있는 모양이다.

종종걸음을 치는 그녀를 따라간다.

지그는 여러 시선이 자신을 좇고 있다는 사실을 알아챘다.

집에 틀어박혀 있다는 주민들의 것이리라.

이 상황에서 낯선 인간이 나타났으니 주목을 받을 수밖에 없다.

시선에는 경계의 빛이 역력했다.

그것들을 무시하며 나아가자 비교적 큰 집이 보이기 시작했다.

호화스럽다고 할 정도는 아니지만, 독특한 분위기의 장식으로 아니꼬워 보이지 않을 만큼 치장되어 있었다.

나름 높은 사람이 사는 곳일 거다.

이곳이 목적지였는지 이사나는 망설임 없이 그 건물로 들어갔다.

안에는 여러 명의 남자들이 있었다.

하나같이 귀가 길다.

이쪽을 쳐다보는 그들의 눈빛에서는 특히 지그에 대한 강한 경계심이 느껴졌다.

"족장님, 지금 막 돌아왔습니다."

이사나가 그중에서도 가장 나이가 많은 노인에게 고개를 숙였다.

족장이라 불린 노인은 엄격하게 고개를 끄덕이더니, 몸짓으로 편히 있어도 된다고 허락을 해주었다.

"수고 많았다, 이사나. 단서는 찾았느냐?"

"……죄송합니다. 아직 아이들의 행방은 알아내지 못했습니다."

긍정적인 답변을 듣지 못한 족장은 어깨를 늘어뜨리더니 이사나에게 시선을 고정한 채 지그에 관해 물었다.

"그러냐…… 해서, 거기 계신 분은?"

"협력자입니다. 이번 사태의 해결을 의뢰했습니다."

"모험가……는 아닌 듯하군. 그 녀석들이 우리 문제에 개입할 리가 없지. 그쪽은, 뉘시오?"

족장이 지그를 쳐다보며 물었다.

주름이 자글자글한 얼굴로 품평이라도 하듯 눈을 가늘게 뜨고서 바라보고 있다.

"지그. 용병이다."

용병이라는 말을 들은 남자들이 경계심을 더욱 끌어올렸다.

이쪽에서의 용병은 깡패나 폭력단과 별 차이가 없는 존재라니 당연한 반응이라 할 수 있었다.

하지만 족장은 남자들과 달리 아무런 반응도 하지 않고 그저 가만히 지그를 바라보았다.

"……그런가. 조력에 감사드리겠네."

"족장님, 외람된 말씀이지만 어디서 굴러온 말 뼈다귀인지 모를 녀석의 힘을 빌리는 건 반대입니다."

주변에 있던 남자들이 즉시 이의를 제기했다.

지금까지의 경험 때문인지, 외부에 의지하는 데 저항이 있는 듯했다.

"이번 문제는 저희가 어떻게든 해 보이겠습니다."

"그게 불가능하다고 판단해서, 이사나가 데려온 게 아니냐."

"하지만……."

"말을 삼가라."

계속해서 물고 늘어지려 하는 남자들을 나무랐다.

늙어서도 날카롭기만 한 눈빛에 남자들이 위축되었다.

"우리 쪽 젊은것들이 결례를 저질렀군. ……아이들을 잘 부탁하네."

족장이 천천히 고개를 숙였다.

"알았다."

"추후에 자세히 설명할 자를 보내지. 이사나."

"네. 실례하겠습니다."

이사나는 인사하고서 발걸음을 돌렸다.

지그도 족장에게 고개 숙여 인사한 후 뒤를 따랐다.

남자들의 눈에는 경계심을 넘어서 적의마저 감돌고 있었다.

"족장님은 둘째 치고 뭐, 예상했던 반응이네."

밖으로 나와 걸음을 옮기던 이사나가 조금 전 남자들의 태도를 떠올리며 한숨을 내쉬었다.

"너무 기분 나빠하지 마. 저 사람들도 필사적으로 가족을 지키려고 저러는 거니까."

"관심 없어. 그보다 어쩔 거지?"

너무도 퉁명스러운 지그의 답변에 이사나는 쓴웃음을 지었다.

"일단 밥부터 먹자. 기다리다 보면 족장님이 사정을 잘 아는 사람을 보낼 테니까."

"따로 장소를 지정하지는 않은 것 같았는데."

"여기가 어디로 보여?"

그녀는 의기양양하게 물었다.

이 안에서 일어나는 일은 모두 손바닥을 들여다보듯 알 수 있다는 듯한 표정이다.

그들의 본거지니 당연한 이야기이기는 하지만.

식사를 해두자는 데에는 찬성이었다.

먹을 수 있을 때 먹어두는 게 제일이다.

그들의 식사가 궁금하기도 했다.

그녀의 안내를 받아 근처에 있던 식당으로 들어갔다.

상황이 상황이라 손님은 적었다.

빈자리에 앉아 점원에게 주문을 한다.

"당신은 뭘로…… 아, 모르려나?"

"이 여자와 같은 걸로 하지."

"……금방 가져오겠습니다."

퉁명스러운 점원이 주방으로 물러갔다.

메뉴판을 봐도 뭐가 뭔지 알 수 없었지만, 자주 있는 일이라 신경도 안 쓰였다.

전쟁 때문에 각지를 돌아다녔던 시절에는 요리의 이름 같은 것까지 익힐 여유가 없어서 다른 손님이 먹고 있는 걸 가리키며 주문하는 경우가 많았다.

가끔씩 아무런 정보도 얻지 않고 도박이라도 하듯 찍어서 주문한 적도 있었지만, 대부분 험한 꼴을 당해서 이번에는 자중하기로 했다.

기름을 잘 쓰는 가게인지.

가게 안은 구수한 냄새로 가득했다.

얼마쯤 기다리자.

점원이 안쪽에서 그릇을 가지고 왔다.

"우리 요리는, 한 그릇으로 끝내는 게 아니라 작은 그릇으로 여러 종류의 요리를 먹는 게 일반적이야."

"여러 가지를 즐길 수 있어서 좋군."

점원이 지그 일행 앞에 요리를 차렸다.

하지만 같은 것을 주문했는데도 두 사람의 요리는 달랐다.

이사나의 앞에는 새우튀김.

지그의 앞에는—— 애벌레 튀김.

"윽!"

순간, 이사나의 눈초리가 매서워졌다.

"이게, 무슨 짓이야?"

조용한 목소리였지만 분노를 숨길 생각조차 없는 듯했다.

점원은 실력자의 분노에 겁을 먹은 눈치였지만 그럼에도 눈총을 날렸다.

"……외부인은 그거나 먹어."

이사나는 경솔했다는 생각에 혀를 차고 싶었지만 가까스로 참았다.

이 도시 사람들이 이민족을 싫어하듯이.

이민족 중에도 도시 사람들을 혐오하는 이들이 많았다.

그것 자체는 나무랄 수 없지만, 이번에는 이사나 일행이 부탁을 하는 입장이다.

이토록 명확한 모욕을 간과할 수는 없는 일이다.

"이게……."

"이것 봐, 뭐가 마음에 안 들어서 그래?"

지그가 이사나의 태도에 놀란 듯이 물었다.

그녀는 지그 쪽으로 고개를 돌렸다.

"뭐가 문제냐니, 당신…… 어?"

"?"

지그는 황당하다는 얼굴로 요리를 오독오독 먹고 있었다…….
애벌레 튀김을.

"……으엑."

점원이 약간 식겁했다.

"너 말이다, 아무리 마음에 안 드는 요리가 나왔어도 그렇지,
그렇게까지 화를 낼 필요는 없잖아…… 창피하게 말이야."

"어, 아니, 그게 아니라…… 당신 그거, 애벌레인데……?"

"보면 알아."

"……괜찮아?"

"맛있는데?"

그렇게 말하며 또 하나를 입에 던져 넣는다.

음미하듯 씹는 모습에서는 허세를 부리거나 망설이는 낌새가
전혀 보이지 않았다.

확실히 이사나의 부족에도 벌레를 먹는 풍습은 있다.

하지만 그건 꽤 오래 전 일이고, 지금도 먹는 것은 일부 노인들
뿐이다.

기본적으로 별난 음식으로 취급되고, 가게에서도 가끔씩 젊은
이들이 담력 시험이나 벌칙으로 먹는 정도다.

당연히 도시 사람들은, 먹기는커녕 식량으로 인식조차 안 하고
있다.

"조리하면 이렇게나 맛이 달라지는 건가."

겉은 바삭하고 속은 크리미하다.

간도 적절하고 참기름 냄새 덕분에 얼마든 먹을 수 있을 것 같다고 생각하며 차근차근 그릇을 비워 나갔다.

"……'조리하면'?"

하지만 이사나는 흘려들을 수 없는 말에 소름이 돋았다.

자신이 잘못 들은 걸지도 모른다는 생각에 쭈뼛거리며 확인했다.

"그래. 전쟁이 길어져서 식량이 바닥났을 때 신세를 진 적이 있거든. 되도록 독이 없을 것 같은 색을 띤 녀석을 잡아서."

"……익히기는 한 거지?"

"매복 중에 불을 쓸 수 있을 리가 없지. ──살아있는 걸 그대로 먹었다."

"……."

분노와 식욕이 급속도로 수그러드는 게 느껴졌다.

이미 점원은 찍소리도 못할 만큼 식겁한 얼굴이다.

지그는 신이 나서 점원에게 말했다.

"이 정도면 다른 요리도 기대할 수 있겠군. 다음 요리도 부탁하지."

"……그, 그래."

어찌어찌 그렇게만 답하고 안으로 들어갔다.

그 일로 점원도 적의를 상실했는지, 그 후에는 별난 음식이 아니라 평범한 음식을 묵묵하게 가져왔다.

지그는 만족스러운 얼굴로, 이사나는 긴 귀를 축 늘어뜨린 채,

억지로 위장에 욱여넣듯 식사를 계속했다.


"실례해도 되겠습니까?"

두 사람이 식후에 나온 차를 마시던 중, 웬 남성이 말을 걸어왔다.

머리를 뒤로 넘긴, 이렇다 할 특징이 없는 남자다.

가느다란 눈으로 미소를 지은 채 고개 숙여 인사를 했다.

"족장님의 부탁으로 자세한 정보를 전달하러 왔습니다."

생각보다 늦었다기보다는 이쪽이 식사를 마칠 때까지 기다렸던 것이리라.

조금 전부터 시선이 느껴지기는 했는데, 이 남자였던 모양이다.

이사나도 알고 있었는지 그다지 놀라지 않고 응대했다.

"슈오우. 당신이 전달자로 오다니, 꽤나 호들갑스럽네."

"그것도 족장님의 뜻인지라. ……흠, 이쪽이?"

슈오우라 불린 남자가 지그를 쳐다보았다.

"맞아, 용병인 지그야."

"……용병이라니, 꽤나 희한한 인물을 골라오셨군요."

"실력은 보장해. ……그래서?"

탐색전은 됐으니 뒤 내용을 말하라고 재촉했다.

슈오우는 헛기침을 하더니 사건이 일어난 장소와 추정 시각을 설명했다.

"사건이 일어난 것은, 주로 밤부터 이른 아침까지의 시간대였습니다. 정신을 차려보니 모습이 사라진 상태고 찾아도 보이질 않았다고 합니다. 의심스러운 낌새나 수상한 인물의 목격 정보도 없습니다."

"은신에 능하다…… 아니, 그렇다고 보기에도 무리가 있으려나. 이렇게 많은 애들을 납치해 놓고, 아무에게도 들키지 않는 건 물리적으로 불가능할 테니까."

"동감입니다."

아무리 모습을 감추는 능력이 뛰어나도 사람들의 눈을 피해 숨는 데는 한도가 있다.

심지어 피해자가 한두 명도 아니고 수십 명에 이른다.

뭔가 평범하지 않은 수단을 사용했을 터다.

"계속 궁금했는데, 다른 달인이라는 자들은 뭐 하고 있지? 그 녀석들의 의견도 듣고 싶은데."

"그게, 다른 분들은 지금 대부분 자리에 안 계십니다. 돈을 벌러 밖으로 나가셨거든요."

"밖으로?"

이 도시는 충분히 크다.

굳이 다른 마을까지 일을 하러 갔다는 게 이해가 안 된다.

지그의 의문을 알아챈 것인지 슈오우가 쓴웃음을 지은 채 말했다.

"저희 쪽 실력자들은 다들 개성적이라 말이죠……. 이사나 님처럼 도시에 적응한 분들이 소수파랍니다."

"일정한 직업을 가지고 있는 건 나를 제외하면, 한 명 정도밖에 없어."

"그분도 상당히 문제가 있지만…… 아무튼, 그런고로 지금 의지할 수 있는 건 이사나 님뿐입니다."

"흠……."

슈오우가 가져온 정보를 머릿속으로 정리한다.

몇 가지 신경 쓰이는 점을 연결하고 나자, 역시 가장 먼저 떠오른 것은.

"이야기를 듣고 보니, 범인의 수완이 너무 좋은 것 같군. 그쪽의 실력자들이 없을 때 이런 일이 일어난 건 우연인가?"

지그의 지적에 두 사람이 떨떠름한 표정을 지었다.

"……내부자의 소행은, 아닐 거라 믿고 싶었는데 말이죠."

"……."

그들은 고향을 떠나 이곳에 정착했다.

거의 적에 가까운 자들에게 둘러싸여 있는 입장상, 유일한 아군인 동족의 범행이란 사실을 인정하기 어려울 수밖에 없을 거다.

하지만 그러한 사정을 깊이 파고들 생각은 없다.

자신은 의뢰받은 일을 해치울 뿐이다.

"이 주변의 지도를 줘."

"……뭔가 떠오르신 거라도?"

"아니, 그런 건 아니야."

슈오우에게 지도를 건네받아 사건이 일어난 장소와 주변 지형을 대조한다.

죽치고 있다가 사건 현장을 덮치려고 하다가는 시간이 얼마나 걸릴지 모를 일이다.

"목적을 범인 체포에서, 애들을 구출하는 걸로 바꾼 것뿐이지."

"무슨 뜻이야?"

"애들을 납치한 목적이 뭐라고 생각하지?"

"인질로 삼기 위해서가 아닐까요?"

"30명이나? 게다가 아직 아무 요구도 안 했다면서."

인질을 관리하는 건 귀찮은 일이다.

밥도 먹고 똥도 싼다.

죽일 수는 없으니 어느 정도는 돌봐줘야만 하는 것이다.

국가 간의 교섭이라면 모를까, 인질을 잡을 때는 상태가 좋은 걸 조금만 잡는 게 철칙이다.

지그의 설명에 두 사람이 생리적인 혐오감을 내비쳤지만, 개의 치 않고 설명을 이어갔다.

"아마도 목적은 애들 그 자체겠지. 다시 말해서 인신매매다."

"그건…… 아니, 하지만……."

"우리를 노리는 건 위험성이 너무 크지 않아?"

분명 진수우·야에는 달인들이 많아서 마피아도 선뜻 손을 대 지 못한다.

보복해올 것을 고려하면 가장 먼저 선택지에서 제외될 상대일 것이다.

하지만 그건 실력만을 봤을 때의 이야기다.


"너희는 약하니까."

그 말을 들은 두 사람의 움직임이 멈췄다.

얼마 후, 슈오우가 웃음을 터뜨렸다.

"핫핫하. 이야, 재미있는 말씀을 하시는군요. 약하다는 소릴 들은 건 처음인 것 같습니다."

말투는 온화하다.

하지만 슬쩍 벌어진 슈오우의 눈에서는 위험한 빛이 배어 나오고 있었다.

이사나에게는 못 미치지만 이 남자 역시 실력자가 분명하다.

"……분명 당신은 강해. 하지만 우리를 약자라고 깎아내릴 만큼 역량 차이가 날까?"

눈썹이 미세하게 꿈틀거리고 있다.

자신의 실력을 믿고 살아온 그들에게는 견디기 어려운 모욕인 모양이다.

"실제로 이렇게 자기들끼리 해결하지 못하고 외부에 의지하고 있잖아. 본래 이렇게 많은 행방불명자가 발생하면 헌병이나 나라가 가만히 있지 않을 텐데도."

"그건……."

그들이 나라나 국가 권력으로 분류되는 것에 의지하지 못하는 것은 어쩔 수 없는 일이다.

하지만 상대는 그런 사정을 일일이 봐주지 않는다.

"요컨대 누구 짓인지 명확하게 밝혀지지 않는 한, 무슨 짓을 해도 상관없는 상대로 여겨지고 있다는 거다. 너희는."

또렷한 증거도 없이 보복을 하면 그땐 정말 헌병이 들이닥치고 말 거다.

완력으로 상대가 안 된다면 그 이외의 방법을 사용하면 된다.

단지 그뿐인 것이다.

"실력은 있지만, 외모와 출신이 다른 정도로 박해당하고 위험하다고 여겨지는 너희를 약자라고 하지 않으면 뭐라고 할까?"

"큭……."

반박할 말이 없어서 슈오우는 고개를 숙였다.

이사나는 분한 표정을 지은 채 침묵하고 있었다.

모험가로서 성공한 그녀는 지그의 말에 담긴 의미를 너무도 잘 알 것이다.

"본론으로 돌아가지. 목적이 인신매매일 경우, '상품'을 보관하려면 그만한 장소가 필요해. 주변에 목소리가 새어나가지 않을 정도로 손을 보는 건 물론이고, 거리도 떨어져 있어야겠지."

"……납치하자마자 팔면 그만 아닙니까?"

마음을 다잡은 슈오우가 질문을 던졌다.

"고액 상품이 아닐 경우, 드는 품을 생각하면 상품은 한꺼번에 발송하는 게 기본이야. 물건과 달리 순순히 따를 거라는 보장도 없으니까. 어느 정도 모아서 짐마차 같은 걸로 실어 나르겠지."

"아하. 그래서 장소가 필요하다고 한 거였어."

"그런 거다. 이 근처에 사람이 살지 않을 듯한 건물과 그곳을 들락거리는 인간이 없는지 조사해 봐."

슈오우는 고개를 끄덕이더니 빠른 걸음으로 떠나갔다.

상대는 진수우 · 야조차도 속인 프로다.

범인을 찾는 것보다 아이를 찾는 게 압도적으로 난이도가 낮다.

배후에는 십중팔구 마피아가 있을 거다.

아이들이 마피아의 거점으로 끌려갔다면 의미가 없겠지만, 그럴 가능성은 한없이 낮을 것으로 보인다.

그들이 가장 두려워하는 것은 자신들과 유괴를 연관 지을 증거가 발견되는 것이다.

그렇게 되면 아무리 이민족이라 해도 헌병이 움직일 것이기 때문이다.

이사나 일행이 우격다짐으로 돌입한다 해도 문제가 없도록 처리를 해두었을 거다.

도마뱀의 꼬리처럼 자르고 빠져나갈 수 있도록 깡패나 부랑자들을 몇 중으로 거쳐 의뢰했을지도 모른다.

이런저런 생각을 하던 지그는 이사나가 뚱한 눈으로 자신을 쳐다보고 있다는 것을 알아챘다.

"당신, 이상하리만치 잘 아네……. 설마 해본 적도 있어?"

"그와 비슷한 의뢰를 받은 적이 있던 것뿐이야."

호위를 맡거나 표적을 노리는 등, 내용이 다양하기는 했지만.

설명에 납득했는지 표정을 풀었다.

"당신이 생각했던 것보다 훨씬 뒷골목의 인간이라 다행이야. 설마 이렇게 빨리 대응할 줄이야."

"아직 억측일 뿐 아무런 증거도 안 나왔지만. 게다가 이 정도는 내가 있었던 곳에서는 상식이었다."

오히려 마피아 측이 두려워하고 있다는 진수우·야가 뒷골목 사정에 익숙지 않아서 놀랐다.

어정쩡하게 실력이 있었던 덕에, 폭력에 굴하지 않고 자신들의 방식을 관철할 수 있었던 걸까.

하지만 실력만으로 헤쳐 나갈 수 있을 만큼 세상은 만만하지 않다.

실제로 마피아들도 진수우·야의 입지가 약하다는 사실을 알아챘기에 이번과 같은 수단을 취한 것이다.

"이사나."

"응? 왜."

느긋하게 차를 홀짝거리는 그녀에게 말했다.

"이번 일, 무사히 정리된다 해도 또 시도할 거다."

"……나도 알아. 꼼수에 약하다는 사실이 알려졌으니, 이 정도로 끝날 리가 없지."

자신이 말하려는 바를 그녀도 알아챈 모양이다.

"……우리도, 변해야만 할지도 몰라."

†

보고를 기다리는 동안, 지그가 대신 사용할 장비를 준비하기로 했다.

이사나의 안내에 따라 변두리에 있는 창고로 향했다. 쌍인검은 매우 눈에 띈다. 마피아에게 특정당하지 않으려면 필요한 조치다.

"마음대로 골라. 부수지는 말고."

"노력하지."

안에 들어가 손에 맞는 무기를 물색했다.

그들의 무기는 이 도시에서 보았던 것들과 생김새가 달랐다.

이사나가 가진 카타나라 불리는 무기도 끌렸지만, 그건 척 봐도 상당한 숙련도를 요구하는 무기다. 제대로 다루지도 못할 걸들고 다녀봐야 쓸모가 없다.

지그는 손에 익은 창이 세워져 있는 곳으로 향했다.

검이나 갑옷과 달리 창은 그에게 익숙한 형태를 띠고 있었다.

어느 나라가 되었건 창이라는 것에 요구하는 역할은 같은 모양이다.

"……이건, 창과는 조금 다른 듯한데…… 글레이브인가?"

후보를 추리던 도중, 신경 쓰이는 것을 발견했다.

창날 부분에 칼이 붙어 있었다.

"이건 나기나타(薙刀). 용도는 글레이브와 거의 같아."

나기나타라 불리는 그것을 쥐어보았다.

쌍인검만큼은 아니지만 중량이 상당하다.

외날이기는 하지만 참격도 가능하다는 건 나쁘지 않은 것 같다.

"이건 튼튼한가?"

"……재질로 치면 당신의 무기보다 좋지만, 강도는 조금 떨어질 거야."

카타나는 베는 데 특화된 무기고 강성도 상당하지만, 타격을 주목적으로 제작된 것은 아니다.

"전력을 다해 때리는 건 삼가는 게 좋을 것 같아."

"그 정도면 충분해. 온 힘을 다해 때렸을 때 무사했던 무기는 지금까지 없으니까."

"……비싼 거니까 제발 부수지 않도록 해."

"선처하지."

어쨌든 무기는 결정되었다.

이사나의 의심 어린 눈빛을 받으며 향후의 일에 관해 생각한다.

만약 아이들을 발견한다 해도 원만하게 해결할 수는 없을 거다.

당연히 보초도 있을 테니, 아이들을 데리고 눈에 띄지 않게 이동하는 건 불가능하다.

상대가 두 손 놓고 보고 있을 리도 없다.

전투가 벌어졌을 때 아이들을 노리기라도 하면 아주 위험해진다.

숫자가 많아 모두 지켜내기는 어려울 거다.

그렇다고 해서 우르르 몰려가면 발견될 위험성이 높아진다.

상대가 아이들을 인질 삼는 최악의 전개는 피해야만 한다.

"그러고 보니 실력자가 한 명 더 있다고 했지. 그 녀석의 도움은 기대할 수 없나?"

일손이 하나만 더 있어도 상황이 많이 달라질 것이다.

하지만 그 말을 들은 이사나는 떨떠름한 표정을 지었다.

슈오우도 말했듯이 상당한 문제 인물인 모양이다.

"그 녀석 말이야……? 뭐, 도와주기는 하겠지만…….'"

"문제라도 있나? 일단 일을 하고 있다면서."

"……그 녀석이 하는 일은, 현상금 사냥꾼. 사람 사냥꾼이야."

그게 그녀가 말하기를 망설인 이유였나 보다.

적대하게 된 상대를 죽이는 게 아니라, 돈을 벌기 위해 죽인다.

무인(武人) 기질이 강한 이사나 일행의 눈에는 문제아처럼 보일 수밖에 없다.

"뭐야, 나와 같잖아."

사람을 죽여서 돈을 버는 데 기피감을 느끼는 건 이해한다.

하지만 수많은 목숨을 빼앗아온 용병인 지그에게 의지하고 있는 지금 상황에서는 새삼스럽지도 않은 일이었다.

"그건…… 확실히 그렇지만. 그 녀석의 경우는, 그게…… 살인을, 즐기는 듯한 경향이 있어."

그녀는 그 부분이 마음에 걸리는 모양이다.

"살해당하는 입장에서는 즐기건 괴로워하건 별 차이 없어. 실력은 확실한 거지?"

일반인들에게 창부리를 겨누지만 않는다면 개인의 취향은 아무래도 좋다는 것이 지그의 생각이었다.

"……그래. 아직 젊지만, 틀림없는 천재야."

"충분해. 도움을 요청해 줘."

"무슨 일 생겨도 난 몰라……."

일손 문제도 어찌어찌 될 것 같다.

이제 슈오우에게서 연락이 오기만 기다리면 된다.

손에 든 나기나타를 들여다보았다.

요즘은 쌍인도만 휘둘렀으니 실력이 녹슬었을지도 모른다.

마침 실력 좋은 검사도 있다.

"자루가 긴 무기는 오랜만에 쓰는군. 이사나, 몸 푸는 걸 도와줘."

"그래, 좋아."

새로운 무기에 적응해두기 위해 이사나에게 대련을 신청했다.

그녀도 두말없이 승낙해 장소를 바꾸기 위해 이동했다.

얼마쯤 걷자 널찍한 정원이 있는 건물이 보이기 시작했다.

그곳에서는 남자들이 일사불란하게 칼을 휘두르고, 맞부딪히고 있었다.

훈련장인 모양이다.

"훈련도가 높군."

대충 훑어봤을 뿐인데 실력자가 곳곳에 있다.

다들 본인의 실력에 자신이 있을 거다.

훈련에 임하는 열의도 대단하다.

마피아가 쩔쩔맬 만도 했다.

"당연하지. 믿을 건 자신의 실력뿐이니까."

이사나도 의기양양하게 귀를 쫑긋 움직이며 말했다.

훈련하는 모습을 지켜보던 한 남자가 이사나를 알아보고 달려왔다.

"이사나 님. 돌아오셨군요."

"오늘 돌아왔어. 구석 자리 좀 쓸게."

"그러시죠. ……만약 괜찮다면 다 같이 견학을 해도 될까요? 좋은 자극이 될 것 같습니다."

"으~음……."

지그의 눈치를 살피듯이 이사나가 쳐다보았다.

상관없다는 뜻을 담아 고개를 끄덕여 보였다.

"좋아. 너무 소란을 피우지는 말고."

"감사합니다."

남자는 고개 숙여 인사하더니 주변에 있던 자들에게 소리치기 시작했다.

그걸 곁눈질하며 두 사람은 구석진 자리로 가서 거리를 벌린 상태로 대치했다.

그녀는 이곳에서도 유명한 모양이라 다른 무예자(武藝者)들도 흥미가 동했는지.

훈련을 중단하고 관전하는 자들도 나타나기 시작했다.

"좀 봐줬으면 좋겠군."

"웃기지 마. 사람들이 보는 앞에서 꼴사나운 모습을 보일 수는 없어."

"이것 봐……."

그녀는 이미 임전태세에 돌입해 있었다.

가볍게 몸이나 풀 생각이었건만, 그럴 수가 없을 것 같다.

두 사람이 자세를 취하자 좀 전의 남자가 기지를 발휘해 입회인으로 나섰다.


"그럼 준비."

이사나는 허리에 찬 카타나에 손을 대었고.

지그는 나기타나의 자루를 쥔 채, 비어있는 한 손을 중간 정도에 가져다 대었다.

입회인이 두 사람 모두 준비가 끝났는지를 확인한다.

한 박자 후, 들었던 손을 내려치며 외쳤다.

"시작."

신호와 동시에 지그를 향해 거리를 좁힌다.

그냥 달리는 것이 아니다.

앞으로 몸을 기울인 채 무릎의 힘을 뺀다.

앞으로 쓰러지려는 기세를 이용해 미끄러지듯이 이동한다.

힘을 빼는 것에 중점을 둔 발중(拔重) 보법.

예비 동작을 알아채기 어렵고, 재빠르며 체력 소모를 억제할 수 있는 고등 기술이다.

그것을 사용해 거리를 좁힌다.

"윽!"

하지만 사거리에 접어든 순간, 무시무시한 찌르기가 날아든다.

순간적으로 우측으로 회피.

하지만 추가 공격은 오지 않았다.

지그는 거리를 벌리더니 이쪽이 어떻게 나올지를 지켜보고 있었다.

설마 사거리를 완벽히 파악해낼 줄이야.

하지만 그 보법에 다리의 움직임을 알기 어려운 복장까지 입었으니.

그리 쉽게 간파할 수는 없을 거다.

요즈음 저 남자의 시선이 이쪽의 다리를 향하고 있는 경우가 많다는 건 알고 있었다.

한창 나이대의 남자니 어쩔 수 없다고 생각했건만, 설마 보폭을 재고 있었던 건가……?

"정말, 방심할 틈이 없네."

하지만 손에 든 카드가 이것뿐이라고 생각하면 곤란하다.

사거리는 압도적으로 이쪽이 불리하다.

우선 품 안으로 파고들어야 한다.

다시 달린다.

사거리 돌입까지 세 걸음.

한 걸음, 아직 안 움직인다.

두 걸음, 무기를 쥔 손이 살짝 움직인다.

세 걸음, 팔이 흐릿하게 보일 정도의 속도로 나기나타가 날아들었다.

"쉭!"

엄청나게 무거운 찌르기를, 카타나를 뽑지 않은 칼집으로 쳐올려 창부리를 위로 향하게 한다.

제아무리 창의 달인이라 해도 무기를 한 번 내지르고 나면 원위치시켜야만 다시 찌를 수 있다.

회피가 아니라 최소한의 동작으로 튕겨내, 나기나타를 원위치시키기 전에 거리를 좁힌다.

칼을 뽑을 여유는 없다.

쳐올린 기세를 살려, 칼집에 들어있는 상태의 카타나로 지그를 찌른다.

지그는 자루에서 손을 떼어 갑옷 토시로 튕겨냈다.

튕겨 나온 카타나를 몸과 함께 회전시켜 옆으로 후린다.

그 기세에 자루에서 뽑혀 나온 도신이, 세로로 든 나기나타에 막혔다.

도신을 위로 미끄러뜨려 무기를 쥔 손가락을 노린다.

"어이쿠."

지그가 순간적으로 손을 떼었다.

그대로 위로 끝까지 휘두른 칼날의 방향을 틀어 상단에서 머리를 내려친다.

지그는 완전히 속도가 붙기 전에 가로로 든 나기나타로 그걸 막아냈다.

무기를 교차한 채 힘겨루기를 하다가 눈이 마주쳤다.

"제법이군."

"당신이야말로, 정말 한동안 안 써본 거 맞아?"

순발력이라면 모를까 힘으로는 승산이 없다.

서서히 밀리기 시작한 걸 필사적으로 버텼다.

"이게…… 윽?!"

더욱 힘을 실은 순간.

지그가 갑자기 힘을 풀었다.

당연히 이쪽의 칼날은 앞으로 흘러간다.

하지만 갑작스러운 자세 변화에 대응하지 못해 중심이 쏠리고 말았다.

지그는 자세를 낮추어 이쪽의 몸 아래로 파고들었다.

무기가 서로 얽혀 있는 가운데, 카타나가 나기나타의 위로 미끄러진다.

몸을 비틀며 기세를 이용해 반원을 그리듯이 지그가 이사나를 메쳤다.

몸을 잡지 않고, 무기를 맞댄 상태에서의 힘을 이용하는 '맞대어 던지기'라 불리는 기술이다.

"큭!"

흐름을 거스르지 않고 스스로 몸을 날린다.

그대로 거리를 벌려, 낙법을 해서 대미지를 죽인다.

지그는 좀 전과 같은 대기 자세를 취하고 있다.

그대로 내동댕이쳐졌다면 적지 않은 대미지와 함께 행동불능에 빠졌을 거다.

쌍인검을 쓸 때와 달리, 빈틈을 엿보다가 이쪽의 방어를 무너뜨리는 교묘한 전법을 쓰고 있다.

"……재주도 많네."

옷이 지저분해진 것도 개의치 않고 이사나가 사납게 웃었다.

처음 싸웠을 때 보았던 초라한 철제 무기와 달리, 제대로 치고받을 수 있는 무기를 사용하니 역량 차이가 여실하게 나타났다.

검술 실력만으로 꺾고 싶었지만 그런 소릴 할 때가 아닌 것 같다.

특제 강화술을 몸에 걸기 시작한다.

몸풀기라는 명목상 온 힘을 다할 수는 없지만, 비장의 수 이외의 것이라면 써도 상관없을 거다.

공격술은 제어가 영 서툴렀다.

방어술에 이르러서는 센스가 괴멸적이리만큼 없었지만, 강화술에서는 높은 적성을 보였다. 그 적성을 살려 자기 나름대로 개량한 전장(電裝)강화술.

평범한 강화술과는 강도도 효율도 차원이 다르다.

몸에서 조금씩 번개가 흘러나오고, 녹색 눈동자가 은은히 빛난다.

'그것'보다는 출력을 낮춘 만큼 약하지만, 지구력은 이쪽이 더 뛰어나다.

이전에 사용했던 비장의 수와 비슷한 강화술을 사용하자 지그의 표정이 굳어졌다.

"……너무 의욕적인 거 아닌가?"

"그렇다는 자각은 있어."

동년배 중에서 진심을 다해 싸울 수 있는 상대는 처음이다.

즐겁다는 마음과 지고 싶지 않다는 마음이 동시에 부풀어 올랐다.

"지금부터가 진짜야."

오른발을 한 발짝 뒤로 물러 비스듬히 자세를 잡는다.

칼끝은 뒤로 향하되 칼날은 비스듬히 우측 아래로 가도록 한다.

협세(脇勢)라 불리는 자세다.

사거리를 파악하기 어렵게 하는 동시에 어디를 조준하고 있는 지도 알기 어렵게 할 수 있다는 이점이 있다.

또한 비스듬하게 몸을 돌리고 있어서 회피행동을 취하기도 쉬우며 공격을 기다렸다가 반격하는 데 적합한 자세다.

칼날이 뒤로 향하고 있어 원심력을 싣기도 쉽고, 발도술만큼은 아니지만 위력도 있다.

도신의 길이는 이미 상대가 알고 있으니 기습에는 그다지 의미가 없지만, 사거리의 차이 때문에 선수를 빼앗기고 있는 현재 상황에서는 최적의 전술이다.

이사나는 신중하게 상대를 살폈다.

지그는 단단히 버티고 서 있는 것도 아닌데 빈틈이 보이지 않는다.

자루가 긴 무기를 사용하고 있음에도 불구하고 중심이 매우 안정적이라 페이크도 잘 먹히지 않을 거다.

이쪽의 무기는 속도다.

이전에 싸웠을 때, 상대는 이쪽의 속도에 대응하지 못했다.

이번에도 같을 거라 생각하는 것은 지나치게 낙관적인 사고일지도 모르지만, 장점을 살리지 않는 것 또한 악수(惡手)다.

머릿속으로 공세를 펼칠 계획을 세운다.

"······좋아."

결심을 굳혔다.

온힘을 다해 부딪히기 위해, 단전에 힘을 준다.

땀이 이마를 타고 흐른다.

지그가 호흡을 내뱉은 순간.

그 빈틈을 노리기 위해 움직인다.

"……정말, 무시무시하군."

조금 전과는 차원이 다른 속도에 주변 사람들의 눈이 휘둥그레졌다.

어릴 적부터 재능을 갈고닦아 부족의 긍지라 할 수 있는 달인의 영역까지 도달한 이사나.

검술의 천재라고 불릴 정도인 그녀의 진짜 실력.

그 일부를 목격한 남자들은 흥분을 금치 못했다.

"……!"

신속(神速)의 돌격에 지그의 공격이 늦어졌다.

속도를 유지한 채 상체만 움직여 그걸 피한다.

근소한 차이로 타이밍이 늦은 찌르기가 머리카락을 스쳤다.

"쉭!"

뒤로 빼고 있던 카타나를 역사선베기로 쳐올린다.

완벽한 타이밍이다.

모두가 회피는 불가능할 거라 생각했다.

"훅!"

몸통을 노린 역사선베기는, 제자리로 돌아온 나기나타에 의해 가로막혔다.

"뭐?!"

회심의 일격이 막히자 이사나는 동요했다.

말도 안 돼.

제때 무기를 원위치시킬 수 있는 속도가 아니었다.

대체 무슨 수로.

사실 지그가 조금 전 날린 찌르기는 페인트였다.

힘은 거의 싣지 않고, 언제든 방어로 이행할 수 있을 정도로만 공격했던 것이다.

지금까지의 찌르기와는 소리부터 달랐지만, 돌격에 너무 집중한 탓에 이사나는 그 차이를 알아채지 못했다.

타이밍이 늦은 게 아니라, 그녀가 알아채지 못하도록 유도한 후에 공격한 거다.

돌진의 기세가 실린 역사선베기를, 뒤로 흘리듯 막아낸다.

"큭……!"

앞으로 쏠린 몸을 어찌어찌 세웠지만, 자신의 속도가 화가 되어 즉시 행동하지 못하고 짧은 빈틈이 생기고 말았다.

그 빈틈을 놓쳐줄 상대가 아니다.

줄어든 거리를 다시 벌리지 않고, 자루를 옆으로 후린다.

아직 바로잡지 못한 자세로 흘려낸다.

거리가 가까워 제대로 힘이 실리지 않은 덕에 막을 수 있었다.

하지만 지그는 몸을 회전시켜 물 흐르듯 자연스러운 동작으로 나기나타를 날렸다.

"사람 우습게 보지 마!"

그걸 흘려내며 반격한다.

지근거리는 나기나타의 유효 사거리가 아니다.

접근을 허용했을 때 대처하기 위한 기술은 있지만, 그럼에도 위협적인 거리는 아니다.

굳이 그 거리에서 계속 싸우다니, 이쪽을 얕보는 건가.

분노를 실어 검격을 날린다.

지그는 그걸 스르륵 피하더니 뒤로 물러났다.

"놓칠 줄 알고!"

이제 와서 물러나려 해봐야 늦었다.

물고 늘어지듯이 거리를 좁혀 가로로 검격을 날린다.

지그는 몸을 숙인 채 회전하며 더욱 물러났다.

하지만 물러나는 쪽과 전진하는 쪽 중에서는 후자가 더 빠르다.

앞으로 나아가 근거리를 계속 유지하려 했다.

하지만 그때, 하단에서의 공격이 불쑥 날아들었다.

지그가 뒤로 물러나며 몸을 회전시켜 다리를 후리는 일격을 내지른 것이다.

"이런……!"

유도당했다.

굳이 근거리에서 싸운 건 이것 때문이었나!

앞으로 몸이 쏠린 자세에서, 막기에는 너무 낮은 공격을 피하고자 순간적으로 위로 뛰었다.

뛰고, 말았다.

"……당했다."

이사나의 장점은 속도와 순발력이다.

하지만 허공에서는 그 중 어느 쪽도 발휘할 수 없다.

그리고 공중에서 회피행동을 하는 데에는 한도가 있다.

자신의 실책을 깨달았을 때는 이미 늦은 뒤였다.

그 순간을 기다리고 있었던 지그가 움직였다.

절호의 기회를 맞았음에도 서두르지 않고 냉정하게 카타나가 닿지 않을 거리를.

만에 하나라도 반격이 닿지 않을 거리를 유지한다.

착지 순간을 노린 일격은, 방어를 했음에도 이사나의 의식을 앗아갔다.

†

숨을 내뱉고 자세를 풀고서 방금 전의 전투를 되짚어 보았다.

"음. 그럭저럭 감은 되찾았군."

역시 실전 형식의 훈련은 다르다.

스윙 훈련이나 시합 형식의 훈련이었다면 이렇게 단번에 감을 되찾지는 못했을 거다.

솔직히 말하자면 이렇게까지 할 생각은 없었지만 이사나가 실전 형식으로 겨루기를 강하게 희망한 탓에 어쩔 수 없었다.

역시 그녀도 무인이었다.

지고는 못 사는 성격인 것이리라.

"이사나 님?! 괜찮으십니까!"

그 이사나는 다른 무예자들의 보살핌을 받고 있었다.

힘을 조절해서 큰 부상을 입지는 않았겠지만, 주변 사람들은 아주 난리법석이다.

중환자라도 다루듯이 들고 실내로 운반해 갔다.

지그는 쓴웃음을 지은 채 그 뒤를 따랐다.

†

"……이 광경, 되게 오랜만이네."

눈을 뜨자마자 이사나의 입에서 제일 먼저 나온 것은 그러한 말이었다.

아직 미숙했던 시절, 수련하다가 의식을 잃으면 이곳에서 눈을 뜨고는 했다.

실력이 늘자 자신이 의식을 빼앗는 쪽이 되어, 이곳에 올 일이 없어졌었건만.

간호를 하던 남자 입회인이, 걱정이 가득한 얼굴로 발을 동동 구르는 남자들을 밖으로 쫓아내고 미소 지은 채 말했다.

"훌륭한 시합이었어요. 많이 배웠습니다."

"나, 아주 제대로 깨졌는데?"

"그 또한 좋은 경험이 되겠지요."

"……끄응."

얼핏 보면 온화해 보이기만 하는 남자—— 이 도장의 사범 대리에게 떨떠름한 표정을 지어 보였다.

느긋한 동작 속에서 실력자의 편린이 느껴진다.

어릴 적에는 이곳에서 그에게 호된 훈련을 받고는 했다.

"코가 아주 납작해지셨군요."

"자만한 적은 없지만…… 실제로 지고 나니…… 분하기는 하네."

사범 대리는 떨떠름한 표정의 이사나를 보고 껄껄 웃더니 적신 수건을 내밀었다.

이사나는 감사 인사를 하며 받아서 땀을 닦아냈다.

"세계는 넓습니다. ……그런 소릴 입에 담아온 저도, 솔직히 말해서 동년배 중 당신을 꺾을 자가 있을 거라곤 생각도 못 했습니다."

사범 대리의 말에 쓴웃음을 지은 채 동의했다.

"이사나, 괜찮나?"

방 밖에서 지그가 말을 걸어왔다.

"슈오우가 왔다. 목적지를 추려냈다더군."

벌써 시간이 그렇게 흘렀나.

생각보다 오래 잠들어 있었던 모양이다.

"괜찮아. 들어와."

"저는 방해가 되겠군요."

"미안. 이거 고마워."

그는 수건을 받아들고 일어나더니 고개 숙여 인사했다.

방에 들어온 지그 일행과 교대하듯이 사범 대리가 밖으로 나갔다.

"이제 괜찮나?"

"누구 놀려? 힘 조절했잖아."

장난스럽게 말하는 그녀의 모습에 지그는 문제없어 보인다며 고개를 끄덕였다.

슈오우가 누워 있던 이사나를 보고 고개를 갸웃했다.

"이사나 님? 무슨 일 있었습니까?"

"그냥 좀…… 몸이 안 좋아진 건 아니니 걱정하지 마."

슈오우는 의아한 눈치였지만 본인이 그렇다면 문제없을 거라 생각했는지 그 이상은 묻지 않았다.

그러고는 이곳에 온 본래의 목적대로 보고를 했다.

"후보지는 네 곳. 그중 사람의 출입이 있었던 것으로 보이는 장소는 두 곳입니다."

지도를 보고 두 곳을 확인한다.

북쪽에 바자르타, 남쪽에 칸타렐라, 동쪽에 진수우·야.

후보지는 진수우·야의 서쪽과 북쪽에 있는 듯했다.

지그는 지리감이 있는 슈오우에게 의견을 구했다.

"어떻게 생각하지?"

"서쪽일 가능성은 낮을 겁니다. 어느 마피아가 움직였건, 다른 세력에게 탄로 났을 가능성이 높습니다. 그에 비해 북쪽이라면 바자르타 패밀리가 관여했을 가능성이 높겠지요."

타당한 판단이다.

자신의 구역에서 떨어진 곳에서 일을 벌이기에는 난이도도 위험성도 너무 크다.

자신들과의 연관성을 나타내는 증거만 없으면 되니, 어느 정도 가까워도 문제는 없다.

"두 세력이 손을 잡았을 가능성은 없나?"

"……없다고는 못 하겠군요. 하지만 과거에 두 세력이 공공연히 손을 잡고 행동한 적은 없습니다. 암묵적인 약속으로 불간섭 방침을 관철하고는 있습니다만. 게다가……."

슈오우는 거기서 말을 끊었다.

그 다음 내용은 듣지 않아도 예상이 되었다.

만약 두 세력이 손을 잡고 진수우·야를 제거하려 했다면.

납치 정도로 이 꼴이 된 그들은 손 한 번 써보지 못하고 쓸려나 갔을 것이다.

때문에 두 사람도 더 캐묻지 않았다.

지그는 관련이 없어서.

이사나는 상상하고 싶지도 않은 사태라서.

"그럼 오늘 밤, 북쪽을 조사하지."

"알겠습니다. 인원은 어떻게 할까요?"

"머릿수는 적을수록 좋아. 적의 은신능력은 미지수니까. 소수 정예로 가지."

"나랑 지그, 슈오우도 도와줘. ……그리고 라이카도 데려갈 거야."

이사나가 입 밖에 낸 이름을 듣더니 슈오우가 노골적으로 놀란 표정을 지었다.

"라이카를, 말입니까? ……하지만, 녀석은 살인에 취한 광인(狂 人)입니다. 무슨 짓을 할지……."

"나도 알아. 하지만 지금은 손이 부족해."

슈오우는 반대했지만 이사나가 의견을 바꾸지 않으리라는 것 을 깨닫고는 입을 다물었다.

잠시 망설인 후, 그는 어쩔 수 없이 고개를 끄덕였다.

"……알겠, 습니다. 그럼 추후에 족장님 댁에서 뵙죠."

그 말을 끝으로 방을 나섰다.

그 뒷모습을 배웅한 후, 이사나가 한숨을 내쉬었다.

"……역시 좋아라고 찬성하지는 않네."

"꽤나 미움을 받는 것 같군."

"살인을 즐기는 녀석과 친구가 되고 싶은 사람이 얼마나 되겠어."

그 라이카라는 인물은.

현상금 사냥꾼이라는 직업도 직업이지만 살인을 즐긴다고 한다.

"그렇게 희한한 일도 아니라고 생각한다만."

"……당신 주변이 이상한 건 아니고?"

그렇게 말하면 반박할 말이 없지만.

하지만 다른 사람에 대한 공격성은 누구나 가지고 있기 마련이다.

약간의 환경 변화와 충동에 의해 발현되는 경우도 드물지 않다.

문제는 그것과 어떻게 마주할 것인가, 하는 것이라고 그는 생각했다.

이러한 부분에 대한 사고방식이 이사나 일행과 근본적으로 다른 듯했다.

"시간이 될 때까지 작전을 짜두자."

이사나의 말에 따라 두 사람은 지도로 시선을 옮겨, 경로 등을 확인해 나갔다.

†

해가 저물 무렵에 족장의 집으로 향했다.

사건의 영향 때문인지 인적은 드물었고, 아이들은 아예 보이질
않았다.

있어야 할 것이 몽땅 빠져나간 풍경이 주는 위화감이, 끊임없
이 초조함을 부추겼다.

"애들이 안 보이니 거리가 다 을씨년스럽군."

이상한 광경을 보고서 혼잣말을 했다.

"아이는 보물이라는 말도 있잖아……. 한시라도 빨리 어떻게든
해야겠어."

이사나가 걸음을 재촉했다.

초조해하지 말라고 하려다가 입을 다물었다.

말하는 건 쉽지만, 지금의 그녀에게는 와 닿지 않을 거다.

논리로 해결할 수 없는 일도 있기 마련이다.

그러다 보니 족장의 집에 도착했다.

"오오, 왔구나."

"오래 기다리셨습니다, 족장님."

이사나 일행을 보고 족장이 고개를 들었다.

이미 다른 면면들은 모여 있었던 모양이다.

안에 들어가자 슈오우와 족장, 그리고 낮에 본 남자들이 있었다.

그리고 웬 청년이 그런 그들과 거리를 두고 서 있었다.

나이대는 10대 후반.

적갈색 머리에 호리호리한 체격.

하지만 그냥 호리호리한 게 아니라 극한까지 단련한 날카로운 분위기를 띠고 있었다.

그가 이야기로 들은 라이카라는 자일 거다.

서 있을 뿐인데도 빈틈이 없다.

무엇보다도 슈오우라는 남자들이 흉측한 것을 보는 듯한 눈빛을 보내고 있다.

전해 들었던 대로 꽤나 골칫덩이 취급을 받고 있는 모양이다.

정작 본인은 그들의 눈빛을 조금도 신경 쓰지 않았다.

어쩐지 흐리멍덩해 보이는 그의 눈이, 지그를 바라보았다.

"혹시, 저 녀석이야?"

"……그래."

라이카의 물음에 슈오우가 험악한 얼굴로 답했다.

그 답을 듣더니 라이카의 흐리멍덩한 눈에 희색이 떠올랐다.

"어쩐지. 이상하다 싶었어. 너희가 나한테 부탁을 다 하다니."

옅은 미소를 띤 채 지그 일행에게 다가간다.

느릿한 발걸음으로, 미끄러지듯이.

이사나의 보법과 비슷하지만 그와는 조금 다른 듯 느껴졌다.

"우리가 외부에 도움을 구했다는 것도 놀랍지만, 그에 응하는 녀석이 있다는 것도 놀라운걸. 형씨, 얼마 받았어? 이사나가 몸이라도 내줬어?"

"라이카!"

이사나가 꾸짖어도 어깨를 으쓱해 보일 뿐, 표표한 태도를 거두지 않았다.

"의뢰비는 위험도를 감안해 충분히 받았다. ……이사나의 몸을 받기에, 이번 일은 너무 간단하니까."

"……헤에."

알기 쉬운 도발이다.

그걸 가볍게 흘려 넘기는 답변에 라이카가 눈매가 날카로워졌다.

품평이라도 하는 듯한 눈빛을 거두고 속을 떠보려는 듯이 이쪽을 쳐다본다.

라이카에게 손을 내밀며 자기소개를 했다.

"지그다. 전해 들은 대로의 실력자 같군. 기대하겠다."

그는 그 손에는 눈길도 주지 않고 계속 지그를 쳐다보고 있었다.

악수에 응할 낌새는 없다.

"……그거 말고도 들은 게 있을 텐데? 어쩌다 나를 부를 생각을 한 거야?"

경계하듯 이쪽의 반응을 살피고 있다.

숨길 일도 아니라 솔직하게 답했다.

"그 정도라면 문제없겠다고 판단했기 때문이다."

"……그 정도라니. 형씨, 머리는 괜찮아? 나는 살인이나 즐기는 놈인데?"

또 그 소린가.

매번 같은 반응이라 싫증이 날 정도다.

여기 녀석들은 천성이 너무 올곧다고 해야 할지, 무인 기질이
너무 강하다.

"너, 살인이 좋지?"

"그래, 좋아."

즉답했다.

주변 사람들이 강한 혐오감을 내비쳤다.

옆에 있는 이사나도 불쾌한 표정을 숨기려고도 하지 않았다.

"그러면 어쩔 수 없지 않나."

"뭐?"

예상치 못한 답변에 라이카가 멈칫했다.

그뿐만이 아니다.

다른 이들도 지그가 제정신인지 의심하는 듯한 눈빛을 보냈다.

"자신이 좋아하는 걸 부정해 봐야, 살인을 좋아한다는 사실이
바뀌는 건 아니지. 그렇다면 남은 문제는 '그것'과 어떻게 마주할
것인가 아닌가."

"당신, 무슨 소릴……?"

옆 사람의 반응을 무시하고 이야기를 진행한다.

놀란 마음을 다잡음과 동시에 라이카의 눈초리가 바뀌었다.

조금 전까지 흐리멍덩해 보였던 눈은 어디론가 사라지고, 진지
한 표정이 그 자리를 메웠다.

"'그걸' 자각한 인간이 취하는 행동은 대개 둘이지. 몸을 맡기거
나, 억누르거나."

손가락 하나를 세워 보이며 말을 잇는다.

"간단한 건 몸을 맡기는 거다. 충동에 따라 죽이는 거지. 남녀노소를 가리지 않고."

그러면 어엿한 쓰레기가 완성된다고 말하며 어깨를 으쓱해 보였다.

그리고 두 번째.

"나머지 하나인 억누르는 것. 정도에 따라 다르지만 이것도 언젠가는 한계가 온다. 살인 충동이라는 건 평소에는 신경이 안 쓰이지만, 어느 순간 불쑥 치밀어 오른다더군. 성적인 흥분을 느꼈을 때, 강한 분노를 느꼈을 때와 같이, 감정이 고양되었을 때 솟구치지. 그전까지 성인(聖人)처럼 행동하던 자가 어느 순간, 미쳐 버리는 거다. 한 번쯤은 들어봤을 텐데? '그런 짓을 할 사람으로는 안 보였다' 따위의 말을."

모두가 지그의 말에 귀를 기울였다.

귀를 기울였다기보다는, 너무도 가치관이 다른 나머지 끼어들 엄두도 내지 못하고 있었다.

"……그러면, 어느 쪽이 되었건 파멸하지 않아?"

"그야 그렇지. 실제로 그걸 떠안고 사는 인간 중엔 그렇게 되는 녀석이 많아. 하지만 개중에는 그것과 잘 어울리며 살아가는 녀석도 있다."

거기서 세 번째 손가락을 세워 보였다.

"그것을 생업으로 삼는 거다. 죽여도 아무도 뭐라고 하지 않을, 오히려 사람들이 고마워할 인간은 세상에 썩어난다. 그런 녀석들을 취미와 실익을 겸해 죽이면 아무도 곤란해지지 않아."

하지만 실제로 그 길을 선택하는 인간은 적다.

당연하다.

자신의 살인 충동을 맨정신으로 받아들여야만 하기 때문이다.

누구에게도 상담 못 할, 경멸스러운 행위.

자신이 그걸 행한다는 사실을 받아들여야만 한다.

"그 나이에 용케 자신의 충동과 마주하고 있군. 대단한 정신력 이야."

"……후후."

자연스럽게 웃음이 나왔다.

진짜 웃겨 죽겠다.

"형씨, 미쳐도 단단히 미쳤네. 나 정도의 미친놈은 전혀 신경도 안 쓸 만도 해."

"……주변에 있던 놈들 중에서는, 정상적인 편이었다만."

약간 풀이 죽어서 말하는 게 또 웃음을 불렀다.

라이카가 아직도 내밀고 있는 지그의 손을 보았다.

그는 잠시 망설인 후, 그 손을 마주 잡았다.

"좋아, 미친 형씨를 봐서 공짜로 어울려줄게. 일단 가족 문제이 기도 하니까."

"고맙군."

신이 난? 두 사람과 달리 주변 사람들은 하나같이 똑같은 생각 을 하고 있었다.

족장이 수염을 쓰다듬으며 입을 열었다.

"의지할 상대를…… 잘못 고른 걸지도 모르겠구먼."

하지만 이제 와서 그 사실을 깨달아 봐야 이미 늦었다.

달리 기댈 곳도 없으니 이대로 맡길 수밖에 없다.

라이카에게 작전을 다 설명하고 나자 출발 시간이 되었다.

소리를 내지 않기 위해 방어구는 최소한으로 걸쳤다.

얼굴이 노출되지 않도록 지그는 천을 얼굴에 두르고 눈가만 노출시켰다.

"그럼, 부탁하마."

"네, 족장님. 길보(吉報)를 기다려주십시오."

준비를 마치고 슈오우를 선두로 목적한 장소로 향했다.

이미 날은 저물어 스쳐 지나가는 사람도 없었다.

그럭저럭 거리가 있었지만 네 사람 모두 걸음이 빨라 약 두 시간 만에 도착했다.

"넓군. 뒤가 구린 일을 하기에는 딱이겠어."

아마도 공장 같은 것이리라.

커다란 건물은 낡기는 했지만 무너질 낌새는 없었다.

얼핏 보면 인적이 없어 보였지만, 주변을 관찰해보니 사람이 출입한 흔적을 찾을 수 있었다.

"제대로 찾았네."

"……그럭저럭 많은 인원이 이곳을 출입하고 있는 듯합니다. 아이들의 발자국은 안 보이지만요."

"들쳐 메고 옮겨온 걸지도 몰라."

머릿속으로 작전을 되짚어본다.

둘씩 팀을 이루어 건물 안으로 침입.

각각 아이들이 있는 곳을 찾는다.

범인도 있을 가능성이 높지만, 아이들을 우선시한다.

숫자가 많으니 발견하더라도 그 즉시 구하기는 어렵다.

아이들을 발견하는 대로 한 팀이 건물에서 떨어진 장소에서 대기 중인 진수우 · 야의 구조대에 보고.

나머지 한 팀이 아이들을 호위한다.

정면이 아니라 뒤로 돌아든다.

하지만 뒷문은 잠겨 있었다.

지그가 억지로 열려 하자 이사나가 제지했다.

"물러나 있어."

소리도 없이 칼을 뽑더니, 녹슬어 틈새가 벌어진 문에 쑤셔 넣었다.

도신 중간 정도에 빗장을 걸쳐놓고 호흡을 가다듬는다.

"흡!"

정(靜)에서 동(動)으로.

호흡과 함께 칼을 단숨에 당긴다.

작지만 날카로운 소리와 함께 빗장이 두 동강이 났다.

"저희가 발각될 경우, 아이들의 목숨이 위험합니다. 최대한 신중하게 행동해주십시오."

"그러지."

안에 들어가 둘로 갈라졌다.

지그와 라이카.

이사나와 슈오우.

다른 두 사람이 라이카와 한 팀이 되는 걸 꺼려해서 자연스럽게 이러한 조합이 된 것이다.

두 팀은 소리를 내지 않고 조용히 방을 하나씩 조사해 나갔다.

✝

이사나와 슈오우가 네 번째 방을 확인했다.

이곳에도 없는 모양이다.

방에서 나가 다음 방을 찾는다.

"이사나 님, 여쭙고 싶은 게 있습니다."

"뭔데? 짧게 말해."

슈오우가 격식을 차려 말을 걸어왔다.

주변에 인기척이 없다고는 해도 적지인 이상 조심하는 게 좋다.

목소리를 죽여서 슈오우가 물었다.

"저 남자와는 대체 어떤 관계이십니까?"

이사나는 그 물음에 어떻게 설명해야 할까, 하고 머리를 싸쥐었다.

약에 관해서는 말하지 않기로 약속했다.

그 부분을 잘 얼버무려서 말했다.

"이전에, 일을 하다 내가 착각하고 공격해 버렸어. 뒷골목에서 정보를 모으던 그를 마피아로 착각했거든……."

아이들의 실종 소식이 보고되기 시작했을 즈음. 남몰래 수색을 하고 있던 이사나는 마피아의 말단 조직원과 밀담을 나누는 지그와 조우하여, 그대로 전투에 돌입했다. 엄청난 착각이 있었던 것은 물론이고 반격까지 당했던 것은 지금 생각해도 씁쓸한 추억이다.

"이사나 님…… 사부께서 늘 덜렁대는 버릇을 고치라고 말씀하지 않으셨습니까……."

어이가 없다는 듯이 슈오우가 한숨을 내쉬었다.

사부나 나이 지긋한 달인들에게 귀에 못이 박히도록 들었던 말이다.

"자자, 다 지난 일이니 넘어가기로 하고. 뭐가 궁금한데?"

아픈 데를 찌르기에 다음 말을 재촉했다.

슈오우는 못마땅한 얼굴이었지만, 이야기를 진행하기 위해 마음을 다잡았다.

"……되도록 얽히지 않는 게 좋을 듯합니다. 저 남자의 사상은 너무 위험합니다."

뭐, 그렇겠지, 라고 남의 일인 양 생각했다.

"……무슨 말인지 전혀 이해가 안 되는 건 아닙니다. 만약 제가, 그게…… 살인 충동을 가지고 태어났다면…… 분명 저는 그것과 마주하지 못했을 겁니다."

슈오우의 독백을 가만히 들었다.

그는 평소 큰 변화가 없는 얼굴을 찌푸린 채 표현을 정리했다.

"라이카를 보는 시선이 다소 변했다는 자각은 있습니다. 그런 충동을 떠안고 있으면서도 결정적인 실수를 저지르지 않은 그에게, 존경심마저 느껴집니다. ……하지만."

가느다란 눈을 번쩍 뜬다.

거기에 떠올라 있는 감정은, 다름 아닌 공포였다.

"저 남자는 너무도 이질적입니다. 대체 어떤 환경에서 지냈기에 저러한 생각에 다다른 겁니까? 지금까지 광인과 악인(惡人)들을 질리도록 보아왔습니다. 하지만 그는 그 어느 쪽에도 속하지 않습니다."

그의 말을 들으니 공감이 되는 부분도 있었다.

너무도 다른 살인에 대한 가치관.

말은 통하지만 마치 아주 머나먼 곳에서 온 이방인과 대화하는 듯했다.

"저 남자는, 언젠가 반드시 우리에게 이를 들이댈 겁니다. ……아니, 적의조차 품지 않고 칼을 겨눌 겁니다."

"……그렇겠지."

그와 접해온 시간이 길지 않은 자신도 알 수 있었다.

지금 살아있는 것도 결국 운이 좋았기 때문이다.

자신이 죽으면 지그의 일에 지장이 생기니 살려둔 것이다.

"언제 적이 될지 모른다면, 차라리 지금……."

"그만둬."

조용하지만 강한 어조로 말한다.

말을 가로막은 데다 부정까지 하자 슈오우가 당황했다.

"하지만……."

"그렇다 해도 이쪽에서 먼저 손을 대는 건 안 돼."

만약 그렇게 되면 지그는 진수우 · 야를 적이 아니라 제거 대상이라고 판단할 거다.

적이라면 일을 완수하면 그냥 둘 가능성도 있다.

하지만 해가 되리라 판단한다면.

"만약 처치하지 못하면, 그는 무슨 수를 써서라도 우리를 제거할 거야."

그것만은 피해야 한다.

슈오우는 아직도 납득하지 못한 눈치였지만 천천히 고개를 끄덕였다.

"……알겠습니다."

"이쪽에서 손을 대지 않는 한, 지그도 무모한 짓은 안 할 거야. 나도 그의 동향에 주의……."

말을 중간에 끊고 주변을 둘러본다.

슈오우도 그것을 알아채고는 곧장 태세를 변경했다.

의식을 청각에 집중시켜, 대나무 잎 모양의 귀를 기울인다.

이윽고 그 소리를 포착했다.

"……아이의 목소리, 일까요."

"아마도. 가보자."

두 사람은 소리를 내지 않고 빠른 걸음으로 목소리가 들려온 방향으로 향했다.

작업장일까.

휑뎅그렁한 공간을 지난다.

그 안쪽에 무거운 문이 보인다.

밖에서 잠긴 그것을, 이사나가 베었다.

작지만 날카로운 소리와 함께 문에 걸린 자물쇠가 두 동강 났다.

문을 살짝 열어 내부를 살폈지만 어두워서 아무것도 안 보였다.

문 너머로 기척을 감지해 보았지만, 매복을 하고 있는 듯한 낌새는 없었다.

창고로 추측되는 방으로 들어가, 마술로 손끝에 불을 밝혀 비추었다.

빛의 양을 억제한 마술이 방을 은은하게 밝혔다.

"이건⋯⋯."

방구석에 뭔가가 가지런히 놓여 있다.

조심스럽게 다가가자 마술로 만든 빛이 물체를 비추었다.

등줄기가 얼어붙었다.

그곳에는 여러 명의 아이들이 드러누워 있었다.

허둥지둥 달려가 맥을 짚어본다.

"⋯⋯다행이야, 의식을 잃은 것뿐인 것 같아."

"약으로 잠재운 것뿐인 듯합니다. 숫자는 보고된 인원수보다 조금 많은 것 같습니다만."

그 후 추가로 유괴된 아이가 있었던 걸까.

입술을 깨문 채 속에서 솟구친 분노를 억눌렀다.

"지그 일행을 불러서 구출대를 데려오자. 우리끼리 옮기기에는 너무 많아."

"그럼 제가 가겠습니다. 이사나 님은 아이들을 부탁드립니다."

슈오우가 창고를 나서고서 몇 분 후.

합류한 지그 일행과 상황을 확인했다.

"그럼 인원수는 문제없다는 거군."

"그래. 우리가 구출대를 불러올 테니, 그동안 아이들의 안전을 확보해 줘. 범인이 언제 돌아올지 모르니까."

"알았다."

설명을 하는 동안, 라이카가 고개를 갸웃하고 있었다.

"으~음……."

"왜 그러지?"

그 모습이 신경 쓰여서 지그가 물었다.

그러자 그는 고개를 들고 이사나를 쳐다보았다.

"이사나랑 슈오우는 아이의 목소리를 듣고 여기 온 거지?"

"맞아, 그게 왜?"

의도를 알 수 없어 의아한 표정을 지은 채 답했다.

"아이들은 전부 잠들어 있는데, 누구 목소릴 들은 거야?"

"뭐……?"

라이카의 지적에 이사나가 굳어졌다.

"……."

그의 지적을 들은 지그가 말없이 무기에 손을 댔다.

고요해진 창고 안에 팽팽한 긴장감이 감돌았다.

"……저기~."

그때 얼빠진 목소리가 들려왔다.

고개를 돌려보니 잠들어 있는 줄 알았던 아이 한 명이 일어나 있었다.

"······죄송해요. 사실 깨어 있었어요."

한 명이 그렇게 말한 것을 계기로, 추가로 몇 명이 쭈뼛거리며 일어났다.

합계 일곱 명이 이미 깨어 있었던 모양이다.

이사나 일행이 뚫어져라 쳐다보자 거북스러운 듯한 표정이었다.

"우리는 정신을 차려보니 여기 있어서······ 문도 안 열리고 어떻게 하면 나갈 수 있을지 의논하고 있었어요."

"아하. 그 목소리를 들은 거구나. 그런데 왜 잠든 척을 한 거야?"

"처음에는 우리를 납치해온 녀석들이 돌아온 줄 알고, 무서워서······."

그럴 만도 했네, 하고 라이카가 납득했다.

아직 어린 아이들이 갑자기 낯선 장소에 갇혔으니 경계할 만도 하다.

이성을 잃지 않은 것만 해도 대단한 것이다.

자세히 보니 납치당한 아이 중에서도 나이가 많은 축인 듯했다.

그 사실을 확인한 슈오우가 무언가를 알아채고 말했다.

"아무래도 그들은, 약의 분량을 잘못 조절한 것 같습니다."

"무슨 뜻이야?"

"아이의 미성숙한 몸에 쓰기에 수면제는 자극이 강합니다. 잘못된 분량을 사용하면 장애가 남거나 최악의 경우에는 죽음에 이를 수 있습니다."

상품에 문제라도 생기면 본전도 못 건진다.

하지만 이번에는 그게 역효과를 거둔 듯했다.

슈오우가 안심시키듯이 아이들에게 미소를 지어 보였다.

"이제 괜찮아, 금방 도와줄 사람들을 불러올게. 조금만 더 참을 수 있겠니?"

소년은 불안한 눈치였지만 힘껏 고개를 끄덕였다.

그 머리를 쓰다듬은 후, 두 사람은 떠나갔다.

"……얼마나 기다리면 사람들이 올까요?"

심심해진 소년이 라이카에게 물었다.

"응? 글쎄…… 대충."

"한 시간 정도면 되겠지."

뒤에서 답변이 날아들었다.

돌아보니 지그가 아직 잠들어 있는 아이들의 상태를 한 사람씩 살피고 있었다.

"……응, 대충 그 정도이려나?"

"꽤 오래 걸리네요."

"그러게. 그러니 우리가 그때까지 지켜줄게."

대답하며 라이카가 문 쪽으로 갔다.

교대하듯 지그가 돌아와 소년에게 질문했다.

"범인에 관해 기억나는 건 없나? 얼굴은 못 봤고?"

"……아무것도 기억이 안 나요. 집에 가려고 했더니 깜깜해졌고, 정신을 차려보니 여기 있었어요."

아이들을 모두 확인한 후, 지그는 품 안에서 동전을 꺼내 엄지로 튕기기 시작했다.

"그렇군. 다른 녀석들과는 어떤 관계지? 지금 깨어 있는 자들끼리는 아는 사이인 듯한데."

"친구예요. 저기 잠들어 있는 애들은, 본 적은 있지만 이름까지는 몰라요."

심심풀이처럼 반복적으로 동전을 튕긴다.

소년은 그 움직임에 시선을 빼앗긴 채 답했다.

그의 관심이 지그의 얼굴로 옮겨갔다.

"저기, 왜 얼굴에 천을 두르고 있어요?"

"이래저래 사정이 있어서."

적당히 얼버무리자 소년은 그 이상 캐물을 수가 없어져 입을 다물었다.

"형씨는 이번 사건을 어떻게 생각해?"

라이카의 물음에 지그가 눈을 가늘게 떴다.

동전을 계속해서 튕기며 자신의 생각을 입 밖에 낸다.

"마피아가 얽혀 있는 건 틀림없겠지. 인신매매는 군침 도는 장사지만, 일손과 연줄이 필요하고 그럭저럭 조직력이 있어야 할 수 있는 짓이야. 길바닥에 널린 깡패들이 하기에는 규모가 너무 커."

소년은 이야기의 내용을 못 알아듣겠다는 듯한 표정을 짓고 있었다.

그럼에도 이야기를 이어나간다.

"이민족이라면 다소 없어진다 해도, 정성껏 찾으려는 사람은 얼마 안 될 테니까. 약점을 아주 제대로 찔렀네."

어이가 없다는 듯이 어깨를 으쓱한다.

"그럼에도 위험성은 컸을 거다. 입지가 약하기는 해도 진수우 · 야는 무투파 집단. 만일 항쟁으로 번지기라도 하면 짐작하기 어려울 정도의 인적 피해가 나오겠지."

조직이란 커지면 커질수록 섣불리 움직이기가 힘들어지기 마련이다.

잃을 것이 많아져, 위험한 행위를 허용하기 어려워진다.

"범죄조직에도 강경파와 온건파란 것이 있다. 이번 일처럼 위험성이 큰 행위를 온건파가 용납할까."

"……요컨대, 일부 강경파가 폭주한 거란 말이야?"

"목적이 돈인지, 상부에게 점수를 따는 것인지는 모르겠지만. 어찌 되었건 조직의 상부가 취한 수단치고는 단락적인 것처럼 느껴지는군."

예측에 불과하지만, 이라고 덧붙여 말했다.

"돈 욕심에 폭주를 하다니. 마피아는 의외로 통솔력이 없는 거야?"

"하나로 똘똘 뭉친 마피아 같은 게 존재할 리가 있나."

욕지거리를 하는 듯한 말투에 웃으며 그건 그러네, 하고 대꾸했다.

"남의 일이라고 비웃고 있을 때가 아닐 텐데. 이걸 잘 이용하면 녀석들의 창부리를 돌리는 것도 불가능하지는 않아."

"……그렇구나. 단결력이 없다면 경쟁 상대의 실각을 바라는 녀석도 당연히 존재하겠지. 그 녀석들한테 이번에 독단으로 폭주한 녀석들에 관한 정보를 흘리면……."

"이민족을 신경 쓸 여유는 없어지겠지. 마피아의 후계 싸움은 상당히 격렬하다더군."

"……그런 부분을 잘 노려서 찌르는 게, 향후 우리가 살아갈 길이 될 것 같네."

자신들이 향후에 나아갈 방향에 관한 이야기라는 사실을 알아챘는지, 라이카의 목소리가 진지해졌다.

골칫덩이 취급을 받고는 있지만 그는 동료들에게 의리를 지킬 모양이다.

그가 기특한 마음씨를 지녔다는 사실에 놀람과 동시에 의외로 그릇이 크다는 생각이 들어 감탄했다.

"그럴지도 모르지."

그걸 내색하지 않고 쌀쌀맞게 대꾸했다.

"매정하긴."

"남의 일이니까."

"그것도 그런가?"

입으로는 그런 소리를 했지만 그다지 실망한 듯 보이지는 않았다.

지그와 자신의 입장도 잘 이해하고 있다.

그렇듯 능숙하게 거리감을 조절하는 그의 태도에서 편안함을 느끼며 이야기를 매듭지었다.

"자, 그럼."

생각보다 오래 이야기를 한 것 같다.

체감상 15분 정도는 지난 듯하다.

지그는 아이들이 있는 곳으로 향했다.

이야기의 내용을 이해하지 못하고 무료하게 있던 아이들이 고개를 들었다.

"움직일 준비를 해 둬. 앞으로 '5분 정도'면 구조대가 올 거다."

"뭐?! ……큭!"

지그가 말한 순간.

그 말을 들은 소년들의 안색이 바뀌었다.

표정과 목소리. 둘 다 아이답지 않은 그들의 모습을, 라이카가 차가운 눈으로 쳐다보았다.

"저, 저기! 아까 전에는 한 시간은 걸릴 거라고……."

"왜 그러지, 기쁘지 않은 건가?"

"아, 아뇨…… 그런 건 아니고."

되묻자 소년은 우물쭈물 대답했다.

그걸 무시하고 라이카를 쳐다보았다.

"어떻지?"

"……전부 수상하네."

답변을 듣고서 못 말리겠다는 듯이 어깨를 으쓱했다.

소년은 연기를 계속하려 했다.

하지만 그 반응을 확인하고는, 더 이상 숨기는 건 무의미하다는 사실을 알아챈 소년의 모습을 한 자가 눈을 흘겼다.

분위기가 돌변했다.

"……설마 들통날 줄이야. 언제부터 알았지?"

모습은 영락없는 어린애다.

하지만 그 몸에서 뿜어져 나오는 살기는, 그가 암흑가에 속한 자라는 사실을 이해하기에 충분하고도 남았다.

허리 뒤에서 나이프를 뽑더니 보란 듯이 이쪽을 향해 내밀었다.

지그는 답하는 대신 등에 짊어지고 있던 나기나타를 휘둘렀다.

옆으로 후린 일격이 어느샌가 잠들어 있는 아이들에게 다가가 있던 그림자를 덮친다.

그림자는 순간적으로 막았지만 나이프로 완전히 죽일 수 있는 충격이 아니다.

그대로 날아가 벽에 처박혔다.

"……."

소년은 쓰러진 동료에게는 눈길도 주지 않고 침묵했다.

자신이 주의를 끄는 동안 아이를 인질로 잡을 속셈이었던 모양이지만, 지그는 예상했었다.

"프로가 이유도 없이 선문답이나 할 것 같나."

지그가 다른 적을 향해 나기나타를 겨누어 견제한다.

시간 벌이를 해봐야 소용이 없을 것이라는 사실을 깨달은 그들이 전투태세에 돌입했다.

라이카도 말없이 무기를 겨누었다.

신호는 없었다.

누가 먼저랄 것 없이 바닥을 박차, 살육전이 시작되었다.

먼저 움직인 것은 소년이었다.

품안에서 작은 나이프를 꺼내 지그에게 투척한다.

나이프를 던진 이의 동료 두 명이 투척물의 뒤를 쫓듯 달린다.

피하면 뒤에 있는 아이들에게 맞을 궤도다.

어쩔 수 없이 그 자리에서 대처한다.

무기는 사용하지 않고 갑옷 토시와 다리 갑옷을 사용해, 최소한의 동작으로 튕겨낸다.

뒤따라 달려온 두 사람이 자세를 완전히 추스르지 못한 지그에게 시간차 공격으로 나이프를 내질렀다.

무기를 쥔 손의 손가락을 노린 참격.

일격에 해치우려 하지 않고 견실하게 상대의 행동력을 빼앗으려는 공격이다.

투척물에 대응한 탓에 나기나타를 휘두르기에는 너무 늦었다.

지그는 무기를 놓고 칼날을 피했지만, 상대도 그건 예상했다.

그 즉시 목표를 변경.

목을 꿰뚫는 궤도로 찌른다.

정확하면서 군더더기 없는 공격이다.

따라서, 예상하기도 쉬웠다.

지그는 왼손을 움직여, 목으로 육박하는 나이프를 든 상대의 오른쪽 손목을 잡아 막았다.

그와 동시에 오른손으로 상대의 팔꿈치 안쪽을 누른다.

상대의 팔꿈치를 받침점 삼아, 굽어진 팔을 목 쪽으로 밀어 넣는다.

상대의 입장에서는 나이프를 쥔 자신의 오른팔이 자신의 목을 공격하는 모양새가 되었다.

"?!"

예상치 못한 반격이다. 자신의 팔이 자신을 공격할 줄은 꿈에도 몰랐을 거다.

하지만 상대도 프로. 놀라서 움직임을 멈추는 미숙한 짓은 하지 않았다.

순간적으로 왼팔을 끼워 넣어 자신의 팔을 막았지만, 한 손에 두 팔의 움직임이 봉쇄되고 말았다.

지그가 비어있는 오른팔의 갑옷 토시로 또 한 명의 옆구리를 노린 찌르기를 튕겨냈다.

그 기세를 이용해 제압한 상대에게 강렬한 보디블로를 먹였다.

두 팔이 들려 있던 상대의 무방비한 옆구리에 주먹이 꽂힌다.

"쿠허어……?!"

몸에 퍼진 충격과 내장이 찌그러드는 듯한 힘에, 입에서 탁한 목소리와 피가 흘러나왔다.

몸이 붕 뜰 정도의 일격에 갈비뼈가 마른 가지처럼 부러져 폐에 꽂혔다.

무너져 내리는 상대에게는 눈길도 주지 않고 나머지 한 명에게 쇄도한다.

압도된 상대가 허둥지둥 몸을 날려 거리를 벌리려 했지만 그건 악수였다.

나기나타를 회수한 지그가 찌르기를 날렸다.

압도적인 사거리로 물러나는 상대를 추격한다.

"이런…… 망하아아알!"

나이프로 튕겨내려 했지만 무기의 위력과 힘 차이가 너무 심해서 막을 수 있을 리가 없었다.

몸통을 꿰뚫린 채 고꾸라졌다.

방심하지 않고 두 사람의 숨통을 끊은 후, 나머지 한 명에게 몸을 돌린다.

"......"

순식간에 동료 두 명을 잃은 남자가 어떻게든 이탈할 방법을 찾기 시작했다.

출구가 있는 후방의 전투가 어떻게 되었는지 확인하고 싶지만, 이 남자에게서 잠시라도 눈을 떼는 것 자체가 망설여졌다.

칼이 부딪치는 소리가 들리는 걸 보면 아직 결판은 나지 않았다.

도망칠 궁리를 하던 중, 지그가 움직였다.

천천히 시체에 나기나타를 박더니 들어 올린 것이다.

잔인한 짓거리를 하는 지그의 모습에 눈이 휘둥그레진 채 공격에 대비했다.

†

두 명을 처리한 참에 지그는 라이카 쪽의 상황을 살폈다.

세 명을 상대로 쌍검을 휘두르고 있었다.

좌우의 길이가 다른 카타나를 들고 상대의 공격을 막아내고 있다.

머릿수에서는 밀리지만 속도와 훈련도에서 앞서는 라이카가 서서히 밀어붙이고 있다.

"핫!"

숨을 내뱉음과 동시에 칼날이 공기를 가르는 날카로운 소리가 울렸다.

결국 막아내지 못하게 된 상대의 팔이 날아갔다.

칼날을 돌려 목을 친다.

피보라를 뒤집어쓴 그의 얼굴에는 유열(愉悅)이 떠올라 있었다.

"대단하군."

저쪽도 슬슬 정리가 될 것 같다.

눈앞에 있는 남자는 도망칠 기회를 엿보고 있는 것 같으니, 퇴로를 끊도록 하자.

그렇게 결정한 지그는 좀 전에 죽였던 남자의 몸을 나기나타로 들어올렸다.

자루가 긴 무기의 끄트머리에 사람 한 명을 매단 채 들어 올리는 건, 어지간한 완력으로는 불가능한 일이다.

터무니없는 완력으로 들어 올린 그것을 있는 힘껏 휘두른다.

"흠!"

기합성과 함께 들어 올린 시체를 남아있던 남자에게 집어던졌다.

"윽?! 큭……!"

상대도 놀라기는 했지만 속도는 그렇게까지 빠르지 않아서 여유롭게 피했다.

빗나간 시체는 상대가 있는 곳을 지나, 라이카가 싸우고 있는 남자들의 등에 충돌했다.

"뭣?!"

피한 남자와 부딪힌 남자가 동시에 소리쳤다.

그 빈틈을 놓칠 라이카가 아니었다.

"쉭!"

한 호흡에 네 번.

목에 참격과 찌르기를 동시에 맞은 두 사람이 찍소리도 못하고 절명했다.

"피해서는 안 되는 공격…… 그대로 되돌려줬다."

"이 자식……."

조금 전 아이를 노렸던 나이프와 지크가 던진 시체.

다른 것은 남자가 피해버렸다는 것과, 돌이킬 수 없는 상황이 벌어지고 말았다는 것이다.

출구는 정면에 자리한 문뿐.

그 앞에는 동료들을 손쉽게 처리한 남자가 둘.

절망적이라 할 수 있는 상황이었다.

"단념하라고. 지시한 인간과 목적을, 모조리 다 불어줘야겠어."

피에 젖은 칼을 닦으며 라이카가 웃었다.

황홀함을 띤 그 일그러진 표정에 남자는 자신이 끝났음을 깨달았다.

†

그로부터 얼마쯤 지나 이사나 일행이 돌아왔다.

데려온 구조대가 아이들을 극진히 보살피고 있다.

"생명에 지장은 없고 외상도 찰과상 정도. 무사히 구해내서 다행이야⋯⋯."

그걸 곁눈질하며 주변을 경계하고 있는 이사나가 안도의 한숨을 내쉬었다.

큰 짐을 덜어낸 듯한 얼굴이다.

"그 남자는?"

"이제부터 마을로 데려가서 심문할 거야. 이것저것 캐내야지."

"솔직하게 불 것 같지는 않다만. 뭐, 잘해보라고."

직접적인 전투능력은 그렇게까지 뛰어나지 않았지만, 저 남자들은 틀림없이 프로다.

그렇지 않다면 모습을 바꾸는 마술을 사용했다 해도 진수우·야의 영역권에서 사람을 납치할 수 있었을 리가 없었을 테니.

"남의 일이라 이거지⋯⋯. 그런데 어떻게 그 마술을 간파한 거야? 모습을 바꾸는 마술은 쓸 줄 아는 사람도 별로 없는데. 당신은 마술을 그렇게까지 잘 아는 것처럼 보이지도 않고⋯⋯."

"감으로."

적당히 대답해 얼버무리고는 품 안에 있는 동전에 관해 생각했다.

사실 이걸 사용해 정체를 파헤칠까 싶었지만, 생각 외로 떠보기 작전이 잘 통해서 쓸 타이밍이 없었다.

창고에 들어온 시점부터 모종의 마술이 사용되었다는 사실은 알고 있었다.

하지만 그게 어떤 부류의 것인지는 알 수가 없어서, 곧장 움직이지 못했다.

그리고 전투에 돌입하기 전, 잠들어 있는 아이들에게 마술이 걸려 있지 않다는 사실을 확인했다.

그 후 제압한 남자에게 이 동전을 쥐게 해 보았더니, 보기 좋게 마술이 해제되었다.

다시 말해서 나머지 아이들은 진짜인 것이다.

그러다 보니 구조 작업이 끝나, 마지막 아이가 이송되었다.

만일의 사태에 대비해 라이카와 슈오우는 구조대의 호위로 동행했다.

이제 주변을 경계할 필요도 없어졌다.

"우리도 갈까."

"그래."

지그 일행도 돌아가기 위해 걸음을 떼려 했다.

그 순간.

"누구냐!"

사람의 기척을 느낀 이사나가 허리에 찬 칼에 손을 대며 돌아보았다.

그녀의 시선 끝.

어슴푸레한 골목에서 한 남자가 나타났다.

회색 트렌치코트를 입은 40대 정도의 남자다.

"안녕하신가, 아가씨. 좋은 밤인걸."

다가오며 인사하는 남자의 얼굴을 달빛이 비추었다.

눈매는 날카롭고, 눈빛은 지독히도 차갑고 어둡다.

엽궐련을 입에 문 채 능글맞은 표정을 짓고 있다.

한눈에 일반인은 아니란 걸 알 수 있는 분위기를 띠고 있었다.

"마피아인가."

이사나가 노골적으로 경계심을 드러낸 채 노려보았다.

그 눈빛을 남자는 웃으며 흘려 넘겼다.

입고 있는 옷과 분위기.

무엇보다도 이사나의 눈총을 맞고도 태연한 것을 통해 마피아 중에서도 지위가 높은 인간이리라고 짐작할 수 있었다.

"네가 이번 일을 지시한 장본인이냐? 뻔뻔하게 현장으로 돌아 오다니 배짱도 좋군."

그녀의 경계심은 살기로 바뀌어가고 있었다.

하지만 남자는 진정하라는 듯이 두 손을 들었다.

"오오, 겁나 죽겠군. 그런 바보 같은 짓을 내가 할 리가 있나. 오늘은 말이야, 재미있는 제안을 가져온 거라고. 그쪽한테도 나 쁜 이야기는 아닐 텐데, 들어보지 않겠어?"

남자의 제안에 이사나는 생각에 잠겼다.

무시하기는 쉽지만 진수우·야는 그다지 좋은 상황이 아니다.

향후의 일을 생각하면 뭔가 조치를 취할 필요가 있다.

문제는 이 남자가 그 계기가 될지 어떨지다.

"……말해 봐."

"핫하아! 그렇게 나오셔야지! 화끈한 아가씨로군. 난 바자르타 의 반노라고 한다. 잘 부탁해."

그렇게 말하며 엽궐련을 꺼내더니, 시가 커터로 끝을 잘라내고 불을 붙였다.

입에서 담배 연기를 내뿜으며 남자가 이야기를 시작했다.

"제안이라는 건 다름이 아니고, 이번 일의 범인에 관한 거야. 댁들이 붙잡은 녀석들은 어떻게 됐지?"

"한 명은 살려서 데려갔어. 나머지는 죽었고. 미리 말해두겠는데, 생존자를 넘기라는 이야기라면 거절하겠어."

"아하…… 과연 진수우 · 야로군. 결코 실력이 떨어지는 녀석은 아니었는데, 댁들을 상대하기에는 무리가 있었나."

유쾌하다는 듯이 어깨를 들썩이며 웃었다.

"그렇다 해도 입을 열게 하기는 어렵겠지만. 뭐 그건 됐어…… 내가 원하는 건 시체 쪽이니까."

"시체를?"

"그래. 사실 이 멍청한 짓을 누가 벌였는지는 짐작이 가. …… 증거가 없어서 문제지."

"그 녀석들의 시체가 증거가 될 거란 거야?"

"쓰기에 따라서는."

수상한 이야기지만 시체를 내주는 정도라면 딱히 손해 볼 건 없다.

이사나는 경계하면서도 긍정적으로 제안을 검토했다.

"……."

반노와 이사나가 이야기를 나누는 가운데, 지그는 시선을 옆으로 돌려 그곳에 쌓여있던 잔해 중 하나에 앉았다.

"……배고프구만."

저녁 시간은 지난 지 오래다.

시어셔도 돌아왔을 거다.

외출할 거라고 말해두기는 했지만 너무 늦는 것도 좋지 않지.

거기까지 생각한 순간, 문득 쓴웃음이 지어졌다.

자연스럽게 그녀를 생활의 일부로 받아들이기 시작한 자신이 우습게 느껴졌기 때문이다.

이렇게까지 특정한 누군가와 행동을 함께 한 게 얼마 만이더라.

용병단에 소속되어 있었을 때조차도 이렇게 한 사람을 신경 쓴 적은 없었더랬다.

생각에 잠겨 있는 동안 결론이 난 모양이다.

반노가 지그를 쳐다보았다.

"……좀 전부터 궁금했는데, 그쪽은 누구신가? 이상한 천을 두르고 있는데, 요즘 유행인가?"

"신경 쓰지 마. 지나가던 해결사니까."

"……그래?"

쌀쌀맞은 지그의 말투에서 무언가를 알아챈 것인지, 더 캐묻지는 않았다.

"그러면, 이쪽 뒤처리는 우리한테 맡기라고, 이사나 양. 또 연락하지."

"부탁할게. 약속, 잊지 마."

반노는 등을 돌려 걸어 나갔다.

뒷골목으로 그 뒷모습이 사라져 보이지 않게 될 때까지, 이사나는 그 자리에 있었다.

"자, 이번에야말로 돌아가자."

"그러지. 배고파 죽겠군."

"어디서 먹고 갈래? 내가 살게."

매력적인 제안이었지만 시어셔가 기다릴지도 모른다.

고개를 가로저어 이사나의 제안을 거절한다.

"아니, 기다리고 있는 녀석이 있어서. 보수를 받으면 그대로 돌아가도록 하지."

"……그래. 여러모로 답례를 하고 싶은데."

"보수만으로 충분해. 게다가……."


──다음엔 아군이 아닐지도 모르니까.


그 말은, 입 밖에 내지 않았다.

하지만 그녀에게는 확실하게 전달된 모양이다.

말없이 무기의 손잡이를 꽉 움켜쥐었다.

"……그때는, 그때고."

†


어슴푸레한 골목을 한 남자가 걷고 있다.

트렌치코트를 입고 엽궐련을 입에 문 반노다.

허술한 분위기를 내뿜고 있기는 하지만, 그 눈빛은 날카로웠다.

문득 골목을 거닐던 그의 걸음이 멈췄다.

"어땠지? 그 백뢰희(白雷姬)란 자는?"

주변에 사람의 모습은 보이지 않는다.

하지만 그의 말에 답한 이가 있었다.

"……소문 이상인 듯합니다. 저의 존재도, 알아챘습니다."

달빛조차 비추지 않는 뒷골목에서도 어둑한 곳.

웬 인물이 스르륵 나타났다.

온통 검은 옷을 입은, 남자인지 여자인지 알 수 없는 모습이다.

눈앞에 있을 텐데도 기척조차 느낄 수 없는 그 자를 향해 반노는 웃으며 말했다.

"네가 그렇게 말할 정도라니 대단하구만. ……그래서, 여차하면 해치울 수 있겠어?"

"정면으로는, 어려울 듯합니다."

"뒤에서는?"

"……막상막하가 아닐까 싶습니다. 만반의 준비를 한 상태라면."

그 평가에 반노는 탄성을 흘렸다.

큰 공을 들인 끝에 손에 넣은 그(?)는 매우 우수하다.

남용하면 꼬리를 잡힐 가능성이 있어서 호위 이외의 일에는 함부로 사용하지 않고 중요한 국면에만 부탁을 해왔다.

아무리 어려운 일을 맡겨도 안색 하나 바꾸지 않고 해내온 그조차도 그 검사를 처치할 수 있을지 어떨지는 반반이라니 공포스러울 지경이다.

"역시 손을 잡는 방향으로 몰고 가길 잘한 건가. 그런 게 몇 명이나 있다니, 말이 되냐고."

자신의 감을 믿기를 잘했다는 생각에 신이 나서 엽궐련을 빨았다.

바자르타 패밀리의 후계 경쟁에 뛰어든 것은 셋.

그중 한 명이 인신매매에 손을 댔다는 사실은 한참 전부터 알고 있었다.

진수우·야의 입지가 약하다는 사실을 알아챈 녀석은, 돈이 궁한 고위 모험가를 부추겨 그들을 찾게 했다.

인신매매 자체는 분명 돈이 되는 장사지만, 아마도 진짜 목적은 그게 아닐 거다.

진수우·야는 강하다. 길가에 널린 스트리트 칠드런을 납치하는 것과는 비용적인 면에서나 위험성 면에서나 차원이 다르다.

하지만 실력은 갈고닦을 수 있어도 마음 쪽은 그렇지가 않다.

아이가 차례차례 납치되어 한산해져 가는 마을. 도움을 구해도 손을 내밀어주는 이는 하나도 없고 본 체 만 체 한다면?

그런 절망적인 상황으로 그들을 몰아넣어, 자진해서 도시에서 떠나게 하는 것이 진정한 목적일 거다.

착안점은 나쁘지 않았지만, 실패했을 때의 위험성이 너무 크다.

하지만 잘 풀릴 가능성도 충분히 있어서, 뭐든 손을 써볼까 하던 참에 이 꼴이 났다.

"머저리가 왜 조바심을 내서는. ……그나저나 진수우·야의 대응이 묘하게 빨랐던 것도 신경이 쓰이는군."

그 부족은 전투 능력에 있어서는 타의 추종을 불허하지만 꼼수에는 취약하다.

신속하게 인신매매라는 것을 알아채고, 아무런 피해도 없이 이번 일을 수습한 수완을 생각하니 어쩐지 위화감이 느껴졌다.

"……인간은 궁지에 몰리면 성장한다는 건가?"

아니면 그들을 찾는 데 썼던 모험가가 배신했을 가능성도 있다. 그렇다면 좀 전에 봤던 덩치 큰 남자가 그 모험가일까.

그들의 변화도 신경 쓰이지만, 당장은 실책을 범한 머저리에게 책임을 묻는 게 우선이다.

이번 일을 진수우 · 야에게 들킨 것을 두고 허와 실을 섞어 이용하면 후계 경쟁에서 탈락시키는 건 일도 아니다.

"하나 여쭈어도 되겠습니까."

향후의 일에 관해 생각하느라 사악한 표정을 짓고 있는 반노에게 검은 옷차림의 인물이 말을 걸었다.

시킨 일을 시키는 대로 해내기만 하는 그가 자진해서 의견을 내놓으려 하다니, 별일이다.

약간의 놀라움을 느끼며 말을 재촉했다.

"음, 뭐 신경 쓰이는 거라도 있었나?"

"……또 한 명의 남자는, 누구일까요."

"아아…… 그 얼굴을 가리고 있던 덩치 큰 남자 말이군. 나도 잘은 모르겠군. 해결사라고 했으니 외부 인간이 아닐까? ……그래, 그 남자가 협력한 덕분인 것 같군."

굳이 얼굴을 가린 걸 보면 진수우 · 야는 아니다.

외부인이 마피아에게 얼굴을 들키지 않게 하기 위해서 그런 걸까.

(그렇다면 모험가 동료에게 도움을 받은 건가……?)

하지만 그것도 납득은 안 된다.

모험가라 해도 명확한 증거가 없는 한은 이민족과 얽히고 싶지 않을 텐데.

생각에 잠겨 있자 검은 옷차림의 인물이 놀라운 말을 입밖에 냈다.

"그 남자는, 위험할지도 모릅니다."

"……강한가?"

백뢰희와 함께 행동하고 있었으니 그럭저럭 실력은 있을 거라고 생각했지만.

그럭저럭 거친 일에 익숙하기는 하지만, 자신은 무투파가 아니다.

대충 강하겠지, 하는 것 정도는 알 수 있어도 구체적으로 얼마나 강한 지까지는 알 수 없다.

"실력자란 것은 의심할 여지가 없을 듯합니다. ……이야기 도중에 그가 자리에 앉지 않았습니까?"

"……그래, 그랬지."

자신들의 교섭에 관심을 보이지 않고 앉아서 쉬고 있었다.

이번 일에서만 해결사 역할을 맡기로 해서 관심이 없는 건가 싶어 신경 쓰지 않았었는데.

"그가 앉은 곳은, 제 바로 옆이었습니다."

"……우연인가?"

그 백뢰희조차 장소까지는 알아내지 못하고, 그곳에 있다는 것을 알아채는 데서 그쳤다.

우연일 가능성도 충분히 있다.

하지만 그러한 바람과 달리 검은 옷차림의 인물은 고개를 가로저었다.

"아마도, 알고 있었을 겁니다."

성가신 일의 씨앗이 늘어났다는 사실에 머리를 싸쥐고 싶어졌다.

신원 불명의 남자가 이쪽의 비장의 카드보다 한 수 위일 수도 있다니.

만에 하나라도 이 사실이 후계 경쟁 상대에게 새어나갈지도 모른다고 생각하면 무시할 수 없는 일이다.

"……네 은신을 꿰뚫어 보다니, 성가시게 됐군. 그 녀석의 신원을…… 아니, 역시 지금은 됐어. 만에 하나라도 눈치를 채서 너를 잃기라도 하면 손해가 막심할 테니까. 다행히도 눈에 띄는 무기에 그 덩치, 정보를 모으는 건 그렇게 어렵지 않겠지. 그건 이쪽에서 알아볼 테니 넌 칸타렐라의 동향을 살펴줘."

"알겠습니다."

그림자가 어둠에 녹아들 듯 사라진다.

반노는 그쪽에는 눈길도 주지 않고 향후의 움직임을 머릿속으로 정해 나갔다. 아마도 이번에 진수우 · 야와의 교섭을 두고 트집을 잡으려 드는 고참들이 있을 게 뻔하기 때문이다.

"늙은 것들은 언제까지고 낡은 것에 집착하려 들지. 외부인이 되었건 뭐가 되었건, 써먹을 수 있는 건 뭐든 이용해 먹는 게 악당의 긍지 아니겠냐고. 쩨쩨하게 자잘한 싸움만으로 만족을 하다니…… 마피아의 항쟁이 무슨 짜고 치는 노름판인 줄 아나."

반노는 지금의 마피아에게 넌더리가 나 있었다.

싸움을 피하고 기득권익에 취해 개혁을 멀리하는 노인들.

대항 세력과의 싸움도 허울뿐이고 아예 담합 결과에 따라 연극을 한다.

일반인이라면 그래도 될지 모른다.

하지만 자신들은 마피아다.

일반 사회의 인간들로부터 돈을 착취하고 자신의 이익을 위해 타인의 권리를 해하는 짓을 일삼는 악당이다.

그런 자들이 안정을 추구하고 돈이 될지 어떨지 모른다며 불확정 요소를 두려워하는 것도 모자라 배제하려 하다니.

"가소롭구만."

시답잖은 관습 따위 자신이 박살 내 버리겠다.

반노는 자신의 야심을 위해 움직인다.

마피아에도 강경파와 온건파가 있다.

온건파의 가죽을 뒤집어쓰고 있기는 하지만, 그는 틀림없는 강경파였다.


† 


지그가 숙소로 돌아와 보니, 이미 거리가 고요했다.

끼니때를 놓친 데다 노점도 없어, 결국 주린 배를 끌어안고 방으로 돌아왔다.

다른 방에 있는 사람들이 깨지 않도록 발소리를 죽여 가며 걷는다.

"음?"

자신의 방에서 희미하게 빛이 새어 나오고 있다는 사실을 알아챘다.

경계하며 기척을 살펴보니 누군가가 있었다.

도둑일까.

무기에 손을 댄 채 천천히 문을 열었다.

그곳에는 시어셔가 있었다.

침대에 앉아 촛불만 밝힌 채, 멍하니 창밖을 쳐다보고 있다.

지그가 경계심을 풀고 방으로 들어가자, 시어셔가 소리를 듣고 이쪽을 쳐다보았다.

연분홍빛 입술이 완만한 호를 그렸다.

"어서 오세요."

그 말을 듣자 잠시 말문이 막혔다.

그런 당연한 말을 들은 것이 얼마 만이던가.

"……그래, 다녀왔다."

"늦었네요."

"의뢰가 들어와서."

"결국 일하신 거예요? 지그 씨도 저한테 뭐라고 할 처지가 아니네요."

쓴웃음을 지은 채 시어셔가 다가왔다.

그녀가 팔짱이라도 낄 듯이 얼굴을 바짝 들이대자, 여성 특유의 달콤한 냄새가 훅 풍겨왔다.

"……피냄새가 나요."

"그런 일이었으니까."

"다치지는 않았어요?"

"멀쩡해."

"그럼 됐어요. 밥 아직 안 먹었죠?"

그렇게 말하며 떨어진다.

마술을 사용해 불을 켜더니 식사 준비를 시작했다.

2인분을 준비하는 시어셔를 보고 지그는 고개를 갸웃했다.

"시어셔도 안 먹은 건가?"

저녁 시간은 지난 지 오래다.

시어셔는 쓴웃음을 지은 채 음료를 따랐다.

"네에, 뭐."

"굳이 기다릴 필요는 없었는데."

"저도 그렇게 생각했었는데 말이에요……."

†

"지그 씨가 늦네~."

지그는 저녁 식사 시간이 되어도 돌아오지 않았다.

파티 동료들과 첫인사를 마친 후, 친목을 다진다는 명목으로 점심을 먹으며 움직임을 확인하고 출현하는 마수의 공격 방법과 약점 등에 관한 회의를 했다.

처음에는 어색한 말만 오갔지만, 마음을 다잡고 난 후부터는 나쁘지 않은 교우 관계를 다진 것 같다.

"내일은 첫 파티 모험가 활동인가요. 지금까지도 혼자는 아니었지만요."

내일을 위한 준비도 마쳤다.

이제 저녁 식사를 하고 일찌감치 잠을 청하는 일만 남았다.

그나저나.

"배가, 고프네요."

지그는 돌아올 낌새가 없다.

그에게는 미안하지만 먼저 먹어버리자.

숙소에서 나와 번화가로 향한다.

저녁 시간이라 사람들이 많은 번화가를 걸으며 물색을 한다.

익숙한 레스토랑도 좋지만 새로운 가게의 개척을 게을리 하는 건 주의에 반하는 일이다.

"오늘은 모험을 해볼까요."

늦게 나온 탓에 가게들이 모두 붐비고 있었다.

그래서 노점이 늘어서 있는 곳으로 향했다.

좋은 냄새가 풍겨오는 노점 앞에서 진지하게 생각에 잠겼다.

"여러 요리를 먹을 수 있다는 건 노점의 매력 중 하나죠."

몇 군데를 후보로 점찍어 놓고 우선 주식을 골랐다.

"하나 주세요."

"네에! 어이쿠, 아가씨 미인이네!"

"칭찬한다고 더 사지는 않을 거예요."

점원과 농담을 주고받으며 목적한 음식을 손에 넣었다.

채소와 고기를 평평한 빵에 끼워 넣은 음식이다.

그밖에도 먹고 싶은 것은 많았지만 일단 뭐든 배 속에 집어넣고 싶었다.

장의자에 앉아 빵을 베어 물었다.

"……음?"

한 입 먹고 고개를 갸웃했다.

의문을 확인하듯이 한 입을 더 베어 문다.

"……어라?"

맛은 난다.

이상한 게 섞여 있지도 않다.

아닌 게 아니라 맛이 있어야 정상이다.

적어도 평소의 자신이라면 좋아라 하며 먹었을 맛이다.

그런데 어째서인지, 맛있다는 생각이 안 들었다.

마치 맛이 나는 모래라도 먹고 있는 듯한 기분이다.

"……어떻게 된 걸까요."

이유도 모른 채, 그 이상 먹고 싶다는 생각이 들질 않는 빵을 쳐다보았다.

†

시어셔의 이야기를 들은 지그는 생각에 잠겼다.

"맛은 느껴졌던 거지?"

"네. 짠맛에 단맛에 신맛…… 골고루 시험해 봤어요."

그녀가 준비한 식사는 그때 시식했던 것이리라.

여러 노점 요리들이 늘어서 있었다.

그중 하나를 집어 든다.

꼬치구이를 지그시 쳐다본 후, 냄새를 맡는다.

구수한 양념 냄새가 식욕을 자극했다.

"이상한 냄새는 안 나는군."

고기를 조금 뜯어서 천천히 씹는다.

혀가 저릿하거나 이상한 맛이 나거나, 이물질이 든 것 같지도
않다.

샅샅이 조사한 후에 삼킨다.

맛있다.

"이상한 건 안 들어있는 듯하다만?"

"그렇다면, 원인은 저인가요…….."

짚이는 바가 없는지 시어셔는 고민에 빠졌다.

먹는 것을 즐기는 그녀는 사뭇 진지했다.

이대로 미각이 원래대로 돌아오지 않을지도 모른다고 생각하
니 등줄기가 얼어붙는 것만 같았다.

"언제부터 이랬지?"

"……저녁 식사 때부터요."

"점심때는 어땠지?"

"점심에는 아직 멀쩡했어요. 맛있지는 않았지만요."

그렇다면 원인은 그녀의 몸 상태일까.

심인성이라 쳐도 이유를 모르겠다.

"흠."

생각하며 꼬치구이를 먹는다.

배가 고팠던 탓에 눈 깜짝할 새에 먹어치우고 말았다.

맛있다.

다음 음식으로 손을 뻗는 지그를 시어셔가 부럽다는 듯이 쳐다보았다.

하지만 좀 전의 일이 생각나서 선뜻 손이 안 갔다.

그런 그녀는 아랑곳하지 않고 차례차례 음식을 먹어치우자 시어셔의 배에서 꼬르륵 소리가 났다.

그녀도 배가 고픈 것이다.

"……자."

그런 그녀에게 자신이 먹으려 했던 치킨을 내밀었다.

"으……."

겁에 질린 시어셔의 코앞에서, 프라이드치킨의 맛있는 냄새가 코를 간질였다.

갈등이 머릿속을 어지럽힌다.

"필요 없나 보군."

그녀는 먹을 낌새가 없다.

망설이는 그녀의 앞에서 치킨을 치우려던 순간.

"쿠왁!"

이상한 소리를 내며 치킨에 달려들었다.

배고픔을 참지 못하고 먹고만 시어서가, 좀 전의 맛을 떠올리며 눈을 질끈 감았다.

"……응?"

하지만 입 안에서 느껴지는 것은 그때 그 맛이 아니라.

탱글탱글 탄력 있는 다리 살.

뚝뚝 흐르는 기름기와 혀를 자극하는 소금과 후추의 맛.

"맛있어요……!"

"그거 다행이군."

그녀가 원했던 치킨이 그곳에 있었다.

"피로에 따른 몸 상태 악화이거나 마음 상태에서 비롯된 것일지도 모르겠군. 체력적으로는 여유가 있어도 본래의 생활환경과 아주 다른 곳에 와 있으니까. 알게 모르게 스트레스가 쌓인 걸지도 몰라."

"그더큰여."

"……우선 먹기나 해."

쓴웃음을 지은 채 지그도 먹었다.

자세한 이유는 모르겠지만 문제는 해결된 듯하다.

모두가 잠들었을 시간.

두 사람은 그저 묵묵하게 식사를 계속했다.

아침의 길드에서 첫 파티 모험가 활동을 하러 가는 시어셔를 배웅했다.

첫날이라 당일치기로 조사와 상주 의뢰를 수행할 거란다.

이전에도 쓰러뜨렸던 곤충형 마수를 토벌할 예정이라는 모양이다.

"조심해서 다녀와."

"네. 지그 씨도 조심하세요."

자신은 모험가 활동을 하지 않을 거니 문제없다.

그렇게 말하려다가 어제의 일이 떠올라 입을 다물었다.

시어셔는 그 모습을 보고 웃으며 임시 파티가 있는 곳으로 걸어갔다.

그녀를 맞아들인 곳은 절반 이상이 여성인 모험가 파티였다.

남성이 둘 섞여 있지만, 시어셔를 보는 눈빛에서 흑심 같은 것은 느껴지지 않았다.

"둘 다 연인이 같은 파티에 있으니, 손을 댈까 걱정할 필요는 없어."

그들을 보며 지그가 생각을 하던 중, 리스티가 다가왔다.

소개해준 사람으로서 걱정해준 것이리라.

대면식을 할 때도 동석해서 잘 중개해주었다는 이야기를 시어셔에게 들었다.

"본인이 싫어하지 않는다면, 손을 대는 것 자체를 막을 생각은 없어."

"……그래?"

뜻밖의 말에 리스티는 의아하다는 듯이 고개를 갸웃했다.

시어셔와의 거리감을 보면 호위라는 건 핑계고 그렇고 그런 사이 같았는데.

"호위 대상에게 손을 대면, 용병으로서 신뢰에 금이 가잖아. ……아무튼, 온갖 것에 다 참견을 하다가는 행동에 지장이 생기니까. 어느 정도는 밖으로도 내보내야지. 그보다 하나부터 열까지 신세를 졌군. 고맙다."

"구해준 것의 답례. 이 정도는 해야지."

그런 것치고는 보수도 두둑이 받았는데.

그렇게 말했지만 그걸로는 그녀의 마음에 안 찬다고 하는 바람에 여러모로 신세를 지고 말았다.

언젠가 갚아야겠다.

그렇게 생각하며 이제 어떻게 할까 생각하다 보니, 접수처에 인파가 생긴 것을 알아챘다.

아침과 저녁은 출발, 귀환하는 모험가로 붐비니 그것 자체는 그다지 희한한 일이 아니다.

평소와 다른 점은, 살기등등한 모험가들이 다투고 있다는 것이다.

몇몇 모험가들이 접수처에 따지고 있었다.

"아 글쎄! 그 정보를 달라니까!!"

"죄송하지만 정당한 이유도 없이 다른 모험가의 사정을 알려드릴 수는 없습니다. 돌아가 주십시오."

대응하고 있는 것은 언젠가 동행자 신청서에 대한 설명을 해주었던 여성 접수 담당자였다.

그때와 마찬가지로 표정 하나 꿈쩍하지 않고 사무적으로 대응하고 있다.

모험가라는 거친 일에 익숙한 자들이 위협을 해도 동요한 낌새조차 보이지 않는다.

설령 모험가가 길드 관계자에게 손을 댈 일은 절대 없으리라는 것을 안다 해도 저렇게까지 당당할 수 있는 것은 본인의 천성 덕분일 거다.

감탄하며 그 광경을 바라보았다.

"배짱이 두둑하군."

"저 사람은 쉽게 오해를 받지만, 다정해. 방금 전에도 쩔쩔매고 있는 신입과 교대해준 거야."

"……그런 건가."

그 말을 듣고서 그때의 일을 떠올려보았다.

지그와 대화할 때도 쌀쌀맞게 인정사정없는 말을 내뱉었다.

하지만 듣기 좋은 소릴 한다고 동행신청자가 위험하지 않게 되는 건 아니다.

그렇게 생각하면 가차 없이 위험성을 알리고 길드의 보호를 받을 수 없다는 사실을 전하는 것은 양심적인 조치이기는 했다.

그 또한 일을 대하는 태도가 성실하기 때문인 걸까.

"우리 쪽 동료가 칼을 맞았다니까?! 그 이상의 정당성이 어디 있냐고!!"

흥분한 모험가가 큰소리로 고함을 치자 주변이 술렁거렸다.

그럼에도 여성 접수원은 표정 하나 바꾸지 않고 대꾸했다.

"현행범이 아닌 한, 현 시점에서의 판단은 뒤집을 수 없습니다. 저희 측에서 정보를 검토한 후, 정당성이 인정된다면 추후에 연락드리겠습니다. 돌아가 주십시오."

"큭, 이게……!!"

분노한 나머지 덤벼들려던 남자를, 주변에 있던 동료로 보이는 모험가가 제지했다.

"진정해! 심정은 알겠지만, 길드를 거스르는 건 아무리 그래도 위험해!"

"이거 놔! 저 년, 한 대 패줘야 성이 풀리겠어!!"

저항했음에도 불구하고 그대로 꼼짝도 못 하게 붙들려 끌려가고 말았다.

주변에 있던 모험가들은 저마다 수군거리며 그 모습을 멀찌감치 떨어져 지켜보았다.

그들을 무표정한 얼굴로 배웅한 후, 여성 접수원이 동료에게 말을 걸었다.

"……그럼 저는 좀 전의 건에 관해 상부에 보고하고 오겠습니다. 뒷일을 부탁드려요."

"아, 네. 감사합니다."

불과 방금 전에 폭행을 당할 뻔했음에도 냉정하기 그지없다.

"굉장하군. 척 봐도 무예를 익힌 것 같진 않은데, 저렇게 침착하다니…… 정체가 뭐지?"

"……지그도 저 정도는 가볍게 흘려 넘길 수 있잖아?"

"그건 여차하면 어떻게든 상대할 수 있기 때문이야. 만약 저 여자와 비슷한 수준의 전투능력밖에 없었다면, 저기 있는 신입과 별 차이 없는 대응밖에 못 했겠지. ……그건 둘째 치고, 들었나?"

"응. 모험가가 칼을 맞았다나 봐. 그것도 아마도 동업자한테."

담담하게 말하는 그녀의 목소리에서는 놀란 낌새를 찾을 수가 없었다.

모험가들 사이에서는 드물지 않은 일일까.

"자주 있는 일인가?"

"……그럭저럭."

직업상 모험가는 부상을 입거나 죽는 경우도 드물지 않다.

그 원인은 마수뿐이 아니다.

같은 파티에서 보수의 분배 문제로 인해 죽고 죽이는 싸움이 벌어지는 경우.

모험가 활동이 잘 풀리지 않아 많은 빚을 지고, 그 빚을 갚기 위해 성공한 동업자를 공격하는 경우.

온갖 이유로 살인이 일어난다.

모험가의 장비는 마수와 맞서는 것을 전제로 한 탓에 값비싼 것이 많다.

자칫 잘못하면 모험가 활동보다 그쪽이 돈벌이는 더 될지도 모른다.

하지만 당연하게도 값비싼 장비를 지닌 자일수록 실력이 좋아, 역습을 당할 가능성도 높다.

"습격당하지 않도록 하는 방법은 단순해. 강해지거나, 클랜에 들어가 뒷배를 얻거나."

강해지면 잘 습격당하지 않게 된다, 단순한 원리다.

단순하기에 어려운 방법이기도 해서 대부분은 후자를 택한다.

클랜에 들어가면 동료로 간주되어 자신에게 손을 대면 클랜 전체가 가만히 있지 않을 거라는 억지력으로 이어진다.

그만큼 사고를 쳤을 때는 가혹한 처벌이 내려지지만, 어지간히 큰 사고가 아니면 배상금이나 엄중하게 주의를 주는 등의 조치에서 그친다.

신출내기 모험가는 보수 분배 문제 등으로 다툼이 일어났을 때 입장이 약한 탓에 클랜에 들어가는 것을 목표로 하는 경우가 많다.

"다시 말해서 이번에 칼을 맞은 남자는, 클랜에 가입하지 않았다는 건가."

"……아니. 습격당한 사람이 누군지는 모르지만, 방금 소란을 피운 사람은, 분명 소속되어 있었을 거야. 그런 그의 동료라면 아마 같은 곳에 가입되어 있을 테고."

"……클랜에 들어가면 잘 습격당하지 않는 것 아니었나?"

"그건 사실이야. 실제로 좀 전의 그 사람처럼 보복하자는 사람은 많을 거야. 혼자 활동하는 사람을 노릴 때에 비해 위험성은 월등히 높아."

"그 남자에게, 클랜의 보복을 무시하고 습격할 만큼의 이유가 있었던 건가?"

"가능성은 낮지만, 단순히 충동적인 범행일지도."

정보가 너무 적어서 생각해 봐야 답은 안 나온다.

"모험가가 모험가를 습격한다……."

당연히 시어셔도 습격당할 가능성이 있다.

그럴 경우, 어디까지 대처하면 좋을지 고민에 빠졌다.

지그가 있었던 곳에서는 습격해온 상대는 죽이면 그만이었다.

칼을 겨눈 상대를 처리하는 것은 당연한 일이고, 그걸 가지고 비난할 사람은 단 한 사람도 없었다.

하지만 이곳에서는 그렇지가 않다.

자신 혼자라면 그렇게 해도 상관없지만, 지금은 생각 없이 죽이면 호위 대상의 활동에 방해가 된다.

그러나 적의를 내비친 상대를 내버려 두면 두 번이고 세 번이고 같은 일이 반복될 거다.

"성가시군."

지금까지 해온 수단이 통하지 않는 탓에 생각할 거리가 늘었다.

시어셔와 이사나에게 잘난 척 말하기는 했지만, 자신도 사고방식을 바꿔야만 할 듯하다.

†

리스티는 지그의 모습을 곁눈질로 물끄러미 쳐다보고 있었다.

일전에 라일이 했던 말이 떠올랐다.

그의 말에 따르면 시어셔는 속을 알 수가 없어 공포스러울 정도라고 한다.

요전에 대면식에 참가해서 은근슬쩍 관찰해 보았지만, 그가 그렇게 말할 정도의 무언가를 자신은 느낄 수가 없었다.

지금 신경 쓰이는 것은 지그 쪽이다.

도시 사람이 아니라는 건 안다.

이만큼 실력이 있는데 소문이 안 난 게 이상할 정도인 데다, 무엇보다도 그가 용병이기 때문이다.

이 근처에서 용병 활동이 활발하게 이루어지고 있는 나라가 있다는 이야기는 들어본 적이 없다.

도시에 있는 용병은 모험가에서 전락한 자가 많은데, 그중 대부분이 모종의 문제 행동을 해서 제명된 이들이다.

용병은 자진해서 되는 게 아니라 추락해서 되는 것.

그것이 리스티뿐 아니라 대다수 사람들의 인식이었다.

(실력 좋은 인간이 제명되지 않는 건 아니야. 하지만 그 종착점은 대부분 기껏해야 마피아의 경호원이나 건달들의 골목대장 정도. 지그에게서 그런 부류의 문제아 같은 냄새는 나지 않아…… 신기해.)

† 

리스티와 헤어진 지그는 대장간으로 향했다.

본래는 어제 둘러볼 예정이었지만, 갑자기 의뢰가 들어와 중단할 수밖에 없었다.

무기와 창금강 동전을 구입하느라 돈을 좀 쓰기는 했지만, 앨런과 이사나에게 보수를 받은 덕에 주머니는 넉넉했다.

또한 이사나는 돈이 별로 없어서 보수는 족장에게서 받았다. 면목 없다는 듯이 귀를 축 늘어뜨리고 있는 그녀의 모습이 조금 재미있었다.

가게 안에 들어가 방어구를 둘러본다.

무기는 지금 있는 것으로 충분하지만 방어구가 빈약하다.

갑옷 토시와 다리 갑옷만으로는 방어하는 데 한도가 있다.

앞으로 마수와 전투를 벌일 것을 고려해서, 방어구는 좋은 걸로 맞추고 싶다.

중량은 어느 정도 되어도 문제없지만, 움직임을 방해하는 타입의 것은 피하고 싶다.

쌍인검은 몸 전체를 사용해 휘두르는 것이라 어깨 주변의 가동 영역이 매우 중요하기 때문이다.

하지만 방어구 성능을 높이려 하면 일체형 갑주 타입의 것이 많고, 그렇지 않은 것은 가격이 매우 비싸다.

"좀처럼 좋은 게 안 보이는군……."

목적한 것이 보이지 않아 가게 안을 서성거리던 중, 점원이 지그를 발견하고 다가왔다.

"무엇을 찾으십니까?"

고개를 돌려보니 이전에도 대응해주었던 점원이다.

큰 가게라 그밖에도 점원은 있을 텐데 이래저래 인연이 있나 보다.

이전에도 요구한 것을 찾아주었던 그녀라면 이번에도 일이 잘 풀릴지도 모른다.

그렇게 생각한 지그는 자신의 요구 사항을 자세히 말해 보았다.

"가격은 저렴하지만 튼튼하고 움직임을 방해하지 않는 물건 말인가요……."

"……미안, 너무 무리한 요구였어."

이렇게 말로 하고 보니 사치스럽기 그지없는 요구처럼 느껴졌다.

가볍고 튼튼하고 저렴한 방어구가 있다면 누구나 갖고 싶어할 거다.

아무리 애를 써도 그게 불가능하기에, 장비를 고를 때 골머리를 앓을 수밖에 없는 것이건만.

"있어요."

"있다고?!"

대수롭지 않다는 듯이 말하는 점원의 태도에 놀랐다.

놀란 후, 그렇게 입맛에 맞는 물건이 있을 리가 없다고 생각을 바꾸었다.

"조건부지?"

"네. 이 상품입니다."

그렇게 말하며 가리킨 것은, 일부가 무언가의 갑각처럼 생긴 가슴 갑옷이었다.

점원은 다른 것과 큰 차이는 없어 보이는 그것에 관해 설명했다.

"마수 중에는 방어술에 능한 것도 있습니다. 이것은 그 감각을 이용한 가슴 갑옷입니다. 감각 자체의 강도는 높지 않지만, 여기에 마력을 주입하면 비약적으로 강도가 상승합니다. 방어구 자체도 가볍고, 비슷한 강도의 방어구보다 가격도 저렴합니다. 단점은 마력을 그럭저럭 소비한다는 점과 마력을 주입하지 않았을 때 기습을 당하면 간단히 파괴된다는 점입니다."

마수 소재를 이용한 무기가 우수한 것과 마찬가지로 방어구도 우수하다는 건가.

마력량에 자신이 있는 자라면 싸고 고성능인 방어구를 손에 넣을 수 있으니 매력적인 제안일 것이다.

하지만 이번에도 마력이 문제였다.

점원의 설명을 들은 지그는 매우 아쉽다는 듯한 표정을 지어 보였다.

"……마음에 안 드십니까?"

"아아, 아니, 그런 건 아니야. ……설명하지 않았지만, 나는 마구를 못 써."

"마력량이 불안하시다면, 보급용 회복약을 휴대하시는 방법도 있는데요."

점원이 미소를 지은 채 대체안을 제시하는 바람에 지그는 거북한 표정을 지을 수밖에 없었다.

(오랫동안 이용할 가게라면, 어느 정도 설명해두는 게 좋으려나. 설명 부족이 치명적인 오해를 낳을 가능성도 있으니. 장비 관

련으로 그런 일이 일어나는 사태는 최대한 피해야지.)

"……뭔가 사정이라도?"

털어놓지 않았을 때의 위험성이 털어놨을 때의 위험성을 능가한다고 판단한 지그는 고민 끝에 사정을 털어놓기로 했다.

"이 일은 비밀로 해주었으면 좋겠군."

"……알겠습니다. 법에 저촉되지 않는 한, 손님의 개인 정보는 지키겠습니다."

지그의 분위기를 통해 중요한 일임을 알아챈 점원이 고개를 끄덕였다.

"……나는 마력이 없어."

자신에게 당연한 것을 이렇게 어렵게 말해야만 한다는 사실에 뭐라 말할 수 없는 기분이 밀려들었다.

하지만 지그가 당연하다고 여기는 것과 그녀의 그것은 완전히 같지 않다.

"설마, 그럴 리가……."

그 정보는 그녀를 놀라게 하기에 충분한 것이었나 보다.

입가를 가린 채 목소리가 새어 나오려는 걸 억누르고 있다.

마력이 있는 것을 전제로 생활하고 있는 그녀들로서는, 그것 없이 살아가는 게 얼마나 어려운 일일지 상상만 해도 무서울 것이다.

실제로는 그렇지 않지만, 사정을 모르는 그녀의 입장에서는 지그가 그 사실을 숨기고 싶어하는 것이 당연해 보였다.

지그는 가만히 그녀가 진정할 때까지 기다렸다.

"……이유는 알겠습니다. 사정이 그러시다면 저도 자세히는 묻지 않겠습니다. 그걸 염두에 두고 장비를 골라드리도록 하겠습니다."

"고맙군."

그녀는 프로였다.

손님의 믿기 어려운 사정을 듣고도 꼬치꼬치 캐묻지 않고 자신이 맡은 역할을 다하려 했다.

하지만 그런 그녀에게도 억누를 수 없는 호기심이란 것이 있었다.

"손님은 신체강화를 사용하지 않고 그 무기를 사용하고 계신 겁니까?"

지그가 짊어진 쌍인검을 보고 물었다.

점원의 키만 한 무기는 매우 무거워, 강화술을 사용하는 모험가들조차도 기피할 정도로 다루기가 어려웠다.

이전에 지그에게 소개했던 또 하나의 양검(兩劍). 절단력에 특화된 그 녹색을 띤 검이라면 기량에 따라 가능할지도 모르지만, 안 그래도 적은 양검 사용자들 중에서 이 중량 무기를 제대로 운용할 수 있는 자는 그리 많지 않을 거다.

"그래. 나 자신의 근력으로 사용하고 있지."

"……그러, 신가요."

마력이 없다는 것보다 그쪽이 훨씬 더 놀랍다.

그렇게 말하고 싶은 것을 경이적인 정신력으로 억누르며 다시 업무 모드로 돌아갔다.

그 후에도 점원과 상담하며 몇 가지 방어구를 시험해 보았지만, 이거다 싶은 물건은 찾지 못했다.

이쪽이 괜찮으면 저쪽이 별로인 식이다.

그럭저럭 가격이 나가는 방어구는 기동력이나 내구력 중 어느 한쪽을 희생할 필요가 있었다.

중량은 문제가 되지 않지만, 무거우면서 가볍게 착용할 수 있는 방어구 같은 상반되는 조건을 모두 갖춘 물건이 있을 리가 없다.

"이 가격대에서는 아무래도 내구력을 추구하면 대형화를 피할 수 없으니까요."

"역시 예산을 늘려야만 하나."

"죄송합니다……."

점원이 고개를 숙였다.

그녀는 잘 해주고 있지만 애초에 무리한 요구를 하고 있다는 자각이 있다 보니 지그도 약간의 죄책감이 느껴졌다.

"아니, 괜찮아. 그 대신이라고 하기는 좀 그렇지만, 파트너의 방어구는 좋아 보이는 걸 찾았으니까."

마력을 주입하면 강도가 올라가는 방어구는 딱히 갑주 같은 타입뿐이 아니었다.

법의나 로브 같은 마술사용 방어구도 많았다.

단순히 단단해지기만 하는 게 아니라, 무려 방벽 같은 것이 발생하는 장비까지 있었다.

시어셔를 데리고 다시 오자는 생각을 하고 있자, 점원은 걱정되는 것이라도 있는지 복잡한 표정을 지은 채 말했다.

"마술사용 방어구는, 원래 강도가 낮다 보니 마력 소비가 심한 것이 많거든요. 공격과 방어의 마력 분배를 잘못하면 매우 위험한 사태에 빠질 수도 있는데, 일행분의 마력량은 괜찮으신가요?"

"음…… 뭐, 그 부분은 걱정하지 않아도 될걸."

그녀가 무엇을 걱정했는지를 알고 나자 저절로 쓴웃음이 지어졌다.

걱정해준 그녀에게 실례라는 생각에 입가를 손으로 가렸다.

"……그러고 보니 요전에 가져오신 갑옷 우두머리 멧돼지를 쓰러뜨린 것도 일행분이라고 하셨죠. 그렇다면 마력에는 상당히 자신이 있으실까요?"

"나도 자세히는 듣지 못했지만, 마력이 부족한 듯한 모습은 본 적이 없군."

자세한 사정은 얼버무리며 마력은 충분하다는 사실을 말해두었다.

마력량으로 치면 그녀를 걱정할 필요는 없었다.

마술이 일상적으로 사용되는 이 대륙에서도 마녀인 그녀는 매우 이질적인 존재였다.

구체적인 물어본 것은 아니지만, 시어셔와 이쪽의 마술사가 사용하는 마술을 비교해보니 어느 정도 감이 왔다.

마력 소비의 효율이 조금 안 좋은 정도라면 끄덕도 없을 거다.

호위로서도 호위 대상인 그녀의 방어력이 올라가는 걸 우선시하고 싶었다.

"오늘은 이쯤 해둘까. 다음에 파트너를 데리고 다시 보러 오지.

오늘은 여러모로 미안했어."

"아뇨, 도움이 못 돼 죄송합니다. 다음에 오실 때까지 여성 마술사용 방어구를 골라둘게요."

정말 싹싹한 점원이다.

이런 정중한 대응이 이 가게가 잘 되는 원인 중 하나이기도 할 것이다.

그녀의 호의에 다시금 감사 인사를 하고서 가게를 나섰다.

대장간에서 나와 얼마 동안 소모품을 보충하기 위해 잡화점을 돌아다녔다.

특히 예비용 양말은 두꺼운 걸로 넉넉하게 준비해 둬야만 한다.

일의 성격상 정비되지 않은 길을 돌아다니는 일이 많다 보니 다리에 착용하는 장비에는 충분히 공을 들여야만 한다.

여기서 비용을 아끼면 반드시 후회할 일이 생긴다는 것을 몸소 체험해 알고 있는 지그는 비용을 아끼지 않았다.

"다리 쪽 장비를 이렇게 열심히 준비하는 사람은 처음 봤어. 모험가들은 무기에만 관심이 있는 줄 알았는데."

상품을 진지하게 살펴보는 지그가 신경 쓰였는지, 가게를 보던 소년이 말을 걸어왔다.

모험가와 착각한 모양이지만 정정하기도 귀찮아서 지그는 그대로 상품을 쳐다보며 답했다.

"무슨 소리. 어지간한 무기보다 훨씬 중요해."

"정말로오?"

무기보다 신발이 더 중요하다니 말이 돼?

지그의 말에 회의적인 소년은 그렇게 말하고 싶은 눈치였다.

신출내기 시절의 자신도 그와 같은 생각이었던 게 떠올라 쓴웃음이 지어졌다.

"생각해 봐라. 무기가 없어도 싸울 수는 있지. 팔이 안 움직여도 도망칠 수 있어. 하지만 다리가 안 움직이면 둘 다 못 해."

"……뭐, 그건 그렇지."

"못 움직이게 된 놈은 구조를 기다리거나 죽을 수밖에 없어. 그리고 올지 어떨지도 모르는 구조를 기다리고 있을 만큼, 나는 낙관적인 녀석이 아니야."

목숨 다음으로는 다리를 우선적으로 보호해라.

지그도 선배 용병에게 귀에 딱지가 앉도록 들은 이야기다.

『다리가 멀쩡하면 혼자서 물러날 수 있어! 못 걷는 녀석을 철수시키는 데 몇 명이 붙어야 하는지 알기나 해? 못 걷겠으면 그냥 죽어!! 그러면 전력 저하는 한 사람에서 그치잖아.』

말이 심하기는 하지만 일리는 있다.

걷지 못하는 병사란 존재만으로 족쇄가 되기 마련이다.

목적한 것을 다 골라, 가게를 보는 소년에게 요금과 함께 건넸다.

"고마워. ……배송 맡기려고?"

소년은 익숙한 손놀림으로 세더니 그 금액에 배송료도 포함되어 있다는 사실을 알아채고 물었다.

"그래, 배송도 부탁하지. 장소는……."

구입한 물건을 숙소로 보내 달라고 부탁했다.

요즘은 임시 의뢰도 처리해서 이 정도 지출은 문제가 안 됐다.

"상품은 해지기 전에는 가져다줄게. 방에 없으면 숙소 여주인한테 맡겨둘 테니 그런 줄 알아."

"알았다."

소모품 보충을 마친 지그는 이전에도 갔던 뒷골목으로 행선지를 바꿨다.

목적은 정보상과의 연줄을 만드는 거다.

이전에 정보상을 찾았을 때는 이사나가 방해를 해와서 그럴 상황이 아니었다.

그 이후 좀처럼 시간이 나지 않아 뒤로 미루고 있었던 것이다.

게다가 요전에도 이사나의 의뢰 때문에 하루를 통째로 날렸더랬다.

"……생각해 보니, 뭘 하려고 할 때마다 그 녀석한테 방해를 받는군. 사람들이 그 녀석과 거리를 두는 건, 단순히 트러블 메이커이기 때문 아닌가?"

본인이 없는 곳에서 시원하게 험담을 하고서 슬그머니 주변을 둘러보았다.

사람은 많지만 아는 사람은 보이지 않는다.

괜한 걱정이었구나, 하고 쓴웃음을 지은 채 걸음을 옮기려던 그 순간.

"아, 있다, 있어. 다행히도 찾았네요. 실례합니다. 잠시 시간 좀 내주시겠습니까?"

"……."

명백하게 자신에게 말을 걸고 있는 듯한 남자가 이쪽으로 다가

오고 있었다.

또 뭔가를 하기도 전에 방해를 받았다는 생각에 넌더리를 내며, 자신에게 말을 거는 남자를 쳐다보았다.

전투와는 인연이 없어 보이는 사람 좋은 미소를 띤 남자다.

하지만 언짢은 듯한 지그의 눈빛을 받고도 움찔하지 않는 걸로 미루어 일반인은 아닌 듯했다.

그런 인물이 왜 자신에게 말을 건 것인지 도무지 모르겠다.

"나한테 볼 일이라도 있나?"

"인사가 늦었습니다. 저는 모험가 클랜, 와다츠미의 사무 관리를 맡고 있는 카스카베라고 합니다. 지그 크레인 님 맞으십니까?"

"그래."

클랜에 속한 인간이라면 난폭한 인간들에게도 내성이 있을 만하다.

딱히 숨기고 다닌 적도 없어서 그가 이미 자신의 이름을 알고 있다는 사실에는 놀라지 않았다.

조사하면 금방 알 수 있는 정보지만, 이건 다시 말해서 그가 명확한 목적을 가지고 접촉해 왔다는 뜻이다.

이유가 뭘지 생각해 봤지만 짚이는 바가 없었다.

"본 클랜은 우수한 신입에게 적극적으로 가입을 권하고 있습니다. 그런고로 눈부신 성과를 올리고 있는 시어셔 님께서 부디 저희 클랜에 가입해 주십사 해서 찾아왔습니다."

카스카베는 클랜 가입 권유를 하기 위해 온 것이었다.

그러고 보니 여성 접수원에게서도 그런 시도가 있을지도 모른다는 이야기를 들었던 게 떠올랐다.

실제 연령은 둘째 치고, 곁에서 보면 시어셔는 젊고 우수한 인재다.

게다가 용모도 매우 뛰어나니 클랜의 광고탑이 될 수도 있다.

그녀를 따라 가입자가 늘어나면 클랜의 규모도 커진다.

그런 그녀를 스카우트한 인물은 클랜 내에서의 발언력도 커질 것이다.

그러므로 각 클랜이 그녀를 맞아들이려 하는 것은 이상한 일이 아니지만…….

"그런 건 보통, 본인한테 가서 권유하지 않나?"

지그가 모험가가 아니라는 건 알 것이다.

어디까지나 호위인 그에게 이런 류의 이야기를 하는 건 이상한 일이다.

당연한 의문에 카스카베는 약간 난감한 듯한 미소를 지은 채 말했다.

"네, 물론 찾아뵀습니다. 하지만 본인께서 그런 건 당신을 통해 말해달라고 하셔서."

"나는 매니저가 아닌데……."

지그가 있던 곳은 용병단이지 모험가 클랜이 아니다.

문외한인 자신에게 클랜의 장단점을 알아봐 달라 한들 난감할 따름이건만.

"……괜찮으시다면 저희 클랜에 와 보시겠습니까? 실제로 활동하고 있는 모험가도 만나보시고, 클랜에서 드리는 자금적인 지원과 가입시 받을 수 있는 혜택 등에 관해서도 자세히 설명 드리겠습니다."

그의 제안에 듣기만 하는 거라면 손해 볼 건 없으려나, 하고 긍정적으로 검토하기 시작했다.

(그래도 조직에 소속되어 본 적이 없는 시어셔 혼자 판단하게 하는 것보다는 낫겠지.)

거절할까 했지만 일단 자신이 이야기를 들어보기로 했다.

클랜이란 것을 실제로 보고, 소속되는 것에 따른 이점과 단점을 알아두고 싶다.

어느 정도 행동에 제약이 생길지, 어느 정도 억지력이 되어줄지.

직접 봐야만 판단을 내릴 수 있는 일들도 많다.

"알았다. 가서 이야기만이라도 들어보지. 본인이 없는데 괜찮나?"

"네. 이야기를 들어보시고 관심이 생기신다면, 나중에 시어셔 씨를 데리고 와주십시오."

그럼 이쪽으로.

그렇게 말하고서 걸음을 떼는 카스카베의 뒤를 따랐다.

그의 안내에 따라 얼마쯤 걷는다.

번화가의 서쪽 방면으로 향하고 있는 듯하다.

갈수록 잡화와 같은 일용품을 파는 가게가 줄어들고, 그 대신 모험가를 상대로 도구 등을 파는 가게가 늘어갔다.

그런 가운데 커다란 2층짜리 건물이 보이기 시작했다.

"오래 기다리셨습니다. 이곳이 와다츠미의 클랜 하우스입니다."

"주둔지까지 있는 건가. 제법 큰데, 유명한 클랜인가?"

"종합적으로는 중견보다 위쪽에 위치했다고 할 수 있죠. 저희 클랜은 신입 모험가에 대한 지원이 충실해서 생환률이 다른 클랜에 비해 매우 높다는 것이 특징입니다. 다만, 실력 좋은 베테랑 모험가에게 신입의 보조를 의무로 할당하고 있다 보니, 상위 클랜에는 한 발짝 못 미친다는 것이 솔직한 평가입니다."

지금은 신입의 성장에 힘을 쏟으며 조용히 때를 기다리고 있는 것이죠.

카스카베는 의기양양하게 그렇게 말했다.

새로운 구성원층을 성장시키지 못한 조직에게는 미래가 없다.

그것 자체는 매우 칭찬할 만한 일이라고 생각한다.

하지만 지그에게는 일말의 걱정이 있었다.

(고참 모험가들은 불만이 쌓이지 않았을까.)

듣다 보니 신입 육성을 중시한 나머지 고참 모험가들이 손해를 보고 있다는 것처럼도 들렸다.

자신의 모험가 활동이 한창 잘 풀리고 있을 때, 그걸 금지하고 신입을 보조하게 하는 걸 탐탁지 않게 여기는 자도 있을 거다.

모두가 다 앞날을 염두에 둔 행동을 받아들일 수 있는 것은 아니다.

그런 생각을 하며 카스카베의 안내를 받아 안으로 들어간다.

안에서는 와다츠미에 소속된 모험가들이 담소를 나누거나 의뢰에 관한 회의를 하고 있었다.

"의외로 깔끔하군."

모험가의 주둔지니 어느 정도는 비위생적일 거라 각오하고 있었지만, 내부는 말끔하게 청소가 되어 있어 그대로 식사라도 내놓을 것 같은 분위기였다.

"저희 수장이 깔끔한 걸 좋아하다 보니, 청소업자와 클랜이 장기 계약을 맺었습니다."

"청결한 건 좋은 일이지."

일의 성격상 주변에 몸가짐에 신경을 쓰지 않는 이들이 많았다 보니 지그의 반응도 좋았다.

한 모험가가 카스카베 일행을 발견하고 다가왔다.

"카스카베 씨, 어서 오십시오. ……이 사람이?"

"네. **정중**하게 대해주십시오."

"알겠습니다. ……미안하지만 무기를 맡아두도록 하지."

아무리 그래도 무기를 소지한 채 교섭을 하게 둘 생각은 없는 모양이다.

저항감이 들기는 했지만 지금은 양보하는 수밖에 없다 생각하고 얌전히 건네주었다.

"무거우니 조심해."

"그래…… 우어억?!"

지그에게 건네받은 무기가 너무 무거운 나머지 모험가의 자세가 무너질 뻔했다.

그럴 거라 예상했던 지그는 당황하지 않고 받쳐주었다.

"도와줄까."

"괘, 괜찮아."

모험가는 그렇게 말하더니 이번에는 똑바로 고쳐 들었다.

그 눈이 쌍인검을 뚫어져라 쳐다보았다.

"왜 그러지?"

"……아니, 희한한 무기다 싶어서."

희한한 무기를 봤기 때문이라고 하기에는 다소 과한 반응에 지그는 고개를 갸웃했다.

"2층으로 가시죠."

하지만 카스카베가 재촉하기에 너무 신경 쓰지 않기로 하고 따라갔다.

클랜의 상층부 등, 손님을 대접하거나 대규모 의뢰의 설명을 할 때는 2층을 사용한다는 모양이다.

2층에서는 설명 담당인 듯한 자의 기척이 느껴졌다.

계단을 오르며 1층을 보니 모험가들의 숫자가 적은 듯했다.

"규모치고는 사람이 적군."

"지금은 다들 일을 하러 갔을 테니까요. 이 시간대에 있는 건 얼굴을 비추러 온 쉬는 멤버들 정도거든요."

"상주 인원은 없나?"

용병단의 주둔지 등에서는 비번인 날에도 예상치 못한 사태에 대비하기 위해 어느 정도는 인원을 남겨두고는 했건만.

지그의 말을 들은 카스카베가 웃으며 계단을 올랐다.

"물론 상주하는 인원도 있죠. 무슨 일이 생겼을 때를 위한 대비는 필요하니까요."

자신의 인식이 틀리지 않은 듯해서 안심했다.

하지만 그와 동시에 그것이 의미하는 바를 떠올리고는 의아한 표정을 지었다.

"그 말인 즉, 뭔가 사건이 있었다는 건가?"

카스카베는 계속해서 미소를 띤 채 나아갔다.

"네, 있었고말고요. 사실 그 일은 제가 조사를 맡고 있는데 말이죠. ──현재 대응 중입니다."

"……호오."

계단을 끝까지 올라 도착한 곳.

2층에서는 여러 명의 모험가들이 무기를 든 채 대기하고 있었다.

그들은 적의를 노골적으로 드러내고 있어서, 결코 온화하게 대화를 하려는 듯한 분위기가 아니었다.

뒤를 보니 아래에 있던 모험가들이 계단과 출입구를 지키고 있다.

카스카베가 여전히 미소를 띤 채 독에 든 쥐가 된 지그에게로 몸을 돌렸다.


"저희 얘기를 하기 전에, 말씀 좀 여쭈어도 될까요."


모험가들이 당장에라도 달려들 듯한 분위기를 풍기는 가운데.

지그는 어깨를 가볍게 으쓱하고서 카스카베를 바라보았다.

여전히 사람 좋아 보이는 미소를 짓고 있는 그가 이 상황을 만들어낸 장본인이었다.

지그는 한숨을 내쉬고서 카스카베에게 말했다.

"그 전에 하나 물어도 될까."

"뭔가요?"

"……내 눈이 옹이구멍이 된 걸까, 당신이 연기를 잘한 걸까. 어느 쪽이라고 보지?"

지그가 실망한 듯한 투로 말하자, 카스카베는 살며시 쓴웃음을 지은 채 답했다.

"후자……라고 해두는 편이, 피차 기분이 좋지 않을까요."

"그건 그렇군."

빈정거리듯이 웃는다.

그 미소를 거둠과 동시에 지그가 차가운 목소리로 말했다.

"그래서, 물어보고 싶은 게 뭐지?"

"네 짓이지?!"

지그의 물음에 답한 것은 카스카베가 아니라 모험가 중 한 명이었다.

분노를 억누를 수가 없는지 핏발 선 눈으로 쳐다보고 있다.

그것을 흘끔 쳐다본 후, 지그가 카스카베 쪽으로 시선을 옮겼다.

"무슨 소리인지 모르겠는데."

"어디서 모르는 척을……."

"자자, 케인 씨. 지금은 저한테 맡겨주십시오."

계속해서 고함을 치려 하는 케인이라 불린 모험가를 카스카베가 타일렀다.

그걸 듣고 분노가 수그러든 건 아니었지만, 이대로 입씨름을 해봐야 진척이 없을 거라는 사실을 알아채고는 입을 다물었다.

그 모습을 확인한 카스카베가 고개를 끄덕이더니 지그에게 사정을 이야기했다.

"어제, 우리 클랜 멤버가 습격을 당했습니다. 아직 젊지만 우수해서, 장래가 유망한 모험가였습니다. 응전했지만 다섯 명 중 셋이 사망, 둘이 중태에 빠져 의식불명 상태입니다."

어디서 들어본 듯한 이야기에 지그가 반응했다.

(그러고 보니 아침에 길드에서 소란이 일어났었지.)

모험가가 칼을 맞는 소동이 일어났다는 이야기가 떠올랐다.

"……그래서?"

지그가 다음 말을 재촉하자 처음으로 카스카베의 표정이 바뀌었다.

얼굴 자체는 여전히 웃고 있었지만, 찌를 듯이 날카로워진 눈빛으로 지그를 쏘아보았다.

"오늘 아침 그중 한 명이 정신을 차렸습니다. 금방 다시 의식을 잃었지만, 그에게서 습격범의 특징을 알아냈지요."

카스카베는 지그의 표정 변화를 조금도 놓치지 않으려는 듯이 관찰했다.

"……습격범은 한 명. 상당한 실력자라 5대1이었는데도 달아나는 게 고작이었다고 합니다. 그리고 이 부분이 가장 중요한데——양검을 사용했다더군요."

말하면서도 지그의 반응을 살폈다.

"호오. 나 말고도 저걸 쓰는 녀석이 있는 건가. 별일이군."

하지만 바라던 반응은 얻지 못했다.

지그의 태도에는 전혀 변함이 없고, 동요를 감추려는 듯한 낌 새도 보이지 않는다.

(이게 연기라면 대단하군요. 하지만 저의 함정을 간파하지 못한 그가, 그 정도의 연기를 할 수 있을까요? ……어찌 되었건, 따져 물을 필요가 있겠군요.)

자신이 그 용의자로 지목되었다는 사실을 알게 된 지그는 어깨를 으쓱했다.

"그래서, 내가 그 습격범이라고?"

"상황증거뿐이지만, 저희는 그럴 가능성이 높다고 보고 있습니다. 아닙니까?"

"그래, 아니야."

"……실력자, 그것도 양검 사용자가 그리 많을 것 같지는 않습니다만."

"그런 소릴 한들 말이지. 실제로 이렇게 있으니 어쩔 수 없지 않나."

의심하는 입장에서는 지그의 반응이 시치미를 떼려는 듯이 보였고, 그 때문에 모험가들의 적의가 부풀어 올랐다.

그걸 손으로 제지하고 달래며 카스카베가 계속해서 캐물었다.

"그 오해를 풀기 위해, 제 질문에 답해주셨으면 합니다. 협조해 주시겠습니까?"

카스카베는 협조라는 형태를 취하고는 있지만, 사실상 협박과 다를 게 없었다.

하지만 지그는 그다지 신경 쓰지 않고 태연하게 고개를 끄덕였다.

"상관없어. 답할 수 있는 범위에서 답하도록 하지."

"그럼 본론으로 들어가서, 어제는 무얼 하셨습니까?"

"가게를 돌아다녔지."

거짓말은 안 했지만, 지그의 답변에는 부족한 부분이 너무 많았다.

카스카베는 그 부분을 세세하게 지적했다.

"……그뿐만이 아닐 텐데요. 당신의 행적은 저희 쪽에서도 조사했습니다."

길드에서 시어서를 배웅한 후, 마장구를 취급하는 가게에서 무언가를 구입.

가게를 나선 후, 지인으로 보이는 인물과 대화한 후에 뒷골목으로 사라졌다.

"조사했다면 물어볼 필요가 없지 않나?"

"저희가 조사할 수 있었던 것은 거기까지입니다. 뒷골목으로 간 이후의 행적을, 전혀 알 수가 없더군요. 저희가 알고 싶은 것은 그 부분이에요. ……그 이후 대체 무엇을 하셨습니까?"

"일."

간결한 답변이다.

하지만 카스카베 일행이 아무리 기다려도 그 내용을 말할 낌새가 전혀 없었다.

참다못한 카스카베가 다음 내용을 재촉했다.

"……일의 내용은?"

"말할 수 없어. 일의 내용을 나불거리는 짓을 할 수야 없지. 모험가도 그건 마찬가지 아닌가."

뒷골목으로 사라진 후로 모습을 본 자는 없고, 그 후에는 일을 했지만 내용은 말할 수 없다.

수상쩍기 그지없는 지그의 답변에 카스카베는 호들갑스럽게 한숨을 내쉬었다.

"지그 씨. 이 상황에 그런 말이 통할 거라 생각하십니까? ······ 솔직하게 말씀드리자면, 힘을 써서 알아낼 수도 있습니다."

"협박당한 정도로 입을 열면, 신용이 떨어지거든."

"······너무 경솔한 발언은 삼가시는 게 좋을 겁니다. 평범한 협박인 줄 알고 계신다면 생각을 바꾸십시오. 동료를 잃은 저들을 제 말로 통제하는 데에도 한도가 있습니다. 이쪽도 과격한 조치는 최종 수단으로 하고 싶거든요."

필요하다면 그런 일도 불사하겠다고 에둘러 말한 것이다.

그 말은 사실이라 이미 와다츠미 소속 모험가들은 폭발 직전이었다.

무기도 없고, 많은 인원에게 포위되어 있는 지그가 이 이상 그들을 자극하면 어떻게 될까.

"미리 말씀드리겠지만, 살인을 저희가 꺼린다고 생각하신다면 착각이십니다. 저희는 쉽게 당신을 처리하기보다는, 그걸 지시한 자를 밝혀낼 작정이니까요."

동료가 당했는데 그 보복도 만족스럽게 못 했다는 소문이 나면, 다른 클랜들이 와다츠미를 얕잡아볼 것이다.

교섭을 할 때도 복수조차 제대로 못 하는 반편이 취급을 받게
되리라.

그렇게 되면 클랜의 신용도 땅바닥에 떨어질 테고, 멤버들도
조직원을 지키지 못하는 클랜을 떠나갈 것이다.

"당신은 용병이라지요? 그렇다면 살인 청부 의뢰를 받을 때도
있겠군요."

"……조금, 다르지."

지그의 말에 카스카베가 눈살을 찌푸렸다.

"조금, 이라니요?"

(궁색한 변명이군.)

그렇게 생각하고는 상대의 말을 듣고서 몰아붙이고자 다음 말
을 재촉했다.

"살인 청부'도'가 아니야. 살인 청부'를' 받고 있는 거다."

부업이 아니라 본업.

살인이야말로 용병의 일이다.

지그는 당연하다는 듯이 그렇게 말을 내뱉었다.

"……그렇군요."

이 상황에서 저 말을 하는 의미.

카스카베는 미소를 지우고 얼굴에서 표정을 없앴다.

그것은 각오를 굳힌 자의 얼굴이었다.

"당신에게 지시를 내린 자를 알려주신다면, 목숨까지는 빼앗지
말라고 교섭해드릴 수도 있습니다. 이게 최대한의, 그리고 마지
막 교섭입니다. ……당신에게 의뢰한 상대와 그 내용을 말해주십

시오."

주변에 있던 모험가들의 긴장감이 고조되는 가운데, 잠자코 듣고 있던 지그가 입을 열었다.

"싫은데."

지그의 답변을 들은 카스카베가 탄식하듯 눈을 내리깔았다.

"……그렇습니까. 그럼, 뒷일은 맡기겠습니다. 말은 할 수 있게 해두십시오."

표정이 사라진 얼굴로 그렇게 말하더니 뒤로 물러난다.

그와 교대하듯 억제되고 있던 적의가 뿜어져 나왔다.

"죽여주마!"

케인이라 불린 모험가가 가장 먼저 덤벼들었다.

그것을 계기로 주변에 있던 모험가들도 움직였다.

오해가 풀리지 않은 상태로, 장비도 머릿수도 비대칭인 전투가 시작되었다.


덤벼든 케인을 무시하고 지그가 내달렸다.

모험가들이 움직이기도 전에 힘 조절을 해서 원형 테이블을 차올린다.

"훅!"

90도로 기울어진 테이블을 다시, 이번에는 혼신의 힘을 다해 걷어찬다.

엄청난 기세로 날아간 테이블이 좌우로 전개해 포위하고자 움직이던 모험가들에게 직격했다.

"크아악!"

허를 찔린 데다 여럿이 몰려가고 있던 탓에 잽싸게 회피하지 못해 몇 명이 거기에 휘말려들었다.

그 광경에 정신이 팔린 모험가 중 한 명을 향해, 재빨리 거리를 좁히며 다가간다.

순간적으로 휘두른 장검을 쥔 손목을 붙잡아, 칼을 휘두른 힘을 이용해 상대를 휘두른다.

"우, 우억?!"

그 기세 그대로 상대를 내던지고서 그 뒤를 따라 달린다.

날아오는 아군을 좌우로 피한 모험가들에게 두 팔을 벌려 래리어트를 때려 넣었다.

원을 그리듯 회전해 바닥에 머리를 처박고 움직이지 않게 된 두 사람에게는 눈길도 주지 않고 다음 상대에게 달려든다.

"까불지 마라!"

그때 케인이 끼어들었다.

휘두르는 장검을 두 번, 세 번 피하고 팔을 붙잡아 좀 전에 했던 것처럼 휘두르려 했다.

하지만 케인은 그걸 견뎌냈다.

신체 강화를 최대로 활용해 지그의 던지기에 저항했다.

"제법이군."

"건방진 자식! 무기도 없이 얼마나 버틸지 어디 보자!"

"그것도 그렇군. 그럼 무기를 조달하도록 하지."

"누구 맘대로!"

케인은 자신의 무기를 빼앗기지 않으려 했다.

하지만 지그가 노린 것은 그의 무기가 아니었다.

저항하기 위해 힘을 준 케인과는 반대로 힘을 빼고 몸을 옆으로 미끄러뜨린다.

중심을 잃고 앞으로 기울어진 몸을 지탱하려고 내디딘 중심축이 되는 발을 후리고는, 넘어진 케인의 다리를 붙잡는다.

"네가 무기가 되는 거다!"

"우와아아아악?!"

케인의 두 발을 꽉 움켜쥐고서 억지로 휘두른 후, 주변에 있던 모험가에게 내려쳤다.

케인이 붙들어두고 있는 동안 쇄도하려 했던 모험가가 허둥지둥 회피했다.

"멈춰! 케인의 머리가 박살난다!"

제때 피하지 못한 이들이 무기나 방패로 막으려 했지만, 그 말에 허둥지둥 가드를 내렸다.

날아간 케인이 그런 그들에게 직격했다.

머리를 보호하기 위해 머리를 감싼 케인의 팔꿈치가 아군의 머리를 타격한다.

원심력이 실린 한 사람 분량의 중량에 얻어맞았으니 무사할 리가 없다.

잠시도 버티지 못하고 쓰러졌다.

아군의 몸을 무기로 막을 수는 없고, 섣불리 공격하면 케인의 몸에 맞을 수도 있어서 모험가들은 공격도 못 하고 쩔쩔맸다.

그런 그들은 개의치 않고 케인을 휘둘러 한 사람씩 차례로 쓰러뜨린다.

처음에는 고통 어린 비명을 지르던 케인도 점차 반응이 약해졌다.

(슬슬 위험한가.)

의식을 잃은 것인지 머리를 보호하던 두 팔이 힘없이 축 늘어진 순간, 케인을 집어던진다.

그걸 보고 체력이 바닥났다고 판단한 나머지 모험가들이 공세에 나섰다.

조금 전의 전투를 통해 도수공권으로의 싸움에 능하다는 사실을 알아챈 상대가 섣불리 거리를 좁히지 않고, 무기의 사거리에 들어갈 듯 말 듯한 곳에서 공격을 가했다.

그만큼 동작이 커져 발생한 빈틈은, 아군이 이어서 공격을 해서 메꿔 나간다.

동작이 큰 공격을 피해 거리를 좁히는 건 가능하다.

하지만 그 빈틈을 메꾸듯 날리는 공격까지 피하며 날릴 수 있는 것은 한 방뿐.

적은 세 명 남아있어서, 이쪽에서 치고 나가기는 어렵다.

(무기를 줍고 싶지만, 그럴 틈을 주지는 않겠지.)

지금 남아있는 것은 지그의 공격을 계속해서 피해낸 실력자들이다.

섣불리 행동하면 목숨이 위험하다.

상대의 공격을 피하던 지그가 중심을 잃고 무릎을 꿇었다.

그걸 놓치지 않고 모험가가 움직였다.

아군을 보조하던 자도 확실하게 처리하기 위해 움직인다.

동시에 휘두른 무기가 지그에게 쇄도한다.

조금 전까지 빈틈을 메꾸듯 시간차 공격으로 날리던 무기가, 지금은 동시에 날아들었다.

무릎을 꿇은 상태였던 지그가 움직인다.

낮은 자세를 유지한 채 무릎에 모았던 힘을 해방해 용수철처럼 달려나간다.

중심을 잃은 듯 보였던 것은 페인트고, 무릎을 꿇은 상태에서 단번에 가속한 것이다.

나무 바닥이 찌부러질 만큼 강렬하게 발을 딛고 대시해, 상대의 무기를 피해 육박한다.

거리를 좁히는 동안 속도가 붙은 훅을, 상대의 옆구리에 박아 넣었다.

방어구의 빈틈을 찌른 일격에 첫 번째 상대가 괴로워하며 쓰러졌다.

그 기세를 이용해 상단 뒤돌려차기.

물러나려 한 상대의 머리에 아슬아슬하게 적중했다.

실이 끊어진 꼭두각시 인형처럼 두 번째 상대가 쓰러진다.

"망하알!!"

마지막 상대가 될 대로 되란 듯이 장검을 내려친다.

그 자루를 손바닥으로 쳐올리고 텅 빈 몸통에 주먹을 연속으로 두 번 날린다.

비틀거리면서도 그걸 방어구와 기합으로 견뎌낸 상대가 마지막 발악처럼 달라붙으려 했다.

"근성이 있군."

허공에서 떨어진 장검을 잡아, 옆통수를 칼의 옆면으로 후려친다.

도신이 부러짐과 동시에 마지막 상대가 쓰러졌다.

"세상에······."

그 믿기지 않는 광경을 카스카베는 보고 있었다.

(그 상황을 뒤집었다?! 우리 최고 전력은 없었다지만 무기도 없이······ 아니, 무기가 있었다 해도 어떻게 할 수 있는 상황이 아니었을 텐데! 이 녀석, 정체가 뭐지?! 아니, 그보다 어떻게 대처를 해야 하지?)

예상치 못한 사태에 카스카베가 궁리를 해보았지만 현재 상황을 타개할 만한 방안은 떠오르지 않았다.

동작을 추스른 지그가 움직이는 이가 없는 것을 확인하고는 카스카베를 쳐다보았다.

아예 멀쩡하지는 않았지만 약간의 찰과상 정도만 입었다.

"자아. 너는 이 상황을 어떻게 수습할 생각이지?"

다행스러운 점이 있다면 이 상황에서도 상대에게는 아직 교섭의 여지가 남아있다는 것이리라. 대체 얼마나 과격한 일에 익숙하기에 저럴 수 있는 걸까.

달아나고 싶어 하는 몸을 억지로 붙잡아둔 채 그 말에 답한다.

목소리가 떨리지 않은 것은 그의 강인한 정신력 덕분이었다.

"……무슨 말씀이신지 모르겠군요."

"지금 너희를 모조리 죽이는 건 쉬워. 그런데 일부러 공을 들여서 반만 죽여 놓은 거다. 그 의도를 헤아려 줬으면 하는데."

못 말리겠다는 듯이 어깨를 으쓱하는 그 모습을 보고서야 카스카베는 퍼뜩 정신이 들었다.

무기 없이도 이 정도 실력이다.

오늘 이 자리에 있던 총 열 명의 모험가들은 대부분 중견이었고 나머지는 베테랑이었다. 눈앞에 있는 덩치 큰 남자는 그런 그들을 모두 쓰러뜨렸다.

만약 그가 습격했다면, 우수하다고는 해도 신입 다섯 명이 달아날 수나 있었을까.

(……불가능해.)

카스카베의 냉정한 부분이 그 가정을 즉시 부정했다.

이 남자가 죽이기로 작정했다면, 다섯 명 모두 죽었을 거다.

살인이 목적이 아니었다 해도 굳이 두 명만 살려둘 필요는 없었을 것이다.

"……설마, 정말 당신이 아니라는……?"

목을 쥐어짜다시피 해서 내뱉은 말에, 지그가 진심으로 넌더리가 난다는 듯이 한숨을 내쉬며 대꾸했다.

"처음부터 그렇게 말했잖아."

입으로는 그렇게 말했지만 지그도 그들이 오해를 할 수밖에 없었다고 생각했다.

쌍인검 사용자는 그리 흔치 않은 데다, 수상하기만 한 사건 당일 자신의 행적.

애초부터 의뢰 내용을 떠벌리고 다닐 생각도 없었지만, 진수우·야에게 의뢰를 받았다는 이야기는 더더욱 할 수가 없다.

직접적인 증거가 없어도 당연히 자신을 의심할 수밖에 없었던 것이다.

(같은 상황이었다면, 나라도 그 녀석이 범인이라고 생각했겠지.)

하지만 그러니 어쩔 수 없다며 넘어갈 만큼 지그는 마음이 넓지 않다.

이곳이 저쪽이었다면 죽여 버리면 그만이지만, 이곳에서 그랬다가는 일이 성가셔진다.

그 때문에 모종의 형태로 사과를 받아낼 필요가 있었다.

(계산이 어렵군.)

지금까지 빚은 목숨으로 청산해온 탓에, 값을 얼마로 매겨야 할지 모르겠다.

너무 적으면 얕잡아보고 또 공격해 올 수도 있고, 너무 많으면 그런 금액은 못 낸다며 싸움으로 번질 수도 있다.

얼마까지 내실 수 있나요, 라고 상대한테 물어볼 수도 없는 탓에 지그는 침묵을 지켰다.

지그의 속마음을 모르는 카스카베는 그 침묵에서 크나큰 공포를 느꼈다.

"......."

지그는 어느 선에서 타협을 하면 좋을지 몰랐고, 카스카베는 섣불리 말했다가 상황이 악화될지도 모른다는 생각에 두려웠다.

저마다의 사정 때문에 말이 끊겼다.

그렇게 생겨난 침묵은 그리 오래 가지 않았다.

하지만 이 상황을 악화시키기에는 충분한 시간이었다.

정체된 상황을 움직인 것은 문을 걷어차 여는 소리였다.

몇 명의 발소리가 건물 안으로 뛰어 들어왔다.

"증원인가. ······시간을 너무 끌었군."

실수를 범했음을 깨달은 지그가 한숨을 내쉬었다.

이걸 노리고 있던 거라면 상당한 수완가라 해야 할 것이다.

상대를 칭찬하고 싶은 마음에 카스카베를 바라보았다.

하지만 동료가 왔건만 카스카베는 초조한 듯이 얼굴을 구겼다.

이 증원은 그가 의도한 바가 아닌 모양이다.

지그의 예상과 달리 카스카베는 무척 초조한 상태였다.

(큰일이군······. 이쪽이 착각을 했을 가능성이 높은 상대에게 이 이상 무례를 범하면 신용이 곤두박질칠 거야! 어떻게든 막아야해.)

착각으로 폭행을 가한 사실만으로도 이미 위험하지만, 더 큰 실수를 범하는 것은 저지해야만 한다.

순식간에 거기까지 생각한 카스카베는 쏜살처럼 계단을 뛰어 올라오는 발소리의 주인을 향해 말하려 했다.

"잠까······."

"나와, 카스카베!"

"쿠엑."

하지만 한발 늦었다.

가볍게 계단을 뛰어 올라온 동료가 멱살을 잡아 억지로 뒤로 집 어던졌다.

비상시라 어쩔 수 없지만 목소리를 내려던 순간 모험가의 힘으 로 멱살을 잡는 바람에 목이 강하게 압박되었다.

카스카베는 몸이 회전하던 도중에 어떻게든 낙법을 취하려 했 지만 제어가 되지 않아 버둥거렸다.

그대로 떨어지면 죽을지도 모르는 위험한 상태다.

숨도 제대로 못 쉬고 낙하하는 몸을, 다른 누군가가 받아냈다.

비교적 가볍기는 해도 낙하하는 성인 한 사람의 몸을 가볍게 받 아내는 것은 평범한 사람에게 불가능한 일이다.

모험가, 그것도 신체 강화에 능한 자다.

카스카베를 받아낸 푸른 머리 여성은 바닥에 내려놓고 외상이 없는지를 확인하더니 곧장 위를 바라보았다.

먼저 올라간 동료들이 적과 싸우고 있는 모양이다.

전에 없이 무거운 칼 부딪히는 소리와 동료의 실력을 고려하여 쉬운 상대가 아님을 알아채고는 지원하러 가려 했다.

"괜찮으시죠? 여긴 저희한테 맡기고 밖으로 대피하세요."

"콜록, 콜록…… 자, 잠깐……."

"괜찮아요. 저희라면 지지는 않을 테니까요."

카스카베를 두고 가려 하는 동료를 제지하려 했다.

하지만 멱살을 잡힌 채 내던져진 탓에 계속 기침이 나서 말이 끊기고 말았다.

"동료들의 원수는 반드시 갚겠어요."

"콜록, 아, 아니……."

어떻게든 말리려 했지만 목소리가 안 나온다.

그러는 동안 동료는 위로 달려가고 말았다.

카스카베는 그 모습을 파랗게 질린 얼굴로 배웅할 수밖에 없었다.

절망이 그의 마음을 가득 메우기 시작했다.

그럼에도 늦지 말아 달라고 기도하며, 비명을 지르는 몸에 채찍질을 해가며 뒤쫓았다.

† 

"이야, 시어셔 씨 굉장하네! 마술에 능하다는 얘기는 들었지만, 이 정도로 굉장할 줄은 몰랐어!"

"고맙습니다. 린디아 씨랑 다른 분들도 훌륭한 보조였어요."

시어셔 일행은 일을 마치고 길드에 돌아와, 그날의 성과를 떠올리며 서로를 칭찬했다.

첫날이기도 해서 간단한 토벌 의뢰만 받았지만, 제법 느낌이 좋았다. 시어셔가 보기에는 아직 미숙한 면도 있었지만, 비교 대상이 잘못됐다는 것 정도는 알았다.

같은 계급의 모험가를 객관적으로 보면 린디아 일행의 솜씨가 좋다는 것은 분명한 사실이다.

"아니아니, 난 아직 멀었어……. 미안, 거짓말이야. 동년배 중에서는 꽤 괜찮은 편이라고 생각했는데, 위에는 위가 있었네?! 이거 아직 더 정진할 필요가 있겠어…….”

그렇게 말하며 머리를 긁적이는 린디아에게서는 악의가 느껴지지 않아서, 진심으로 그렇게 생각하고 있다는 것이 전해져 왔다.

“괜찮으면 또 같이…… 가만, 왜 저렇게 난리가 난 거람?”

그녀들이 이야기하며 접수처로 향하던 도중, 한구석에서 소란을 피우고 있는 사람들의 무리가 눈에 들어왔다. 소란을 피우고 있다고는 했지만 싸우거나 말다툼을 벌이고 있는 것은 아니다.

그와는 다른, 뭔가 놀라운 정보가 들어왔을 때의 소란스러운 분위기였다.

“그 소문 들었어?! 와다츠미의 클랜 하우스에 쳐들어간 녀석이 있다더라!”

“세상에, 어느 클랜이지? 후가쿠인가? 거긴 옛날부터 사이가 안 좋았잖아.”

“아냐! 듣자 하니 날뛰고 있는 건 한 사람이라던데?!”

“……그 자식 머리가 어떻게 된 거 아냐? 반송장이 될 텐데?”

“아니, 반송장이 되기는커녕 닥치는 대로 너덜너덜하게 만들고 있다더라. 아까 도와달라는 말을 듣고 밀리나랑 세츠가 아주 사나운 얼굴로 달려갔어.”

“말도 안 돼…… 3등급도 그렇게는 못 할 텐데. 2등급 중에서도 그럴 수 있는 건 몇 안 될 테고…… 누구지?”

“그걸 모르겠더라고. 이상한 무기를 짊어진 덩치 큰 중년 남성이 와다츠미로 들어갔다던데…….”

"그런 녀석이 있었던가?"

왁자지껄하다. 자신들과는 상관없는 일이라며 술안주 삼아 떠들어대는 모험가가 대부분이었다. 아마도 관계자로 보이는 모험가는 그 얘길 듣자마자 허둥지둥 달려나갔다.

"우와아…… 클랜에 쳐들어가다니 세상 참 흉흉하네. 와다츠미는 꽤 유명한 클랜이지? 대체 뭘 하고 싶은 걸까…… 시어서 씨?"

린디아는 반응이 없는 시어서를 쳐다보았다. 그리고 그녀가 기쁜 듯한 표정을 짓고 있다는 사실을 알아챘다.

"우후훗…… 정말이지, 얌전히 기다리지를 못하는 사람이네요."

보기만 해도 소름이 돋을 만큼 아름다운 미소를 띤 채, 그녀는 매우 즐거운 듯이 웃고 있었다.

†

"나와, 카스카베!"

카스카베의 몸이 내던져졌을 때에는 지그도 이미 움직이고 있었다.

백스텝으로 물러나 발치에 있던 장검을 주워, 돌격해 오는 상대의 무기를 받아낸다.

이어서 날아드는 연격을 튕겨내고, 흘려내고, 피한다.

상대의 몸통을 노린 검격을 흘려보내고, 위치를 뒤바꿔 거리를 벌린다.

계단에 등을 돌린 채 지그가 상대를 보았다.

스무 살이 될까 말까 해 보이는 젊은 여자다.

붉은 머리를 뒤에서 하나로 묶어 활발한 분위기를 풍기고 있다.

붉은 머리 여자는 날카로운 눈빛으로 이쪽의 빈틈을 살피고 있다.

(제법이군.)

조금 전까지 싸웠던 상대와는 차원이 다른 실력자다.

약간 가느다란 장검을 어깨 앞에 대고 자세를 잡은 모습은, 젊은 나이임에도 그럴싸해 보였다.

그 자세를 통해 실력을 가늠한 지그는 조금 전까지 했던 것처럼 힘 조절을 해가며 헤쳐 나갈 수 있는 상대가 아니라고 판단했다.

(어쩔 수 없지. 클랜과 마찰을 빚는 일은 피하고 싶었지만, 죽어서는 의미가 없어.)

최악의 경우에는 사정을 말해서 이사나에게 증언을 해달라고 하면 알리바이는 입증할 수 있다.

카스카베만 살려두면 증인은 충분할 거다.

엉뚱한 의심을 받고 공격을 당하고 있는 건 이쪽이다.

이 자리에서 죽여도 정당방위고, 죄를 물을 가능성도 낮다.

그렇게 생각한 지그는 아주 자연스럽게 상대를 죽이기로 결심했다.

어쩔 수 없으니 오늘 저녁에는 고기 말고 생선을 먹자.

그 정도로 가벼운 마음으로 상대를 살해하기로 마음먹었다.

"윽!"

붉은 머리 여자는 무언가를 느끼고 경계 자세를 취했지만, 그 이유를 알 수 없어 당황했다.

상대에게서 느껴지는 기운은 조금 전과 같다.

장검을 하단으로 겨누고 있을 뿐, 뭔가 수를 쓸 낌새조차 느껴지지 않는다.

그렇건만 이상하게 목덜미가 따끔따끔하다.

(위험, 한 건가?)

이성은 문제없다고 말하고 있지만, 직감이 위험 신호를 보내고 있다.

그녀는 자신의 경험과 재능에 근거해 직감을 믿기로 했다.

상대에 대한 경계도를 높이고 그 움직임을 주시해 곧장 대응할 수 있도록 대비한다.

그것이 그녀의 목숨을 구했다.

찰나의 순간.

긴장해 눈을 깜박인 순간에 상대가 거리를 좁혔다.

자연스러운 동작에서 목으로 날아든 찌르기를 막은 것은 직감과 운 덕분이었다.

"......윽?!"

목 앞까지 다가와 있던 위협을 필사적으로 튕겨내고는 거리를 벌리고자 반격했다.

하지만 상대는 그걸 두려워하지 않고 더욱 앞으로 나왔다.

지근거리에서의 사선베기에, 그 덩치에서는 상상도 못할 날렵한 동작으로 대처했다.

왼쪽 무릎을 앞으로 내밀고 무릎을 부드럽게 굽혀서 더킹

(Ducking) 동작에 들어가더니 장검의 궤도를 완전히 예측해서 종이 한 장 차이로 회피한다.

그러고는 무릎을 굽힌 상태로 허리를 비틀어 몸통을 노리고 칼을 옆으로 후린다.

"큭."

억지로 장검을 원위치시켜 세로로 받쳐 막으려 했다.

신체 강화의 출력을 높여서 억지로 궤도를 바꾼 탓에 몸이 비명을 질렀다.

그걸 무시하고 감행한 결과, 어찌어찌 제 때에 맞췄다.

하지만 지그의 자세를 보고 눈이 휘둥그레졌다.

지그는 장검을 왼손으로만 휘두르고 있었다.

오른손은 자루에서 떼어 주먹을 쥐고, 옆으로 눕힌 도신의 뒤를 쫓듯 날리고 있다.

지그의 검은 막을 수 있어도 세로로 세운 검으로는 주먹을 막을 수 없다.

십자로 교차된 두 자루의 검 사이를 누비듯이 보디블로가 와서 박혔다.

"커헉?!"

붉은 머리 여자가 폐에서 공기를 토해내며 날아갔다.

얕다——. 지그는 감촉을 통해 상대에게 치명상을 입히지는 못했음을 알아챘다.

보디블로가 완벽하게 들어가면 그 자리에 무너져 내리듯이 쓰러진다.

저렇게 요란하게 날아가지는 않는다.

붉은 머리 여자는 직격한 순간, 스스로 뒤로 몸을 날려 충격을 최대한 죽인 것이다.

그리고 방어구가 그 이상의 역할을 했다.

얼핏 보면 가죽 갑옷으로만 보이지만, 강력한 마수의 외피를 사용한 것에 마력을 주입하면 강도가 증가한다.

(방어구 위로 맞았는데, 이 정도 위력이라니……!)

정통으로 맞았으면 분명 내장이 다 찌부러졌을 일격에 그녀는 전율했다.

충격을 죽이고 방어구로 막았건만, 곧장 전투에 복귀하기는 어려울 정도의 피해를 입었다.

내장과 뼈는 무사하지만 호흡이 흐트러진 게 치명적이다.

저 남자가 그런 빈틈을 놓칠 리가 없다.

날아간 붉은 머리 여자가 테이블이며 의자와 뒤엉켜 쓰러졌다.

지그는 그녀가 태세를 정비하기 전에 끝내기 위해 움직이려 했다.

"……칫."

하지만 지그는 곧장 멈추더니 내디딘 발을 축 삼아 그 자리에서 회전하며 후방을 베었다.

보지도 않고 휘두른 그 칼을, 상대는 완벽하게 막아냈다.

사브르를 손에 든 푸른 머리 여자가 노골적으로 적의를 내비치며 덤벼들었다.

새로운 적의 등장에 눈살을 살짝 찌푸리며 공격 대상을 푸른 머리 여자로 변경한다.

협공을 허용할 수는 없다고 생각한 지그가 가열하게 공격했다.

재빨리 처치하기 위해 장검을 휘두른다.

하지만 상대도 보통내기가 아니라 그 강렬한 공격을 막아내는 동시에 마술을 영창해 지그에게 날렸다.

"재주도 좋군."

근접전투 중의 마술 영창은 매우 난이도가 높다. 책에서 그렇게 적힌 것을 읽은 지그는 상대의 기량에 탄성을 흘렸다.

조금 전 상대했던 붉은 머리 여자와 같거나 한 수 위인 실력자인 듯했다.

생성된 얼음창이 냉기를 흩뿌리며 날아든다.

지그는 장검을 한 손으로 고쳐 쥐고 발치에 굴러다니던 무기를 발로 차올렸다.

공중에 떠오른 곡도를 왼손으로 잡아 얼음창을 쳐냈다.

푸른 머리 여성은 그걸 보고 놀란 표정을 짓더니, 추가 얼음창을 만들기 위해 영창을 거듭했다.

연달아 날아드는 마술을, 곡도의 궤도를 따라 미끄러지도록 흘려내고 직격탄은 깨부순다.

곡도는 방어에만 사용하고 장검으로 공격을 이어간다.

상대도 서서히 지그의 맹공을 막아내기 버거워하고 있었다. 일격일격이 매우 묵직한 지그의 검격은 착실하게 푸른 머리 여자의 체력을 깎아냈다.

한층 더 힘을 실은 일격에 상대의 자세가 무너졌다.

그 빈틈을 메우려는 듯이 얼음창을 내쏜다.

"그건 너무 알기 쉬운데."

"뭐?!"

그걸 예상했던 지그는 베어낸 얼음창을 걷어차 상대에게 날렸다.

얼음창이 회전하며 날아든다.

무너진 자세로는 완전히 막을 수가 없어서 어쩔 수 없이 사브르로 막았다.

그게 치명적인 빈틈이 되었다.

얼음창을 맞는 한이 있어도 거리를 벌렸어야 했다. 마술을 걷어차는 말도 안 되는 곡예에 허를 찔린 탓에 거기까지 생각이 미치지 못했다.

상단에서 혼신의 일격이 날아오고 있다.

(이건 못 막아.)

그걸 절망적인 심정으로, 하지만 포기하지 않고 받아내고자 사브르를 든다.

지그는 주저 없이 내려쳤다.

하지만 또다시 그 움직임을 멈출 수밖에 없었다.

"……조금만 더 있었으면 편하게 해줄 수 있었을 텐데."

"누구 마음대로!"

복귀한 붉은 머리 여자의 돌격을 곡도로 막는다.

그 결과 장검의 기세가 죽어 사브르로 막을 수 있었다. 아슬아슬한 지점까지 밀렸지만 막아내 보였다.

"크……아아아!!"

구사일생한 푸른 머리 여자가 신체 강화를 한계까지 끌어올려 뿌리치더니, 그대로 지그에게 덤벼들었다.

푸른 머리의 사브르는 장검으로.

붉은 머리의 장검은 곡도로.

앞뒤에서 날아드는 공격을 지그는 사나운 얼굴로 막아냈다.

원래부터 행동을 함께 했을 것으로 보이는 두 여자의 완벽한 연계가 지그를 몰아붙이기 시작했다.

완전히 막아내지 못한 참격이 곳곳을 스쳐 몸을 피로 물들였다.

그럼에도 두 여자는 결판을 내지 못하고 있었다.

압도적으로 유리한 상황인데도 그 얼굴에서는 초조함이 가시질 않았다.

(괴물 같으니! 어떻게 이거에 대응하는 거야!)

붉은 머리 여자는 속으로 욕지거리를 하며 칼을 휘둘렀다.

날카롭게 찌른 칼을 지그가 끌어들이듯이 곡도로 받아내더니 칼의 옆면을 무릎으로 차올린다.

비어 있던 곡도를, 복부를 향해 미끄러뜨리듯이 날리다가 중간에 멈추더니 몸을 통째로 회전시키며 복부를 노리려 했던 곡도로 사브르를 흘려낸다.

파트너의 보조가 없었다면 방금 전 걸로 결판이 났을 거다.

그 사실에 등줄기가 얼어붙을 것만 같았지만 칼을 계속 휘두른다.

(모험가가 아니야……. 이만한 실력자가 있다는 소문은 지금까

지 들어본 적이 없는데요.)

푸른 머리 여자가 파트너를 궁지에서 구해내고는 속으로 의아해 했다.

애초에 이 남자가 누구인지도 모른다.

클랜에서 소란이 일어났다는 말을 듣고 달려와 보니 이 참상이 펼쳐져 있었다.

파트너가 당할 위기에 처했기에 서둘러 가세했지만, 둘이서 덤비고 있음에도 그조차 버텨내고 있다.

"큭?!"

막아낸 장검이 뱀처럼 사브르를 옭아매 위로 쳐올렸다.

강(剛)에서 유(柔).

무기를 놓치지는 않았지만, 급격한 변화에 대응하지 못해 빈틈이 생겨났다.

그 빈틈을 메우듯이 공격을 맞을 각오로 파트너가 덤벼들었다.

2대1인 이상, 공격을 맞교환하면 지그에게 불리해지기에 어쩔 수 없이 그쪽에 대처했다.

하지만 확실하게 피해를 입혀 싸움에서 우위를 점하는 전투방식은 인정할 수밖에 없을 듯했다.

(생각은 나중에 해야겠군요. 다른 생각을 하며 이길 수 있는 상대가 아니에요……!)

†

지그는 끈기 있게 공격을 막아내며 빈틈을 살피고 있었다.

확실하게 어느 한쪽을 처리할 수 있는 순간을 호시탐탐 기다리고 있다.

절호의 기회로 보이는 타이밍은 이미 몇 번이나 지나갔다.

(아직이다, 아직 서두르지 마.)

조급한 행동을 놓칠 상대가 아니다.

한 명을 쓰러뜨린 후에도 나머지 한 명을 확실하게 처리할 수 있는 여력을 남겨둬야만 한다.

이게 쌍인검이었다면 방어 같은 건 무시하고 박살 낼 수 있었겠지만, 없는 걸 찾아서 뭘 하겠는가.

그 순간이 오기를 끈질게 기다린다.

먼저 빈틈을 보인 것은 붉은 머리 여자였다.

조금 전에 먹인 보디블로의 효과가 서서히 나타나기 시작한 것이리라.

격렬하게 움직이는 타입이기도 해서 스태미나가 떨어져 움직임이 느려지기 시작했다.

잘못 받아낸 곡도가 그녀의 자세를 크게 무너뜨리고 빈틈을 만들어냈다.

그렇게 만들어진 빈틈을 보충하듯 푸른 머리 여자가 움직였다. 지그가 예상한 대로.

(그걸 기다리고 있었다!)

보조하기 위해 움직인 푸른 머리 여자를 향해 지그가 이를 드러냈다.

두 사람을 상대하던 공격을 일시적으로 푸른 머리 여자 한 명에게 집중시킨다.

유도당했다.

파란 머리 여자가 그 사실을 알아챈 듯했지만 이미 늦었다.

곡도가 사브르를 받아냄과 동시에 휘두른 장검이, 앞으로 돌출된 그녀의 머리를 쪼개려 했다.

푸른 머리 여자는 필사적으로 내디딘 발에 힘을 줘서 어떻게든 물러나려 했다.

하지만 근소하게 늦어서 칼날이 머리로 닥쳐들었다.

지그의 완력과 원심력이 실린 칼이라면 끄트머리에 닿기만 해도 충분히 죽음에 이르게 할 수 있다.

(끝났어.)

여자가 자신의 죽음을 각오했다.

그 순간.

바로 옆에서 날아든 화살이 창문을 깨고 날아들어 장검에 직격했다.

마술로 가속과 궤도 수정을 부여한 화살은 정확하게 장검을 깨부쉈다.

"뭐지?!"

그 위력에 장검이 날아간 지그가 순간적으로 거리를 벌렸다.

절호의 기회를 놓친 것도 문제지만 그보다 더 큰 문제는.

(마술의 냄새를 맡지 못했다……. 원거리에서의 공격인가.)

또다른 새로운 적의 등장에 지그의 표정이 사나워졌다.

지금도 싸우기 벅차니, 이 이상 늘어나면 버틸 수가 없다.

내키지는 않지만 지그는 철수해야겠다고 판단했다.

"거기까지다아! 장난은 그쯤 해두실까!!"

그때 굵직한 남자의 목소리가 울려 퍼졌다.

무시하려 했지만 귀에 익은 목소리에 지그는 도망치려던 것을 멈추고 그쪽을 쳐다보았다.

카스카베를 따라 계단을 올라온 우락부락한 남자의 얼굴이 눈에 익었다.

이전에 시어셔와 길드에서 만났던 베이츠다.

그는 우락부락한 것치고는 애교 있는 미소를 지그에게 보내며 말했다.

"사정은 카스카베한테 들었다. 뭐, 이 자리는 나한테 맡겨다오."

"……드디어 말이 통하는 녀석이 왔나."

이 이상의 전투는 불필요하다는 것을 알아챈 지그는 한숨을 내쉬며 전투태세를 해제했다.

곧장 사태를 파악한 지그와 대조적으로 붉은 머리, 푸른 머리 여자들은 경계를 풀지 않았다.

그녀들의 입장에서 보면 지그는 자신들의 클랜에서 날뛴 것도 모자라, 방금 전에도 자신들을 죽일 뻔한 위험인물이니 당연하기는 했지만.

"베이츠 씨, 어떻게 된 거죠?"

붉은 머리 여자는 무기를 겨눈 채 베이츠에게 물었고, 푸른 머리 여자는 말없이 유리한 장소로 이동했다.

그녀들은 아랑곳하지 않고 지그는 자신의 상처를 치료하기 시작했다.

곳곳이 찢어진 옷과 혹사당한 방어구를 보고는, 돈 나갈 데가 또 생겼다며 한숨을 내쉬었다.

노골적으로 경계심을 내보이고 있는 자신들은 보이지도 않는다는 듯이 행동하는 지그의 모습에 붉은 머리, 푸른 머리 여자들은 사나운 표정을 지었고, 베이츠는 유쾌하다는 듯이 웃었다.

"글쎄 우선 무기부터 내리라니까. 자세한 이야기는 이 참상부터 정리하고서 하자고. 우선 쓰러져 있는 녀석들을 도와주도록 해. 카스카베, 테이블 치우는 걸 도와라."

"네."

"······나중에 다 설명해 주셔야 해요."

베이츠의 재촉에 마지못해 움직이기 시작했다.

아직 경계를 풀지는 않았지만, 지그가 너무도 남의 일이라는 듯이 태연하게 치료하는 모습을 보고 있자 자신만 긴장하고 있는 게 바보 같이 느껴진 모양이다.

쓰러져 있는 동료들을 부축해 아래로 옮기고는, 의사를 불러 진찰을 부탁했다.

다행히 죽은 사람도 치명적인 부상을 입은 사람도 없어서, 당분간 안정을 취하면 문제없이 완치될 거란다.

두 사람은 의사의 말에 가슴을 쓸어내렸다.

"이봐, 여긴 정리됐다. 슬슬 시작하자고."

"지금 가요."

"아, 오는 김에 안쪽에 세워둔 무기도 가져와라. 희한한 무기니 보면 금방 알 거야."

"……? 네……."

그 말을 듣고 가지러 갔다.

그곳에 있던 무기를 보고 두 사람은 무심결에 숨을 죽였다.

"잠깐, 이건……."

"……정말, 뭐가 어떻게 된 거람."

클랜을 발칵 뒤집어놓은 습격범의 단서.

그 무기가 놓여 있는 것을 보니 혼란스럽기 그지없었다.

하지만 가져가지 않으면 이야기를 시작할 수 없다는 생각에 그걸 가지고 2층으로 올라갔다.

"무거워……."

"왔냐, 뭐어 앉아라. 그 무기는 지그한테 돌려주고."

치료를 마친 지그가 다가와서 두 사람은 반사적으로 경계 자세를 취할 뻔했다.

지그의 위험성을 몸소 체험해 알기에 그에게 무기를 돌려주는데 저항감이 들었다.

하지만 베이츠가 말없이 재촉하기에 어쩔 수 없이 천천히 건네주었다.

자신의 무기를 건네받은 지그는 그걸 자신의 옆에 세워두고 의자에 앉았다.

주로 사용하는 손이 있는 쪽에 두고 언제든 잡을 수 있도록 오른팔을 축 늘어뜨리고 있는 걸 보면, 생각보다 긴장을 풀지는 않은 모양이다.

그걸 확인한 베이츠가 그제야 사정을 설명하기 시작했다.

"자, 그럼…… 뭐부터 이야기를 해야 할까. 우리 클랜 멤버가 습격을 받은 사건에 관해서는 다들 알겠지? 그리고 그 습격자의 무기가 양검이었던 것도."

그 말에 모두가 말없이 고개를 끄덕이는 것을 확인하고 베이츠는 말을 이었다.

"양검 사용자 중 실력이 좋은 녀석은 흔치 않지. 그렇다면 당연히 용의자가 될 만한 녀석도 한정적이고. 그래서 의심의 눈길이 지그에게 향하게 된 거다."

베이츠는 그렇게 말하며 지그를 쳐다보았다.

하리안에 온 지 얼마 안 되는, 보기 드문 양검 사용자.

듣자 하니 실력도 좋다고 한다.

의심되는 요소는 충분히 있었다.

"이 건을 맡고 있었던 카스카베도 그렇게 생각했다. 그래서 곧장 부하를 모아 끌고 와서 이야기를 들어보니 수상쩍은 이야기가 한가득 나온 거지. 이거 누가 봐도 범인 아닌가, 하고 생각한 카스카베가 살짝 따끔한 맛을 보여주면 입이 가벼워지겠거니 하고 손을 댄 거고. 그 결과가……."

이 꼬락서니라고 몸짓으로 말했다.

그 말에 푸른 머리 여자가 질문을 던졌다.

"수상쩍은 이야기라는 게, 어떤 거죠?"

"그래, 그거. 나도 그 부분은 자세히 못 들었거든."

"그, 그건……."

카스카베는 그 물음에 말을 흐릴 수밖에 없었다.

지그를 흘끔 쳐다보니 관심 없다는 듯이 바깥을 쳐다보고 있었다.

베이츠가 보내오는 무언의 압박에 견디다 못해 카스카베가 지그와의 문답을 그대로 입 밖에 냈다.

"……그렇게 된 거구만."

사정을 들은 베이츠가 복잡한 표정으로 턱수염을 쓸었다.

"완전 수상하잖아! 누가 들어도 저 녀석이 범인이라고 생각할걸!!"

붉은 머리 여자가 테이블을 손으로 두들기며 항의했다.

베이츠에게 존댓말을 쓰는 것도 잊고 지그를 손가락질하는 그녀를 보고 카스카베가 식은땀을 흘렸다.

하지만 그런 건 알 바 아니라는 듯이 씩씩거리며 지그에게 바짝 다가섰다.

"당신이 솔직하게 얘기했으면 이렇게 일이 커지지도 않았을 텐데, 미안하지도 않아?!"

"……모험가가 어떨지는 모르겠지만, 용병은 일의 내용을 나불나불 떠들어대면 신용이 떨어지거든."

"그게 자신의 목숨과 관련된 일이라도, 말인가요?"

두 사람의 대화에 푸른 머리 여자가 끼어들었다.

지그는 그쪽으로 슬쩍 시선을 옮겨 상대의 눈을 들여다보았다.

흥분한 파트너보다는 대화가 되겠다고 판단했는지, 잠시 생각하다가 그 말에 답했다.

"……정도에 따라 다르지. 상황에 따라서는 의뢰인에게 확인을 할 때도 있고."

"이번에는 그럴 필요가 없었단 건가요?"

"당신들이 나오기 전까지는, 없었지."

카스카베가 데리고 있던 모험가들 정도로는 위협조차 안 되는 데다 간단히 물리칠 수 있다.

직접적으로 그렇게 말하지는 않았지만, 거의 같은 의미의 말에 카스카베가 고개를 푹 숙인 채 입술을 깨물었다.

베이츠가 쓴웃음을 지은 채 그 어깨를 두드렸다.

"아~ 그러고 보니 소개가 아직이었군. 여기 빨간 게 밀리나. 거기 파란 게 세츠다."

"지그다."

베이츠가 소개를 해주자 밀리나는 흥, 하고 고개를 홱 돌렸고 세츠는 말없이 고개 숙여 인사했다.

"그럼 지그 씨. 이제는 답해주실 수 있을까요?"

"거절한다."

조금 전과 같은 태도라면 대답해줄 거다.

그렇게 생각한 세츠가 다시 물었지만 그 즉시 부정이 돌아와 눈썹을 씰룩거렸다.

"……이유를 물어도 될까요?"

"나에 대한 의심은 풀린 지 오래인 것 같은데. 이야기할 이유가 없어."

"의심이 풀렸다고 생각하시는 근거는 대체 뭐죠?"

세츠가 의아한 얼굴로 묻자 지그는 말없이 카스카베 쪽을 쳐다보았다.

그 의도를 헤아린 카스카베가 세츠 일행을 향해 설명했다.

"지그 님이 습격범일 가능성은 낮다고 생각합니다. 제가 클랜 멤버들을 시켜 공격했을 때도 지그 님은 사망자를 한 명도 발생시키지 않고 최대한 경상에 그치게끔 상대하셨습니다."

"……그건 신뢰를 얻으려고 그런 것뿐일지도 몰라."

밀리나가 집요하게 그 가능성을 지적했다.

그러던 참에 베이츠가 끼어들었다.

"너희, 지그랑 싸워봤지. 어땠냐?"

조금 전의 일을 떠올린 두 사람은 눈살을 찌푸렸다.

떨떠름한 표정으로 입을 다문 밀리나 대신 세츠가 답했다.

"강했어요. 지원이 없었으면 당했을 거예요."

그토록 유리한 조건이 갖춰져 있었음에도 닿지 않았다.

자신의 실력에 자신이 있었던 탓에 더더욱 분했다.

두 사람의 표정을 보고 베이츠가 웃으며 말했다.

"그걸 몸소 체험한 너희한테 묻겠는데. 지그가 쬐끔 실력이 있는 정도의 햇병아리 다섯 명을 다 처치하지 못할 것 같냐?"

"그건……."

그럴 리가 없다.

이 남자가 온전한 상태에서 공격했다면, 장래 유망한 신입 다섯 명 정도는 상대도 안 됐을 거다.

그 사실을 좀 전의 전투로 뼈저리게 깨달았다.

"그렇지? 그런고로, 너무 세게 몰아붙이지 말았으면 하는데 말이다아……."

베이츠가 한심할 정도로 힘없는 투로 말을 흐리자 밀리나가 고개를 갸웃했고, 그 의미를 이해한 세츠의 얼굴이 새파랗게 질렸다.

"왜 그래, 베이츠 씨? 표정이 심각한데."

"……밀리나 씨."

"왜, 왜 그래……?"

사태를 이해하지 못한 그녀에게 카스카베가 진지한 얼굴로 이일의 심각성을 설명해주었다.

"지그 님이 습격범이 아닐 경우, 우리가 한 짓은 일방적으로 혐의를 씌우고 납치 감금한 후 폭행 심문, 살인 미수…… 어엿한 범죄입니다. 지그 님이 헌병, 혹은 길드로 달려가기만 해도 와다츠미는 난처해집니다. 최소한 주범급은 모험가 자격을 박탈당하고 철창신세를 지게 되겠죠."

지그가 모험가라면 길드에서 압박을 가해 합의로 몰고 갈 수 있을지도 모른다.

하지만 모험가도 아닌 이에게 이런 짓을 했으니, 아무리 길드라도 완전히 감싸주지는 못할 거다.

젊고 실력 있는 밀리나와 세츠는 클랜 내의 젊은 모험가들에게 인망이 많다.

그런 그녀들이 이런 불상사를 저질렀다는 게 알려지면 클랜의 구심력이 현격히 떨어질 것이다.

애써 키운 젊은 모험가들도 넌더리를 내며 떠나갈 거다.

사태의 심각성을 이해했는지 밀리나도 뒤늦게 얼굴이 새파랗게 질렸다.

안색이 좋지 않은 와다츠미 멤버들이 나란히 지그를 쳐다보았다.

"······뭔가 착오가 있었을 뿐 너일 가능성은 없냐?"

지푸라기 같은 희망이라도 잡아보고자 베이츠가 그런 말을 입 밖에 냈다.

"자세히는 말할 수 없지만, 길드에서 신뢰받는 인물에게 알리바이를 증언해달라고 부탁할 수도 있어."

하지만 무자비한 현실을 들이미는 지그의 말을 듣고 침몰했다.

"지그 님. 단도직입적으로 여쭙겠습니다만, 어느 정도의 배상을 원하십니까?"

결심을 굳힌 듯이 카스카베가 지그를 바라보더니 합의를 위한 교섭을 시작했다.

교섭이라고는 해도, 즉사급의 피해를 어찌어찌 치명상으로 줄이는 정도의 효과밖에 기대할 수 없겠지만 그래도 안 하는 것보다는 낫다.

카스카베의 전면 항복 선언이라 할 수 있는 질문에 와다츠미의 면면들은 놀란 기색을 감추지 못했다.

"······배상?"

"네. 좀 전에 말씀드렸듯이, 지그 님이 마음만 먹으면 이번에 무례를 범한 자들은 저를 비롯해서 철창신세를 지게 될 겁니다.

하지만 저희도 동료의 원수를 갚고 싶은 마음에 움직인 것이었습니다. 모쪼록 그 점을 고려해서 아량을 베풀어주셨으면 감사하겠습니다."

어디까지나 동료를 위한 일이었고, 악의가 있었던 것은 아니다.

그렇게 호소하는 카스카베의 말을 듣고 지그는 고민에 빠졌다.

저들이 어떻게 되건 알 바 아니다.

하지만 클랜 멤버가 체포된다면 원한을 품은 자가 보복을 하러 올 가능성도 있다.

그렇다고 허용 범위를 넘어서는 요구를 하면 앞뒤 가리지 않고 제거하려 들지도 모른다.

규모가 달라지기는 했지만 어느 선에서 타협을 해야 할지 모른다는 의미에서 보면, 지그가 처해 있는 상황은 그다지 달라지지 않았다.

(귀찮군. 정말로.)

다소 무리를 해서라도 이 둘을 죽여 뒀으면 비긴 셈 칠 수 있었을까.

그런 생각마저 들기 시작한 지그가 험악한 눈초리로 밀리나 일행을 쳐다보았다.

배상 이야기가 나온 직후에 지그가, 용모가 수려한 두 여성을 쳐다본 것이다.

밀리나와 세츠는 신변의 위험을 느꼈고, 그 시선의 의미를 완전히 오해한 두 남자가 그렇다면 어쩔 수 없다며 비정한 판단을 내렸다.

카스카베가 침통한 표정으로 고개를 끄덕였다.

"……그렇군요. 알겠습니다, 금방 준비하겠습니다."

"잠깐, 카스카베?!"

"……미안하다. 내가 무능력해서. 하지만 이것도 클랜을 위한 일이야. 이해해다오."

"……베이츠 씨, 농담하시는 거죠?"

동료가 자신들을 인신공양하려 하자 두 사람은 매우 당황했다.

카스카베와 베이츠도 클랜과 두 사람을 저울질한 끝에 내린 그 판단을 어쩔 수 없다며 받아들일 수밖에 없었다.

일이 척척 진행되자 흐름을 이해하지 못한 지그가 당황해서 물었다.

"이봐, 무슨 소리지?"

"무슨 소리긴요. 두 사람의 신병을 넘기기 위한 준비를 하겠다는 겁니다."

"……무슨 소리인지 모르겠다만."

"네에, 알고말고요. 지그 님은 아무 것도 요구하지 않으셨습니다. 이건 어디까지나 저희의 성의입니다. 그런 것이지요?"

카스카베는 굳이 말하지 않아도 무슨 뜻인지 잘 안다는 투로 말했다.

베이츠도 팔짱을 낀 채 심각한 표정을 짓고 있었다.

"그, 뭐냐. 팔아먹는 내가 할 말은 아닌 것 같지만, 나쁜 녀석들은 아니야. 잘 대해줘."

"뭔가 오해가 있는 것 같은데. 나는——."

이야기가 이상한 방향으로 진행되고 있음을 느낀 지그가 제지
하려 했다.

하지만 너무 늦었다.


"지그 씨, 거래라도 하시나 봐요?"


차분한 목소리.

하지만 그 자리에 있던 모두가 그 목소리를 들은 순간 움직임
을 멈출 수밖에 없었다.

상당히 뻣뻣해진 목을 돌려 목소리가 들린 방향을 쳐다보았다.

언제부터 있었던 것인지, 시어셔가 계단 난간에 손을 올린 채
미소를 띤 얼굴로 이쪽을 바라보고 있었다.


"대체 뭘 사시는 걸까요? 저도 좀 끼워주세요."


시어셔는 즐거운 듯이 말하며 이쪽으로 다가왔다.

그 몸에서는 마술의 냄새가 나지 않았지만, 지그조차도 느낄
수 있을 만큼 농밀한 마력이 소용돌이치고 있었다.

카스카베 일행의 눈에는 신기루처럼 주변이 일렁거리는 듯이
보일 정도였다.

"시, 시어셔 왔구나! 아니, 이건 말이지."

──흘끔.

식은땀을 흘리며 변명하려던 베이츠의 입을 그 눈빛만으로 막

았다.

베이츠는 얼어붙은 듯이 굳어버렸다. 시어셔는 개의치 않고 느긋한 걸음걸이로 지그의 옆으로

다가가 어깨에 손을 얹더니, 얼굴을 들여다보며 빙긋 웃었다.

아름다운 그녀의 얼굴에 꽃과 같은 미소가 피어났다.

하지만 그것은 미소와 사뭇 다른 인상을 주었다.

"······빨리 왔군. 일은 어떻게 됐지?"

시어셔의 눈을 보지 않고 목소리를 쥐어짜냈다.

그 목소리가 쉬지 않은 것은 심상치 않은 지그의 담력 덕분이었다.

"성공했어요. 아무 문제도 없었고요."

"······그렇군, 다행이야."

"네. 좋은 경험이 됐어요."

그렇게 말하며 그녀는 빙긋빙긋 웃었다.

지그도 따라서 웃으려 했지만 뺨을 씰룩거리는 데서 그쳤다.

"그래서?"

"······."

섣불리 얼버무렸다가는 수명만 단축될 거다.

본능적으로 그 사실을 깨달은 지그는 단적으로 말했다.

"이 녀석들이, 착각을 하고 공격한 대가로 여자 둘을 바치겠다는 소릴 해서. 거절했지만, 뭐라도 변상을 해야 마음이 놓이겠다며 물러나질 않아서 말이야."

조금 말이 빨라지기는 했지만, 요점만 정확하게 전달했다.

그 말을 들은 시어셔가 천천히 고개를 카스카베 일행 쪽으로 돌렸다.

세 사람은 찍소리도 못하고 몸을 움찔했다.

베이츠는 좀 전에 흘끔 쳐다본 이후로 꼼짝도 안 했다.

파랗고 한없이 깊은 눈동자가 그들을 비추었다.

거기에 빨려들 것만 같다는 생각을 하면서도 눈을 뗄 수가 없었다.

"지그 씨는 제 호위라, 여성을 살 시간은, 없답니다. 알아들으셨죠?"

"……흐에."

카스카베의 목구멍에서 나온 것은 공기가 새어 나오는 듯한 호흡음뿐이었다.

하지만 의도는 전해진 듯해서, 마녀는 만족스럽게 고개를 끄덕여 그 눈으로부터 모두를 해방해주었다.

"가죠, 지그 씨. 배고파요."

그렇게 말하더니 팔을 잡아 지그를 일으켜 세웠다.

힘으로 끌고 가려 한 것도 아닌데 어떠한 반박도 할 수 없는 태도에 지그는 잠자코 따랐다.

팔짱을 낀 채 꼼짝도 못 하고 있는 카스카베 일행을 그대로 두고 계단을 내려간다.

"……한 번, 빚진 거다."

간신히 쥐어 짜낸 그 말을 끝으로 와다츠미의 재앙은 떠나갔다.

†

　와다츠미의 클랜 하우스를 나서서 숙소로 향한다.

　그러는 도중에도 시어셔는 지그와 팔짱을 낀 채 한마디도 하지 않았다.

　(꽤나 기분이 상한 모양이군…….)

　오해지만 함께 지내는 자신의 호위가 휴일이라고는 해도 여자를 둘이나 사려 했으니 무리도 아니다.

　지그는 내색하지 않고 어떻게 기분을 풀어줄까 고민했다.

　하지만 그런 부류의 경험이 부족한 탓에 좀처럼 좋은 아이디어를 떠올리지 못하고 있던 중, 시어셔가 나직하게 중얼거렸다.

　"이렇게 하면 되는 걸까요?"

　"……어?"

　말의 의미를 이해하지 못해 얼빠진 투로 되묻고 말았다.

　그 목소리를 들은 시어셔가 지그를 올려다보며 고개를 갸웃했다.

　"곤란해하시는 것 같기에 적당히 빠져나오기 위해 연기를 좀 했는데, 괜한 짓이었나요?"

　"아, 아아…… 아니, 덕분에 살았어. 사과의 뜻이라지만 여자를 받아봐야 처리하기 곤란하니까."

　(오해란 걸 알고 있었던 건가…… 아니, 시어셔는 세상 물정에 어둡기는 해도 머리는 좋아. 알아채는 게 당연한가.)

　그 상황을 이용해 지그를 도왔으니, 시어셔도 성장한 셈이다.

"그렇죠? 지그 씨가 여성을 살 리가 없으니까요."

"어? 어어······."

약간, 압박감이 느껴지는 것 같지만, 기분 탓인 걸로 하고 생각하지 않기로 했다.

겨우 평소처럼 돌아온 시어셔가 피 냄새를 맡고 코를 씰룩거렸다.

"지그 씨, 또 다쳤죠? 정말 툭하면 다치고 다니는 사람이네요."

시어셔가 기쁜 듯이 이따가 치료하자는 소리를 했다.

다소 풀이 죽은 듯이 지그가 한숨을 내쉬었다.

"일단은 내 쪽에서 적극적으로 손을 댄 적은 없는데······."

이사나 때와 요전의 인신매매, 그리고 이번 일까지 포함시켜도 지그가 먼저 손을 댄 적은 한 번도 없다.

상대가 적의를 내보일 때만 응전하고 있는 것뿐이다.

"그런가요? 그러고 보니 일을 하는 것처럼은 안 보였는데, 이번에는 대체 어떤 상황에 빠진 거죠? 평화로운 분위기는 아닌 것 같던데요."

"아침에 길드에서 소란이 일어났던 거 기억하나? 그 일의 피해자가 좀 전의 클랜······ 와다츠미 녀석이라더군. 그리고 그 일의 유력한 용의자 후보가 나왔고."

지그는 그 사건의 상세 내용을 시어셔에게 설명해 주었다.

습격범은 한 명이었고 쌍인검을 사용했다는 것.

다섯 명을 혼자서 거의 괴멸시키고 사망자까지 발생시켰다는 것.

자신은 그 시간대에 남들의 눈에 띄지 않는 곳에서 일을 하고 있었던 탓에 목격 정보가 없었고, 일의 내용도 선뜻 다른 사람에게 알려줄 수 있는 게 아니었던 탓에 묵비했다는 것.

그 점에 의심을 품은 와다츠미 구성원들이 폭력으로 답을 들으려 하기에 상응하는 대응을 했다는 것.

오해가 풀려서 민폐를 끼친 빚을 어떻게 청산할지 교섭하고 있었다는 것 등을 이야기했다.

일련의 이야기를 끝까지 들은 시어셔가 복잡한 표정을 지었다.

"……확실히 상황증거만 보면, 누가 어떻게 봐도 지그 씨가 범인이네요."

"나도 그렇다는 자각이 있어서 되도록 죽이지 않도록 대처했던 거다. ……뭐, 나중에 온 두 사람 쪽은 죽일 생각이었지만."

"제가 혹시 쓸데없는 짓을 한 건가요……?"

배상 교섭을 완벽하게 박살 내 버렸다는 사실이 떠올랐는지 시어셔가 거북한 표정을 지었다.

분명 마음만 먹으면 와다츠미에게서 거금을 뜯어낼 수는 있었을 거다.

일반적인 감각으로 말하자면 격노해도 이상할 게 없었지만, 지그는 딱히 신경 쓰이지 않았다.

"아니, 상관없어. 나도 적절한 타협점을 찾지 못해서 난처하던 참이었으니까."

저쪽에서의 타협안은 '상대의 목'으로 정해져 있었지만, 이쪽에서 생각 없이 그랬다가는 매우 일이 성가셔질 거다.

이번에는 상대에게 맡기는 모양새로 끝이 났으니, 저쪽이 알아서 계산을 해서 빚을 갚아줄 것이다.

얕잡아보고 시세 이하의 보상을 들고 올 가능성은, 시어셔가 충분하고도 남을 정도의 위협을 해준 덕분에 걱정할 필요가 없어졌다.

마녀라는 생물이 인간과는 격이 다른 덕인지, 그녀가 발하는 위압감은 심상치가 않았다.

"그나저나 그러면 범인은 누구일까요?"

"글쎄. 굳이 눈에 띄는 무기를 사용하는 것도 이상하니, 평소에는 다른 무기를 쓸지도 모르지. 어찌 되었건 우리와는 상관없는 일이야."

"그러네요."

다른 모험가가 아무리 많이 피해를 당한들 지그 일행과는 상관이 없다.

눈앞에서 범행을 저지르고 있다면 겸사겸사 쓰러뜨릴 수도 있지만, 그렇지 않은 한 이 이상 엮일 생각은 없다.

그 사건에 관한 이야기는 그로써 끝낸 후, 두 사람은 앞으로의 모험가 활동에 관해 이야기했다.

임시로 맺은 파티는 내일 쉬기로 했다고 한다.

시어셔와 지그가 이상한 것뿐이고, 일반적인 모험가는 휴일과 일을 같은 비율로 조절해 가며 활동한다.

요전의 대규모 토벌로 등급도 올라서, 시어셔가 새로운 사냥터를 몇 군데 골라두었다.

그 장소에서 서식하는 마수의 특징을 들으며 다음 행동 지침을 세운다.

"저는 이 도마뱀 계열 마수가 나오는 장소가 궁금해요."

"호오, 그 이유는 뭐지?"

도마뱀에 특별한 감정이라도 있는 걸까.

그녀는 의기양양하게 그 마수를 잡는 것에 대한 이점을 설명했다.

"사실 일부 도마뱀 계열 마수는 특이한 마술을 사용한다고 해요. 그 소재를 사용하면 상당히 재미있는 마구와 마장구를 만들 수 있다더라고요."

다른 것에 비해 일확천금을 노릴 수 있을 정도는 아니지만, 임시 수입이 들어올 가능성이 크다고 시어셔는 말했다.

그녀 본인은 임시 수입보다 특이한 마술이란 것을 보고 싶은 걸 거다.

지그로서도 마구는 다루지 못해도 특징적인 마장구에는 관심이 있으니 이의는 없었다.

"그럼 이번엔 그곳으로 할까."

"기대되네요. 도마뱀 가죽을 사용한 로브 같은 건 꽤 괜찮을 것 같거든요."

시어셔가 신이 나서 마수 소재의 사용법을 생각해 늘어놓았다.

그녀의 말을 들은 지그는 어떠한 사실이 떠올랐다.

"그래, 대장간에 가도 될까? 가슴 갑옷이 못 쓰게 되어서, 교체하고 싶군."

조금 전의 전투로 원래도 바꿀 때가 다 되었던 방어구가 결국 그 역할을 마치고 말았다.

밀리나와 세츠의 공격을 맞은 가슴 갑옷은 이미 넝마나 다름없어져서 방어구라 할 수 없는 모습이 되어 있었다.

내일 모험가 활동에 대비해 교체해둘 필요가 있다.

파손된 방어구 교체 비용은 와다츠미로 청구서를 보내 달라고 카스카베가 말했으니, 지갑 걱정을 안 해도 되어서 마음이 편했다.

"괜찮아요. 갈까요?"

그렇게 말하더니 시어셔가 걷는 방향을 바꿨다.

그녀의 손에 이끌려 번화가를 걸어 대장간으로 향했다.

도중에 거리를 가던 사람들의 시선이 집중되었지만, 이곳에 온 뒤로는 늘 있는 일이다 보니 두 사람도 이골이 나서 딱히 신경 쓰이지 않았다.

익숙한 대장간에 들어서자, 일을 마친 모험가들이 눈에 띄었다.

하지만 아직 이르다 할 수 있는 시간인 탓인지 그렇게까지 붐비지는 않아, 적절한 시간에 온 듯했다.

평소와 같은 점원이 지그 일행을 알아보고 접객했다.

"어서 오십시오. 자주 찾아주셔서 감사하지만, 사실 아직 일행분께 권해드릴 상품 후보를 추려내지 못해서……."

"아니, 오늘은 다른 일로 왔다. 방어구가 못 쓰게 됐거든. 급히 대체품이 필요해졌어. 낮에 보여줬던 녀석을 가져와 주겠나?"

"……알겠습니다. 잠시 기다려주십시오."

점원은 낮에 봤을 때는 무사했던 방어구가 이 짧은 시간에 처참한 상태가 된 것을 보고 의아함을 느꼈지만, 그걸 내색하지 않고 다른 직원에게 지시를 내렸다.

(손님은 오늘, 일행 여성분이 없으니 휴일이라고 하셨죠. 다시 말해서 모험가 활동 이외의 일로 전투를 했다는 뜻이군요. 게다가 방어구가 망가진 모양으로 미루어 마수에 의한 파손이 아니에요……. 그 소문도 신빙성이 있는 것 같은걸요.)

어떤 소식통을 통해 들은 소문.

그것을 뒷받침하는 듯한 지그의 상태를 보고 점원은 어떻게 대응할지를 고민했다.

직접 무언가를 하지는 않았어도 범죄자에게 무기를 공급했다는 소문이 퍼지면 가게의 평판이 깎인다.

하지만 범인으로 단정 짓고 쫓아냈다가 만약 소문이 사실이 아닐 경우도 마찬가지다.

게다가 무엇보다도 자신의 감에 따르면, 소문의 내용에서 위화감이 느껴졌다.

아무리 생각해도 '너무 수상하다'.

충동적인 범행이라면 모를까, 이렇게까지 수상한 점이 두드러지는 건 너무 작위적이다.

게다가 만약 그가 범인이었다면, 이렇게까지 당당하게 다닐 수 있을까.

"낮에 오셨을 때는, 예산이 모자라다고 하셨는데, 같은 상품을 가져와도 괜찮으시겠습니까?"

돈을 어떻게 준비했는지 에둘러 물어보았다.

그러자 예상치 못한, 너무도 직설적인 답변이 돌아왔다.

"돈이 들어온 건 아니야. 망가뜨린 상대에게 변상시키려는 거지. 와다츠미 녀석들이, 내가 동료를 습격한 녀석이라고 착각해서 조금 다퉜거든."

"……그랬군요."

소문에 관해서는 당연히 와다츠미도 알고 있을 거라 생각했지만, 설마 벌써 움직였을 줄이야.

게다가 이렇게 아무 일도 없었다는 듯이 말하는 걸 보면, 이 이야기는 이미 끝난 모양이다.

(안일하게 움직이지 않길 잘했어요. 역시 소문은 소문일 뿐이군요.)

장래 유망한 손님을 놓치지 않게 된 것과 와다츠미가 배상할 것이라면 가격을 신경 쓰지 않고 권해도 될 테니 기회라 생각한 점원은, 때는 지금이다 하고 지그의 조건을 충족시키는 방어구를 선별했다.

하지만 지그는 그런 그녀를 제지했다.

"너무 비싼 건 안 골라도 돼."

"……괜찮으시겠습니까? 클랜이 배상을 약속했다면, 다소 비싼 것이라도 값을 치르지 않겠다고 하지는 않을 텐데요."

"주제에 맞지 않는 걸 쓰면, 없어졌을 때 고생하니까. 내 수입으로 살 수 있는 범위의 것으로 하고 싶어."

아무리 좋은 물건이라도 장비는 소모품이다.

값비싼 것에 너무 익숙해져 버리면 저렴한 것으로 돌아왔을 때

감각이 이상해진다.

그래서 지그는 만약 잃더라도 자신이 벌어서 마련할 수 있는 범위의 것을 고르고 싶었다.

'주제에 맞는 도구를 써라'.

스승의 가르침을 떠올리며 지그는 그렇게 답했다.

"……알겠습니다. 금방 준비하겠습니다."

점원은 지그의 특이한 생각에 내심 놀랐지만, 싫은 표정 한 번 짓지 않고 움직였다.

자신의 힘으로는 장만하지 못할 장비를 가질 수 있다고 하면, 일반적인 모험가들은 기뻐할 거다.

남의 돈으로 장만하는 것이라면 더더욱.

고액 상품을 팔아넘길 기회를 놓친 것은 아쉽지만, 별개의 수확을 거뒀다는 생각에 그녀의 기분은 썩 나쁘지 않았다.

(재미있는 생각이네요. 하지만 오래 살아남겠어요. 그렇다면 견실하게 장사하는 편이 더 큰 이익이 되겠죠.)

그렇게 마음을 정한 후, 낮에 보여준 방어구들 중에서도 특출한 점이 없으면서 비교적 지그의 반응이 좋았던 것을 골랐다.

"이 상품은 어떠십니까?"

"……괜찮군. 어깨 부분을 조금 가공해줬으면 하는데 부탁해도 될까?"

"맡겨주십시오. 그럼 이쪽으로."

의도대로 좋은 반응을 얻은 것에 만족하며, 점원은 지그와 이야기를 진행해 나갔다.

방어구 조정이 끝났을 즈음, 가게는 모험가들도 북적대고 있었다.

끙끙대며 인파를 헤치고 빠져나가자, 시어셔가 지긋지긋하다는 듯이 말했다.

"사람 많은 곳은 별로예요……."

"미안해, 생각보다 시간이 걸렸어."

"아, 아뇨, 신경 쓰지 마세요. 좋은 걸 찾아서 다행이네요."

"그래. 그쪽은 마음에 드는 걸 찾았나?"

지그가 방어구를 고르는 동안, 시어셔는 그가 말한 마구로서의 기능을 지닌 방어구를 보고 있었다.

시어셔는 원했던 물건을 찾았는지 만족스러운 표정이었다.

"마음에 드는 게 한둘이 아니었어요. 시험 삼아 마력을 주입해 봤는데, 그 정도 마력량이라면 아무 문제도 없을 것 같아요. 덕분에 선택지가 확 넓어졌어요!"

예상대로라고 해야 할지, 역시 그녀는 압도적인 양의 마력을 지닌 모양이다.

"소재를 가져오면 주문 제작도 할 수 있대요. 그만큼 예산도 시간도 걸리지만, 그래도 그냥 사는 것보다는 훨씬 싸게 때울 수 있어요. 내일부터 사냥할 마수들 중에서 재미있는 마술을 사용하는 개체가 있으면 꼭 쓰러뜨려 봐요!"

흥분한 듯한 시어셔를 보고 쓴웃음을 지은 채 숙소로 돌아왔다.

상처를 치료받고, 돌아오는 길에 노점에서 산 저녁을 먹고는 내일에 대비해 일찌감치 잠을 청했다.

# 4장

# 선택한 길과 그 결말

해가 뜨기 조금 전.

지그가 평소처럼 달리고 있다.

달리는 루트는 질리지 않도록 그날의 기분에 따라 바꾸고 있다.

번화가 주변은 대충 다 둘러보아서 최근에는 지형도 파악할 겸 평소보다 먼 도시 가장자리 쪽을 둘러보며 달렸다.

하리안은 골목이 많아, 숨겨진 가게며 시설 등도 많았다.

지형을 파악하는 것은 용병으로서의 습성이지만, 그러한 숨겨진 가게를 구경하는 걸 즐기는 지그의 취미와도 맞아떨어졌다.

일과인 러닝을 하는 보람이 생긴 것이다.

분위기가 신경 쓰이는 가게를 체크하며 일정한 속도로 계속 달린다.

"슬슬 돌아갈 때가 됐나."

느낌으로 평소와 같은 거리를 달렸다고 판단하고는, 발걸음을 돌려 다른 루트로 돌아간다.

같은 보폭, 같은 속도로 달리고 있으니 대략적인 방향만 알면 거리는 문제될 게 없다.

그렇게 평소처럼 달리다 보니, 전방에 마찬가지로 달리고 있는 이가 있었다.

일정한 속도로 울리는 발소리와 보폭으로 미루어, 자신과 마찬가지로 러닝을 하는 자인 듯했다.

경쾌하게 튀어 오르는 듯한 소리를 통해 여성이거나 체구가 작은 남자일 것이리라고 대충 추측했다.

다리를 움직이는 속도는 비슷하지만 보폭 차이가 커서 머지않아 따라잡았다.

"좋은 아침. 그쪽도 아침부터 열심이네."

나란히 달리게 되자 상대가 붙임성 있게 인사를 해왔다.

남자 같은 말투지만 목소리는 여성의 것이었다.

어딘가 귀에 익은 목소리에 속으로 고개를 갸웃하며 답했다.

"그래, 좋은 아침."

상대도 귀에 익은 목소리다 싶어 무심결에 지그를 쳐다보았다.

"응? ⋯⋯케엑! 당신은 어제 그⋯⋯!"

목소리에 놀라서 상대를 보았다.

뒤로 묶은 붉은 머리를 달랑거리며 나란히 달리고 있는 것은, 어제 죽고 죽이는 싸움을 했던 와다츠미의 모험가였다.

"분명, 밀리나였던가?"

"⋯⋯요전에는 신세가 많았어. 지그⋯⋯ 씨."

얼굴을 찌푸린 채 마지못해 지그의 이름을 불렀다.

어제의 실수, 그에 따른 여러 가지 감정이 아직 다 정리되지 않은 탓에 밀리나는 이 남자를 어떻게 대하면 좋을지 망설이고 있었다.

어제의 일을 떠올리면 아직도 등줄기가 오싹할 정도지만, 일단은 합의를 본 것으로 되어 있을 터.

하지만 이성과 감정은 별개다.

다 끝난 이야기라고 해서 한 번 목숨을 걸고 싸웠던 상대와 아무 일도 없었던 것처럼 지내기는 어려웠다.

속으로 긴장감을 억누르며 신중하게 말을 골랐다.

"어제 일은, 정말로 미안…… 죄송합니다."

"됐어, 끝난 일이다. 그리고 억지로 존댓말을 쓸 필요는 없어."

"……그거 고맙네."

그녀의 걱정과 달리 지그는 그 일에 앙심을 품고 있는 듯한 낌새가 전혀 없었다.

그 사실에 안도하면서도 밀리나는 이 자리를 어떻게 벗어날지 고민했다.

이쪽에서 인사를 해놓고 얼굴을 보자마자 잽싸게 떠나가면 상대가 기분 나빠하지 않을까.

현재 와다츠미는 이 남자에게 큰 빚이 있는 상태다.

섣불리 경솔한 짓을 할 수가 없는 것이다.

(적당히 잡담이나 하다가 실례할까.)

그렇게 생각하고는 무난한 이야기를 하기로 했다.

마침 둘 다 달리고 있으니 그걸 화제로 삼자.

"당신도 자주 달려?"

"그래, 일과다. 그쪽도?"

"나? 나는…… 뭐어, 이런저런 생각 때문에."

돌아온 무심한 답변을 듣고 무의식중에 말을 흐리고 말았다.

바로 어제, 자신에게 스태미나가 부족하다는 사실을 뼈저리게 깨달았기 때문이다.

본인의 실력에 자신이 있었던 탓에 그녀는 그렇게 말하기가 망설여졌다.

입을 다문 밀리나의 표정을 통해 대충 사정을 알아챈 지그가 달리며 입을 열었다.

"나쁘지 않은 실력이라고 본다."

"……비아냥거리는 거야?"

"그런 게 아니야."

해석하기에 따라서는 비아냥거림으로도 들리는 지그의 말에, 약간 원망스러운 눈빛을 보내며 말을 토해냈다.

직후에 아차 싶어서 쭈뼛거리면서 눈치를 살폈지만, 지그는 조금도 호흡이 흐트러지지 않은 채로 담담하게 답했다.

"재능이 있는 녀석은, 실력도 빨리 늘지. 하지만 체력을 늘리는 데 필요한 건 재능이 아니라 축적이다. 재능이 있는 녀석일수록, 실력이 오르는 속도를 체력이 못 따라가지."

물론 개인차는 있지만 체력 단련에 지름길은 없다.

착실하고도 힘든 축적.

하나를 알면 열을 깨우치는 천재는 그걸 게을리하는 경향이 있다.

약간의 문제는 재능으로 어떻게든 해결할 수 있는 데다, 체력과 실력의 상승 폭에는 큰 차이가 있기 때문이다.

그 차이를 메꾸기 위한 노력을 피하다가, 재능이 있음에도 완전히 꽃피우지 못하고 끝나는 자들은 많다.

체력이 부족하다고 느꼈을 때, 곧장 행동으로 옮길 줄 아는 밀리나는 확실하게 성장할 인간이라고 지그는 생각했다.

"칭찬해주는 건 고맙지만, 뛰는 사람 위에는 나는 사람이 있잖아."

기가 죽은 듯한 목소리에 곁눈질로 밀리나를 흘끔 쳐다보았다.

기분 탓인지 어깨를 축 늘어뜨리고 있는 그녀에게서는 체념한 듯한 분위기가 은근히 느껴졌다.

잠시 생각하다가 스승에게 들었던 말에 자신의 경험을 보태어 입 밖에 냈다.

"위를 쳐다보지 말라고는 안 하겠지만, 보고서 의욕이 사라진다면 굳이 볼 필요는 없다고 본다. 할 것인가 말 것인가. 결국은 그뿐이니까."

"……그런 걸까."

"그런 거다."

그렇게 대화가 끊겨 얼마간 말없이 달렸다.

규칙적이면서도 일정한 리듬으로 발소리가 울린다.

밀리나는 지그를 쳐다보았다.

그는 자신과 달리 장비를 장착하고 있다.

지금 당장이라도 전투를 하러 갈 수 있을 듯한 차림새인 데다, 상체를 고정한 채 일정한 속도로 호흡하며 달리고 있다.

그에 반해 자신은 오랫동안 달리기는 했지만, 가벼운 장비만 걸친 데다 약간 호흡이 흐트러지기 시작했다.

"……축적이라."

당분간 계속해 보자.

지그의 말에서 그렇게 생각할 만큼의 설득력을 느낀 밀리나는 아침 훈련 메뉴에 러닝을 추가하기로 했다.

지그는 모르는 사실이지만, 이 대륙의 인간은 기초 트레이닝을 별로 하지 않는다.

기본적으로 마술로 강화할 수 있는 데다, 그러는 편이 더 강해질 수 있기 때문이다.

몸을 단련하기보다는 마술을 연습하는 편이 결과적으로 더 강해질 수 있다.

과한 트레이닝은 오히려 쓸데없는 근육을 늘릴 뿐이라 움직임을 방해한다고 여겨진다.

그 자체는 틀린 말이 아니다.

필요한 부분을 필요한 만큼 강화할 수 있는 마술이라면 쓸데없는 근육을 전혀 만들지 않고 효율적으로 운용할 수 있다.

하지만 아무리 마술로 강화한다 해도 움직이는 것은 자신의 몸이다.

마력은 남아있어도 체력이 떨어지면 거기서 끝이다.

그 사실을 아는 자는 사실 얼마 되지 않는다.

하지만 지금까지 마술로 어떻게든 할 수 있었던 일을, 이제 와서 마술 없이 해 보자는 생각을 할 사람은 그보다 더 적다.

그 때문에 신체 강화를 사용할 수 있는 이 땅의 인간 중에는, 순발력은 뛰어나도 지구력에 문제가 있는 이들이 많았다.

그 후 밀리나와 헤어진 지그는 평소처럼 땀을 씻어내고 몸단장을 하고서 시어셔를 깨웠다.

　노크를 하고서 방에 들어가자 침대에 엎어져 있는 시어셔가 눈에 들어왔다.

　엎드린 자세인 데다 긴 머리카락도 마구 펼쳐져 있어서, 조금 으스스해 보인다.

　어깨를 흔들자 느릿하게 몸을 일으키더니 잠에 취한 눈으로 이쪽을 쳐다본다.

　"잘 잤나. 아침이다."

　"……느에에이."

　여전히 시어셔는 아침에 약했다.

　속옷이 흐트러져서 매우 눈에 해로운 광경에서 시선을 돌린 채, 그녀의 얼굴에 젖은 수건을 얹어주었다.

　"뵤오."

　어김없이 이상한 소리를 내며 일어났다.

　그녀가 정신을 차릴 때까지 스트레칭을 하며 시간을 죽인다.

　최근에는 마수를 상대한 탓인지, 피로가 축적되는 부위가 평소와 다른 듯 느껴졌다.

　사람을 상대할 때에 비해 어느 쪽이 더 힘들다는 게 아니라, 평소와 다른 동작을 취하고 있는 탓이리라.

　여차할 때 완벽하게 움직일 수 있게 하기 위해, 꼼꼼하게 몸을 조정해 둔다.

　"오래 기다리셨죠. 가요, 지그 씨!"

　몸을 충분히 풀었을 즈음, 묘하게 의욕이 넘치는 시어셔와 함께 길드로 향했다.

아침의 길드는 모험가들로 붐볐다.

"그럼 다녀올게요."

좋은 일을 먼저 따내려고 쇄도해 있는 인파를, 시어셔가 성큼 성큼 헤집고 들어갔다.

한마디 하려던 상대가, 시어셔의 눈빛에 살짝 겁을 먹고 길을 양보했다.

그래도 조절은 하고 있는지, 요전처럼 공기가 얼어붙을 정도의 위압감은 내뿜고 있지 않았다.

사실 그걸 조절하는 방법을 익히느라 꽤 애를 먹었지만, 본인 은 굳이 말하지 않았다.

"제법 그럴싸해지기 시작했군."

처음에는 모험가들의 열기에 압도되었던 그녀가 저렇게나 망 설임 없이 앞으로 나아가고 있다.

그 광경을 본 지그는 묘하게 뿌듯한 얼굴로 고개를 끄덕이고 있 었다.

"그런 짓을 해서 늙어 보이는 거 아닐까?"

"……실례잖아."

만나자마자 무례한 소리를 하는 상대, 이사나를 떨떠름한 얼굴 로 쳐다보았다.

하지만 순간적으로 일리 있는 소리라는 생각을 하고 만 탓에 반 박을 하는 지그의 목소리에는 힘이 실려 있지 않았다.

그걸 알아챈 이사나가 하얀 머리를 들썩거리며 웃었다.

"……그래서? 그쪽은 잘 풀릴 것 같나?"

마음을 다잡듯이 지그가 화제를 바꿨다.

이사나도 상처를 깊이 후벼 파지는 않고 거기에 동참했다.

내용이 내용이라 구체적으로 언급하지는 않았지만 그럼에도 충분히 알 수 있었다.

"그래. 그럭저럭 납득이 가는 선에서 마무리될 것 같아. 당분간은 우리한테 참견할 여유가 없을 테니까."

그렇게 말하는 그녀의 표정은 밝았다.

아무래도 교섭은 잘 마무리된 모양이다.

의뢰는 끝났지만, 그 후의 경과가 전혀 궁금하지 않은 것은 아니다.

증거도 범인도 모두 확보했으니 교섭 자체는 그리 어렵지 않았을 거다.

오히려 부족을, 나아가 족장을 어떻게 설득할 것인가가 최대의 난관이었으리라.

마피아와의 교섭을, 무인 기질이 강한 진수우·야가 순순히 받아들일 것 같지는 않다.

어떻게 한 것인지는 몰라도, 결과적으로 잘 풀린 모양이지만.

조금 안도하며 눈웃음을 지었다.

"문제없이 진행되고 있다니 다행이군."

"우리 족장님께서 '이번 건은 고마웠네. 유사시에는 힘이 되어주지'라는 전언을 부탁하셨어."

"……내 말을, 전하기는 한 거지?"

지그는 그 전언을 듣고 눈살을 찌푸렸다.

일이라 도운 것뿐, 의뢰에 따라서는 적이 될 수도 있다.

그 사실을 전혀 이해하지 못한 듯한 발언이다.

하지만 이사나는 쓴웃음을 지은 채 어깨를 으쓱했다.

"당연히 전달했지. 다음에는 적일지도 모른다는 것도."

"노인께서는 뭐라 하셨지?"

"그건 그거, 이건 이거, 그때는 그때. ……라고 하셨어."

"……그렇군."

(늙은 우두머리는 고지식하기 마련인데…… 꽤나 그릇이 큰 인물인 모양이군.)

아마도 부족을 설득할 수 있었던 것도 족장이 적극적으로 협조한 덕분일 거다.

지그로서도 이쪽과의 경계를 잘 지켜준다면 불만은 없다.

"알았다. 보수를 봐서 다음에도 의뢰는 받겠다고 전해줘."

"유사시의 도움 요청은?"

"……마음이 내키면."

"알았어."

얼마 동안 어깨를 들썩이며 웃던 이사나가 문득 생각이 났다는 듯이 지그를 쳐다보았다.

"아, 맞아. 들었어, 어제 일. 당신 와다츠미에서 아주 난리를 피웠다며?"

"이런저런 일이 있어서……."

이사나에게 사정을 설명하던 중, 시어셔가 의뢰를 받아서 돌아왔다.

좋은 일을 따냈는지, 어쩐지 만족스러운 표정을 한 시어셔가 이사나를 알아보고 인사했다.

"이사나 씨, 안녕하세요."

"안녕. 오늘도 열심이네."

"네, 하고 싶은 일이 산더미처럼 많아서요."

이사나는 의욕이 넘치는 시어셔의 모습에 흐뭇함과 그리움을 동시에 느꼈다.

하지만 이래서는 지그와 똑같지 않나, 싶어서 생각을 고쳤다.

"그래. 너무 무리하지 않도록 조심해."

"네."

그렇게 말하고서 이사나도 자신의 일을 하러 갔다.

"우리도 가죠."

"그래."

준비 최종 체크를 마친 후, 두 사람도 접수를 마치고 전송석판을 통해 목적지로 향했다.

전송석판으로 이동한 곳은 처음에 왔던 삼림보다 더욱 깊은 곳이었다.

소형 짐승형 마수가 많았던 그곳과 달리 이곳에서는 파충류형 마수가 많이 서식하고 있다.

다른 곤충형이나 짐승형도 있기는 하지만 소형은 거의 없고 대형이 가끔씩 발견되는 정도라고 한다.

"힘도 지금까지 봤던 마수와는 한층 강하다고 하니 주의가 필요하대요."

'모험가 입문서'라고 적힌 책을 보며 시어셔가 설명해주었다.

지그는 주변을 경계하며 그녀의 설명에 귀를 기울였다.

"이 주변부터 본격적으로 마물이 마술을 사용하기 시작하니, 단순히 힘이 강한 것과는 난이도가 다를 거예요. 대응력과 판단력이 필요해서 이 앞으로 나아갈 수 있는가가 모험가로서의 분수령이 된다고 해요."

"그렇군. 이곳을 넘을 수 있을지 어떨지가 모험가에게 큰 의미를 가진다는 건가."

이번에 받은 것은 7등급이 받을 수 있는 의뢰다.

7등급 이하가 모험가 중 과반수를 차지한다는 점을 고려하면 그야말로 여기가 분수령이라 할 수 있으리라.

물론 시어셔는 7등급에서 멈출 생각이 없다.

그다지 긴장한 듯 보이지도 않는 그녀의 뒤를 따랐다.

가까운 곳에는 다른 모험가들의 모습도 있었다.

인구가 많은 등급이니 어쩔 수 없는 일이기는 하지만 다소 어수선하게 느껴졌다.

"우리는 좀 안쪽으로 들어가죠. 여기 있으면 다른 모험가와 충돌할 것 같아요."

다른 모험가와 사냥감을 두고 싸움을 벌이기는 싫은지, 시어셔가 사람이 적은 안쪽으로 향했다.

얼마쯤 그렇게 나아가서 주변에 다른 모험가들의 모습이 보이지 않게 되었을 즈음.

희미하게 들려온 풀 밟는 소리에 지그가 반응했다.

"두 시 방향, 숫자는 하나. 그럭저럭 크군."

들려온 소리는 작지만 깊이 가라앉는 듯한 소리는 묵직한 몸을 조용히 움직이려다가 난 것이다.

무기를 뽑고 언제든 움직일 수 있도록 살며시 자세를 취한다.

한 마리의 마수가 풀숲을 헤치고 모습을 드러냈다.

몸길이는 5미터 정도.

미끈하면서 탁한 광택이 도는 비늘을 지닌 커다란 도마뱀 마물이 입에서 혀를 날름거렸다.

보석을 그대로 박아 넣은 듯한 눈알이 이쪽을 경계하며 뒤룩뒤룩 분주하게 움직였다.

"나왔어요. 시작부터 기정(綺晶) 도마뱀이라니 운이 좋네요."

"온다."

얼마간 위협하듯 이쪽과 대치했다.

하지만 물러설 기미가 없는 시어셔와 지그를 적으로 판단한 기정 도마뱀이 장해물을 제거하기 위해 움직였다.

지그는 엄청나게 자극적인 냄새를 통해서.

시어셔는 마력의 흐름을 통해서.

두 사람은 저마다의 수단으로 상대의 움직임을 알아챘다.

기정 도마뱀은 으르렁대듯 귀에 거슬리는 울음소리를 냈다.

그에 호응하듯 공중에 생겨난 결정 자갈이 사출되었다.

햇볕을 받아 빛나는 결정은 아름답지만 위험하다.

지그가 움직이기도 전에 시어셔가 날아드는 그것을 향해 손을 내밀었다.

결정과 그녀의 중간에 자리한 지면이 솟아오르더니 흙으로 된 직사각형 방패를 만들어냈다.

사람 한 명을 뒤덮을 수 있을 있을 만큼 커다란 그것에 결정이 직격한다.

흙과 결정.

어느 쪽이 이길지는 비교할 것도 없을 만큼 뻔했다.

하지만 마술로 생성된 물체의 질은 본래의 성질과 달리 주입된 마력과 사용자의 기량에 의해 좌우된다.

그 결과, 기정 도마뱀의 결정은 분쇄되었다.

시어셔가 만들어낸 흙방패의 표면을 조금 깎아내는 데서 그쳤다.

기정 도마뱀은 계속해서 산발적으로 결정을 쏘았지만 모조리 방패에 가로막혔다.

효과가 없음을 알아챈 도마뱀이 공격을 멈추더니 몸을 경직시켰다.

겁을 먹은 게 아니다.

계속해서 마술을 사용하려 하는 마수에게서는 전투를 포기하려는 의지가 느껴지지 않았다.

지그가 눈에 힘을 주고 보니, 마수의 몸의 표면을 무언가가 뒤덮기 시작한 것이 보였다.

"……뭐지, 저건?"

마수의 몸을 뒤덮고 있는 것은 결정이었다.

결정은 서서히 속도를 높이더니 결국 몸의 대부분을 뒤덮었다.

몸에는 결정 갑옷을 두르고, 머리에는 커다란 뿔이 돋아났다.

고개를 빙글 돌리더니 뿔을 이쪽으로 겨눈 채 달린다.

꼬리로 균형을 잡아가며 네 발로 땅을 박차자, 크기에 비해 날쌔고 힘찬 질주가 시작됐다.

"재미있네요. 힘겨루기인가요."

시어셔는 육박해오는 마수를 향해 대담한 미소를 지어 보이더니, 마력을 주입해 추가로 흙방패를 생성했다.

세 개까지 늘어난 흙방패를 조종해서 겹쳐, 기정 도마뱀의 돌진에 맞선다.

돌진의 기세가 실린 빛나는 뿔이 흙방패와 부딪혔다.

짧은 저항 끝에 첫 번째 방패를 뚫고, 두 번째 방패의 중간까지 파고들었다.

하지만 거기까지였다.

깊이 꽂힌 뿔은 뽑히지 않았고, 돌진의 기세도 완전히 죽어버렸다.

어떻게든 뽑으려고 발버둥 치고 있지만, 파괴된 흙방패가 눈 깜짝할 새 재생되어 뿔을 고정시키고 말았다.

시어셔는 나아가 네 발을 흙으로 구속했다.

"운이 좋았네요. 어떻게 소재를 손상하지 않고 쓰러뜨릴지 고민하고 있었거든요. 설마 스스로 잡히러 와줄 줄이야."

흙방패에 손을 대고 발버둥 치는 마수를 향해 빙긋 웃어 보인다.

그 모습을 본 마수가 한층 더 격하게 날뛰었지만 구속은 꿈쩍도 안 했다.

마수는 꼼짝도 못하게 됐다.

차분하게 마력을 퍼 올려 조준을 마친 땅의 말뚝이 결정으로 된 갑옷을 손쉽게 관통해 급소를 정확하게 꿰뚫었다.

"흠, 꽤 단단하네요."

쓰러뜨린 마수의 안구를 파내려고 시어셔가 나이프를 들고 낑낑대고 있다.

그녀가 고전하는 모습을 곁눈질로 살피며 마수의 비늘을 벗긴다.

탁한 광택을 띤 회색 비늘을 손에 들어보았다.

"이건 어떤 소재지?"

벗겨낸 비늘은 생각보다 가볍고 조금 부드러웠다.

이대로는 방어에 도움이 안 되겠지만, 그건 어디까지나 마력을 주입하지 않았을 때의 이야기다.

"이, 기정 도마뱀은, 결정을 조종하는…… 영차! 빠졌다아……!"

보석 같은 안구를 파내서 지그를 향해 내밀었다.

신경으로 보이는 것이 줄줄이 딸려 나와서 상당히 징그러웠다.

"결정을 만들어내는 성질이 비늘에 있는데, 그 결정을 자유자재로 조종할 수 있는 건 이 눈알 덕분이거든요. 양쪽 눈으로 각각 다른 마술을 제어한다는 모양이에요."

"호오. 이건 무기에 쓸 건가? 아니면 방어구?"

"갑옷은 방어구에, 눈알은 무기나 마구에 써야죠. 마력이 있으면 도신을 무한히 만들어내는 무기 같은 걸 만들 수 있대요."

"오오! 그거 아주 흥미로운……."

무기의 소모는 검사들의 최대의 골칫거리다.

그걸 해소할 수 있다니, 이보다 반가운 이야기가 또 있을까.

그 때문에 지그는 자신에게 마력이 없다는 사실을 진심으로 아쉬워했다.

흥분함과 동시에 풀이 죽어버린 지그를 보고 시어셔가 재미있다는 듯 웃으며 말했다.

"마력을 꽤 많이 소비한다고 하니, 말한 만큼 편리하지는 않다는 모양이지만요. 어찌 되었건 재미있는 소재예요. 특히 눈알 쪽은 흠집 없이 손에 넣기가 어려워서 가치가 높다고 하더라고요."

비싸게 팔리지만 소재로 사용해 마구 제작을 맡겨도 괜찮겠다.

안구를 어디에 쓸지 고민하던 도중, 좋은 생각이 났다는 듯이 고개를 들었다.

"맞아, 한 마리 더 잡으면 전부 해결되겠네요. 그런고로 빨리 해체해 버리죠."

그렇게 말하더니 또 하나의 안구를 빼내려 했다.

시어셔의 억지스러운 해결 방법에 쓴웃음을 지은 채, 지그도 자신이 맡은 일을 계속했다.

그 후에도 순조롭게 마수를 사냥해 나갔다.

하지만 시어셔의 목표인 기정 도마뱀은 그 뒤로 나타나지 않았다.

성장이 느린 데다 새끼일 때는 숨어다니는 경우가 많아 희귀한 부류에 속하는 마수라는 모양이다.

그 때문에 도중에 발견한 마수 중에서 의뢰에 있었던 것을 우선적으로 쓰러뜨리고 있었다.

"흡!"

지그의 쌍인검이 머리에 목도리를 두른 듯한 도마뱀을 때려눕힌다.

곧장 그 자리를 벗어나자, 열선(熱線)이 좀 전까지 지그가 있던 장소에 착탄했다.

목도리를 펼친 도마뱀이 입에서 열선을 쏘며 지그를 쫓았다.

하지만 나무를 방패삼아 빠른 속도로 뛰어다니는 지그를 따라잡지 못했다.

이윽고 숨이 차서 멈춘 듯이 열선이 끊긴 타이밍에 접근해, 일격에 몸통을 날려버렸다.

작광(灼光) 도마뱀이라 불리는 이 마수는 목도리로 마력을 집속시켜서 쏘는 것이 특징이다.

이 주변에 서식하는 마수의 공격치고는 상당히 위력이 강한 편이지만, 힘을 모으는 속도도 느리고 민첩성도 떨어진다.

심지어 연비도 나빠 열선을 오래 유지할 수가 없어서 한 마리일 때의 위협도는 그리 높지 않다.

무리를 짓거나 다른 마수와의 전투 중에 난전이 벌어지면 매우 성가셔서 퇴치 의뢰가 끊이지 않지만, 소재로서의 가치는 별로 없는 데다 보수도 많지 않다.

그런 반면 길드의 평가치는 높아서 등급을 올리고 싶은 모험가가 적극적으로 받는 의뢰이기도 했다.

"왜 이 녀석들의 소재는 가치가 별로 없는 거지? 강력한 마술 같은데."

토벌 증명 부위인 목도리를 뜯어내며 시어셔에게 궁금한 것을 물어보았다.

시어셔는 지그가 건네준 목도리를 끈으로 꿰어 정리해 나갔다.

"첫 번째 이유는 연비가 나쁘다는 거예요. 평범한 마술사라면 눈 깜짝할 새에 마력이 바닥날 정도래요. 운용할 수 있을 정도의 마력이 있다 해도, 평범하게 마술을 사용하는 편이 훨씬 효율적이니까요."

채취한 목도리를 수레에 싣는다.

이 수레는 마구의 일종으로 평범한 수레와 달리 바퀴가 달려있지 않다.

부유 술식이 새겨져 있어서 마력을 주입하면 허리 정도의 높이까지 떠오른다.

끈을 달아서 끌면 지형을 가리지 않는 편리한 수레가 되어서 모험가뿐 아니라 많은 사람들이 사용하고 있다.

가격이 그럭저럭 나가기는 하지만 대여 업자도 있어서 광범위하게 쓰이고 있는 것이다.

그 수레에, 좀 전에 잡은 기정 도마뱀과 작광 도마뱀의 소재가 가득 실려 있었다.

"또 하나의 이유는 조절 기능이 없다는 거예요. 언제나 최대 출력으로 방사하는 성질이 있어서 미세 조절이 전혀 안 되거든요. 이래서는 너무 위험해서 마구로도 쓸 수 없어요."

"강하지는 않지만 내버려 두기에는 성가시고 가치도 없는 마물이라 이건가."

그렇다면 소재로서의 가치가 낮은 것도, 모험가들이 기피하는 것도 이해가 된다.

"등급을 빨리 올리고 싶은 저희에게는 딱 맞는 상대라 좋지만요. 그래도 가능하다면 기정 도마뱀을 한 마리 정도 더 잡고 싶었는데요."

미련이 가득한 눈으로 시어셔가 주변을 둘러보았다.

하지만 이미 수레는 가득 차서 이 이상 짐을 싣기는 어려울 듯했다.

"오늘은 이쯤 해둬. 이 이상은 실을 수도 없으니까."

"아쉬워요…. 수레도 큰 걸로 하나 사고 싶네요."

지금 쓰고 있는 마구는 대여품이다.

좋지도 나쁘지도 않지만 쓸 만한 물건을, 길드와 제휴한 업자가 저렴한 가격에 빌려주는 것이다.

파손되면 길드가 비용을 부담해주지만 당연히 어느 정도는 모험가측도 값을 지불해야 한다.

무엇보다도 빌릴 수 있는 숫자에 한도가 있었다.

더 많은 소재를 가지고 돌아가고 싶다면, 개인용 수레를 준비해야만 한다.

대여는 길드측도 돈이 없는 초심자 구제 장치로 운영하고 있는 것이라 이익은 거의 없었다.

어느 정도 벌 수 있게 되면 자신들의 돈으로 마련하는 것도 모험가로서의 매너다.

소재 채취를 마친 두 사람이 짐을 정리해 돌아갈 준비를 했다.

"그나저나 가격이 비싼 것과 이건 뭐가 다르지? 적재량이 늘어난다는 건 알겠지만."

"성능이 좋은 건 소유자의 마력 파장을 기록해서 알아서 따라와 준대요. 좌표 지정을 해두면 알아서 배달도 해주고요."

"굉장하군. 그런 것까지 할 수 있는 건가."

"인간의 기술에 대한 탐구심은 정말 놀라울 따름이네요."

마구에 관한 이야기로 이야기꽃을 피우며 돌아갈 준비를 마친 후, 왔던 길로 돌아간다.

"이봐, 저거……."

"응? ……우오, 엄청나네."

중간에 마주친 모험가들이 마수의 소재가 가득 실린 수레에 눈길을 빼앗겼다.

아직 일을 마치기에는 이른 시간인데도 둘이서 이 정도 성과를 거두다니.

적지 않은 질투심을 내비치는 이도 있었다.

대부분의 짐이 작광 도마뱀의 소재지만, 안쪽에 매우 상태가 좋은 기정 도마뱀이 묻혀 있다는 걸 알아채더니 눈빛이 변한 사람도 몇 명 있었다.

기정 도마뱀의 소재는 비싸게 팔 수 있다.

저만큼 상태가 좋으면 한동안 놀고먹을 수 있을 만큼의 돈이 들어올 거다.

주머니가 가벼운 인간을 미치게 하기에는 충분한 금액이다.

몇몇 남자가 말없이 눈짓을 주고받더니 흩어져 포위하고자 움직였다.

"잠깐."

그 어깨를 붙잡은 자가 있었다.

남자들은 화들짝 놀라 돌아보았다.

"뭐야, 케인이냐. 놀랐잖아."

그게 아는 사람이라는 사실을 알아채고는 가슴을 쓸어내렸다.

다른 남자가 비열한 미소를 지어 보이며 말했다.

"뭐야, 너도 끼워줄까? 미안하지만 먼저 눈독을 들인 건……."

"저 두 사람한테는——."

케인이 남자의 말을 가로막듯이 입을 열었다.

등급은 같지만 나이가 어린 케인의 행동에 남자들은 짜증이 났다.

케인은 남자들이 자신을 보고 있는 것을 확인하고는, 똑똑히 전해지도록 말했다.

"저 두 사람한테는, 손대지 마."

명령 같기도 한 케인의 언동에 남자들이 험악한 분위기를 풍기기 시작했다.

"……야, 케인. 정의 놀음을 하는 건 좋은데, 너무 기어오르지 마라. 넌 분명 재능이 있을지도 모르지만, 명령한다고 따를 이유는 없다고."

케인의 멱살을 잡고 노려본다.

그러한 협박에도 케인은 표정 하나 바꾸지 않았다.

더욱 짜증이 난 남자가 다시금 협박하기 위해 입을 열려 했다.

하지만 이어진 케인의 말을 듣고 귀를 의심했다.

"이건, 와다츠미의 뜻이다. 이게 무슨 뜻인지는 알겠지."

"뭐……? 무슨 말도 안 되는 소리야! 저 녀석들은 소속도 없는 걸로 아는데!! 왜 너희가 나서는 거냐고!!"

"말해줄 이유는 없지."

냉정하게 말하는 케인을 의심하는 눈초리로 쳐다보았다.

하지만 그의 언동에서는 동요한 기색이 눈곱만큼도 느껴지지 않았다.

(그냥 헛소리인가? 클랜이 상관도 없는 개인을 보호해줄 리는 없을 텐데. 우수한 신입을 자기네로 끌어들이고 싶다면, 우리에게 공격받고 있을 때 구해주고서 빚을 지우면 될 테고. 논리적으로 생각하면 거짓말일 텐데……. 이 자식은 아니꼬울 만큼 착한 놈이지만 감정적인 놈이야. 저 녀석들과 친해서 거짓말을 한 거라면, 티가 나도 벌써 났을 텐데. 그런데 이렇게나 감정을 내비치지 않다니……. 와다츠미의 명령으로 이 녀석도 하기 싫은 일을 억지로 하고 있을 가능성이 높아.)

남자는 모험가로서 재능이 없어 이런 곳에서 썩고 있지만 머리가 나쁘지는 않았다.

덕분에 케인의 태도를 보고 추측해서 한없이 진실에 가까운 곳까지 도달할 수 있었다.

조금 전의 신입들을 흘끔 쳐다본다.

기정 도마뱀은 아깝지만 만에 하나라도 와다츠미의 화를 사면 본전도 못 찾을 거다.

(그나저나 저 여자.)

남자가 끈적한 눈빛으로 검은 머리 여자를 찬찬히 훑어보았다.

저만한 미인은 흔치 않다.

모험가 같은 걸 하게 두기에는 아까울 만큼 좋은 여자다.

(만약 와다츠미의 화를 산다 해도, 저 여자만이라도 손에 넣을 수 있다면…….)

"이건 선의에서 하는 충고인데."

조용히 있던 케인의 말에 정신을 차렸다.

케인은 남자의 시선을 통해 무슨 생각을 하고 있는지 알아챈 것이다.

"저 여자한테는 절대로 손대지 마."

"뭐어?"

의미를 알 수 없는 말에 남자가 의아한 표정을 지었다.

"야, 그게 무슨 소리야?"

"이 이상은 아무것도 말 못 해. 난 분명 충고했다."

그 이상 할 말은 없다는 듯이 입을 다물고 말았다.

남자는 아래를 내려다본 채 얼마 동안 생각에 잠겨 있다가, 이윽고 요란하게 혀를 차며 발걸음을 돌렸다.

불만이 가득해 보였던 동료인 듯한 자도 어쩔 수 없이 그 뒤를 따랐다.

케인은 얼마 동안 그들을 배웅한 후, 지그 일행이 있는 방향을 흘끔 쳐다보고서 그 자리를 떠났다.

†

"작광 도마뱀 토벌 의뢰를 완수하시느라 수고 많으셨습니다.
새로운 사냥터에서도 순조롭게 적응하신 것 같네요."

"이 정도는 문제없어요."

"역시 대단하시네요. 하지만 방심은 금물이에요."

시어셔가 가지고 돌아온 토벌 증명 부위를 접수원에게 건네고
있다.

기정 도마뱀의 소재는 팔지 않기로 한 모양이다.

돈은 다른 방법으로도 벌 수 있지만 희귀 소재는 언제 다시 입
수할 수 있을지 알 수가 없어, 급히 돈이 필요한 경우가 아니면
수중에 두는 경우도 많았다.

수속을 마친 시어셔를 기다리며 지그가 슬그머니 주변을 둘러
보았다.

"……."

이쪽을 엿보는 듯한 시선은 느껴지지 않는다.

헛방을 친 듯한 기분이 들어 고개를 갸웃했다.

조금 전에 느꼈던 기척은 매우 익숙했다.

이쪽의 성과에 손을 대려 할 거라 생각했건만.

(공격해올 줄 알았는데…… 의외로 냉정했군.)

신중한 상대는 귀찮다.

차라리 손을 대어줬다면 가차 없이 처리할 수 있었을 텐데.

그런 생각을 하며 주변을 경계하고 있던 중, 문득 누군가의 시선이 느껴졌다.

시선이 느껴진 방향으로 고개를 돌리지 않고 시선만 이동한다.

그리고 의외의 인물을 발견하고는 내색하지 않고 속으로 놀랐다.

그 인물은 옆에 있던 동료에게 한마디 하더니 지그가 있는 쪽으로 걸어왔다.

규칙적인 보폭과 발소리가 상대의 성격을 잘 말해주고 있었다.

"지금 시간 있으신가요?"

상대…… 일전의 무뚝뚝한 여성 접수원이 그렇게 말을 걸어왔다.

미인이기는 하지만 무뚝뚝한 얼굴을 하고 있는 데다 여전히 표정 변화가 적었다.

그녀가 말을 걸어올 만한 일이 떠오르지 않아서 지그는 의아한 표정을 지었다.

"나한테 볼일이라도 있나?"

그러자 접수원은 천천히 고개를 숙였다.

허리를 90도로 숙인 모습은 매우 당당해서, 사과를 하는 듯한 모습인데도 전혀 비굴해 보이지 않았다.

그 자세를 유지한 채 접수원이 사과의 말을 입 밖에 냈다.

"일전에 제 가족이, 매우 큰 민폐를 끼쳐서 죄송합니다. 앞으로 이러한 일이 일어나지 않도록 단단히 타일러 둘 테니, 모쪼록 용서해주십시오."

갑작스러운 사과에 지그는 당황했다.

"……무슨 소리지? 당신한테 사과받을 일은 없을 텐데."

"인사가 늦었습니다. 저는 아오이 카스카베라고 합니다. 와다 츠미에서 경리를 담당하고 있는, 아키토 카스카베는 저의 모자란 동생입니다."

"……그 녀석의 누나였나."

그 말을 듣고서야 납득이 되었다.

하지만 길드 접수원과 클랜 경리가 형제라니, 이상한 데서 이상한 인연이 생겼다.

그렇다면 그녀가 사과를 할 만도 하다.

"그 녀석 때문에 오해를 사서 부상까지 입으셨다고 들었습니다. 원래대로라면 그에 합당한 처벌을 받아 마땅한 것을, 지그 님께서 온정을 베풀어 불문에 부치기로 했다고 들었습니다. 그 일에 관해 감사와 사죄의 말씀을 드리고자 합니다."

"고개를 들어줘. 그 일은 이미 합의를 봤어. 온정을 베푼 게 아니라 거래로 끝난 일이라고. 몇 번이나 끄집어내면 서로 모양새가 안 좋잖아."

같은 일을 질질 끌며 문제 삼는 용병은 기본적으로 없다.

의뢰에 따라 매 순간 적과 아군이 바뀌는 전장에서는 그게 당연한 일이기 때문이다.

지그에게는 끝난 거래라, 그걸 여러 번 들춰내는 것은 그다지 유쾌한 일이 아니었다.

그걸 이해해서는 아니겠지만, 이 이상 같은 이야기를 반복하면 지그가 불쾌하리라 판단한 아오이가 고개를 들고 지그와 눈을 마주 보았다.

무표정과 영업용 미소.

종류는 달라도 두 남매 모두 얼굴 뒤에 숨긴 것을 들키지 않는 데 능한 것이다.

지그도 둔한 편은 아니지만 카스카베의 연기에는 보기 좋게 속아 넘어갔다.

"들었을지는 모르겠지만, 카스카베가 오해할 만한 상황이었다. 너무 나무라지 마."

자신의 가족을 감싸주는 듯한 말에 아오이가 고개를 가로저었다.

"설령 99퍼센트 그렇게 보인다 해도, 만에 하나의 가능성을 감안해서 경솔한 행동을 해서는 안 되는 거였습니다. 그게 어른이라는 겁니다. 그 녀석은 미숙합니다."

동생에게 신랄한 소리를 퍼붓는 아오이의 모습에 지그가 쩔쩔 맸다.

평소 무표정한 그녀가 본인의 가족이 얽히자 분노를 감추지 않는 것이 의외였다.

동생에 대한 분노가 일렁거리고 있는 눈동자가 지그를 바라보았다.

"지그 님은 좀 전에 거래로 끝난 이야기라고 말씀하셨지만, 그건 어디까지나 와다츠미와의 교섭입니다. 가족으로서 민폐를 끼친 상대에게 그만한 배상을 할 필요가 있다고 생각하는데, 어떻게 생각하시는지요?"

"그 녀석도 애가 아니잖아. 자기 뒤치다꺼리 정도는 알아서 하겠지."

"하지만⋯⋯."

"길드 접수원으로 일하고 있으니, 내 의뢰인과 함께 앞으로 신세를 질 일이 많겠지. 그쪽에 기대하도록 하겠어. ⋯⋯이렇게 하면 안 될까?"

아오이는 잠시 생각을 하는 듯하더니 마지못해 고개를 끄덕였다.

"⋯⋯알겠습니다. 그럼 뭔가 곤란한 일이 생기면 부디 저에게 말씀해주십시오. ⋯⋯적당히 둘러대고 넘어가려고 하신 말씀은 아니겠죠?"

"물론이지."

정곡을 찔리는 바람에 지그는 식은땀을 흘렸다.

그 사실을 아는지 모르는지, 다시 한번 고개를 숙이고 접수처로 돌아가는 아오이의 모습을 배웅했다.

(왜 사과를 받은 내가 쩔쩔매고 있는 거지?)

수속을 마친 시어셔를 맞으러 가며 지그는 고개를 갸웃했다.

"지그 씨, 무슨 일 있었나요?"

"아니, 아무 일도 아니야. 그보다 어땠지?"

지그가 묻자 시어셔가 만족스러운 얼굴로 가슴을 편 채 답했다.

"보수 금액은 그렇게 많지 않았지만, 평가치는 많이 벌었어요.

이대로 가면 머지않아 등급도 오를 것 같아요. 아, 그리고 이따 마구점에 들러요. 이걸 보여주고 뭘 만들 수 있을지 물어보고 싶거든요."

보석 안구를 손에 든 채 시어셔가 어린애처럼 눈을 반짝거렸다.

그 모습에 쓴웃음을 지은 채 길드를 나섰다.

"아, 그러고 보니 현상금이 붙었대요."

"현상금? 그 습격범한테 말인가?"

"그쪽은 현재 조사 중이래요. 워낙 정보가 적어서요. 제가 들은 건 현상 수배 마수 쪽이에요."

마수에게도 현상금이 붙는 경우가 있다.

길드가 판단한 우선적으로 제거해 주었으면 하는 대상에 붙는 것으로, 토벌하면 많은 보수와 점수를 벌 수 있다.

대상은 그때마다 다른데, 한 마리일 때도 있고 여러 마리일 때도 있지만 단순한 힘보다는 위험도나 피해도로 판단된다는 점이 특징이다.

그 장소에 맞지 않는 위험도의 마수 등이 출현하면 등급이 낮은 모험가들에서 많은 희생자가 발생한다.

하지만 먹고 살기 위해서 일을 안 할 수는 없는 노릇이니, 무조건 가지 말라고도 할 수 없다.

때문에 그러한 마수를 조속히 토벌하기 위해 현상금을 거는 것이다.

위험성도 보상도 커서 실력에 자신이 있는 모험가들이 모두 뛰어드는 사냥 경쟁 같은 성격도 있었다.

기본적으로 빨리 쓰러뜨리는 사람이 임자지만, 현상금이 걸릴 정도의 마수는 위험도도 높아서 여러 명이 파티를 맺고 움직이는 경우도 있다.

  클랜은 불확정 요소가 많은 현상 수배에는 다소 소극적인 데다, 그걸 쓰러뜨렸을 때 얻을 수 있는 보수와 그러는 데 드는 비용, 위험도를 저울질해 충분한 이익이 나올 거라고 판단될 경우에만 움직인다.

  그 때문에 자신이 소속된 클랜이 움직이지 않을 경우에는 다른 파티와 혼성 부대를 이루어 도전하는 경우도 종종 있다.

  "이번에 목격 정보가 들어온 건, 푸른 쌍투구벌레 한 쌍이라고 해요."

  "귀에 익은 이름이군. 분명 내 무기에 사용된 마수 소재가 그거였을 거야."

  자신의 무기의 소재가 된 마수라는 이야기에 지그가 흥미를 보였다.

  지금의 무기에 만족하기에 그 소재가 된 마수를 한번 보고 싶다고 생각한 것이다.

  "평범한 성충이 아니라 오랜 세월 동안 살아남은 역전의 개체라고 해요. 그 위협도는 평범한 개체를 크게 웃돈다나 봐요."

  "……벌레도 경험을 쌓으면 강해지나?"

  갑충류는 성충이 되면 크기 등도 변화하지 않고 성장이 멈출 텐데.

  "마수는 쓰러뜨린 다른 마수에게서 마력을 얻어서, 기본적으로 오래 살수록 강해져요. 곤충형 마수도 그건 마찬가지고요. 푸른 쌍투구벌레 자체가 상당히 강한 축에 속하는 마물이라, 7등급 모험가는 상대도 안 될 거예요."

그만한 마수가 출현했으니 현상금이 걸릴 만도 했다.

"그렇다면, 내일 즈음에는 모험가들의 숫자도 늘어나겠네요……."

위험성이 높아도 현상금이 걸린 마수를 잡겠다고 움직일 모험가는 많다.

내일은 상황도 살필 겸, 많은 모험가들이 길드를 찾을 가능성이 높다.

"어쩔까? 날을 다시 잡아도 상관은 없는데."

"으~음…… 결국 현상 수배 마수가 쓰러질 때까지는 이 상황이 계속될 것 같거든요. 그때까지 계속 기다릴 수도 없으니, 다소 사람이 많은 건 참아볼까 해요."

"알았다. 별 소용은 없겠지만, 조금 일찍 나오도록 할까."

"……아침마다 매번 감사합니다."

자신이 아침에 잘 일어나지 못한다는 것은 자각하고 있지만, 100년도 더 그렇게 생활했으니 그리 쉽게 고치지는 못할 거다.

괜한 수고를 끼치고 있다는 생각에 시어셔는 거북스러운 얼굴로 감사 인사를 했다.

지그는 그 어깨를 가볍게 두드리고서 걸어 나갔다.

"……후후."

아무 말 없이 앞장서서 걷는 그의 뒤를, 깡충깡충 뛰는 듯한 발걸음으로 따라간다.

민폐를 끼쳐도 괜찮은 상대가 있다는 건 기쁜 일이다.

처음으로 그 사실을 깨달았다.

†

"안 돼요."

"……뭐가 말인가요?"

다음 날, 이른 아침.

평소보다 이른 시간인데도 주변에는 그럭저럭 사람이 있었다.

현상 수배 마수를 노리고 있는 녀석들이라는 것은 행동거지를 통해 알 수 있었다.

일찌감치 길드를 찾아 의뢰를 고르고 수속을 밟으려고 접수처로 간 지그 일행이 가장 먼저 들은 말이 이것이었다.

"현상 수배 마수 말이에요. 우연인 척 쓰러뜨려 버리자고 생각하고 있죠?"

"무슨 말씀이신지……?"

고개를 갸웃하는 시어셔의 표정은 거짓말을 하는 사람처럼 보이지 않았다.

하지만 약간 동요한 것을 지그는 알 수 있었다.

"시치미 떼봐야 소용없어요. ……요전에 꽤 열심히 현상 수배 마수에 관해 묻고 다녔다면서요? 자료실에서 푸른 쌍투구벌레가 실린 마수대전을 빌린 것도 다 확인했어요."

"큭……."

접수원이 추궁이라도 하듯 시어셔를 쳐다보았다.

논리정연하게 증거를 늘어놓는 바람에 얼버무려 봐야 소용없겠다는 사실을 깨닫고 분한 듯이 고개를 끄덕였다.

아무래도 그녀는 현상 수배 마수를 몰래 쓰러뜨려 버릴 생각을 하고 있었나 보다.

그리고 그 사실을 사전에 알아챈 접수원이 저지하고자 움직인 것이다.

"그런 위험한 짓은 절대로 허락 못 해요!"

"그, 그러면 우연히 마주쳤을 때는 어떻게……."

궁색하지만 구실을 만들려고 시어셔가 입을 열자, 접수원은 빙긋 웃으며 답했다.

"도망치세요. 온 힘을 다해서."

"하지만 그러면……."

"만약 길드 관계자의 거듭된 경고에도 이를 어기고 교전한 것으로 간주될 경우, 근신과 강등 처분을 할 가능성도 있습니다. 그리고 경고는 지금 드렸습니다. 기록까지 똑똑히 해놨다고요."

"그, 그럴 수가……."

변명을 할 구실이나 빠져나갈 길을 완전히 봉쇄당했다.

이런 상황에서 억지로 쓰러뜨려 봐야 높은 평가를 받기는커녕 처벌을 받을 가능성마저 있다.

위로 올라가고자 하는 그녀에게는 무시할 수 없는 손해다.

시어셔가 고개를 푹 숙이자 접수원이 한숨을 내쉬었다.

"이것 보세요, 당신은 아직 8등급이에요. 그런데 7등급 사냥터에 나오는 현상 수배 마수에 손을 대는 게 용납될 리가 없잖아요. 이번에 발견된 푸른 쌍투구벌레의 토벌에 요구되는 전력은 최소 6등급이에요. ……확실히 시어셔 씨에게는 큰 재능이 있다고 생각합니다. 어쩌면 현시점에서도 현상 수배 마수를 토벌할 수 있을지도 모르죠."

말을 잇는 접수원의 목소리가 진지하다는 것을 느낀 시어셔가 고개를 들었다.

"하지만 만약 그걸 본 다른 사람이, 자기도 할 수 있을지도 모른다고 생각한다면…… 당신은 그 책임을 질 수 있나요?"

"그건……."

"무리죠? 왜냐하면 그건 당신이 아니라 길드가 져야 할 책임이기 때문입니다. 한 사람의 무모한 짓을 용납하면, 나도 그래도 되지 않을까 생각할 사람은 많아요. 그리고 많은 사람들이 죽어가겠죠. 그렇게 되지 않도록 길드가, 규칙이 있는 거고요. 이해, 하셨죠?"

"……네."

접수원의 완벽한 정론에 시어셔는 찍소리도 못한 채 터덜터덜 그 자리를 뒤로 했다.

그 뒷모습을 배웅한 후, 접수원은 아무 말도 하지 않는 지그에게 시선을 옮겼다.

"……."

지그와 접수원의 눈이 잠시 마주쳤다.

지그는 어깨를 으쓱하고서 시어셔를 뒤쫓아 갔고, 그 모습을 본 접수원은 한숨을 내쉬며 다시 자신의 일을 하기 시작했다.

전이석판으로 삼림에 도착한 후, 어제처럼 깊숙한 곳으로 향했다.

역시나 다른 모험가들이 많아서 사냥터가 겹치지 않도록 하려면 어느 정도 더 들어가야만 했다.

"……아쉬워요."

그 도중에 진심으로 원통하다는 듯이 시어셔가 중얼거렸다.

누군가에게 말을 했다기보다는 무심결에 입에서 흘러나온 듯한 그 말에 지그가 쓴웃음을 지었다.

"뭐, 이번에는 포기하도록 해. 그 여자의 말이 옳아. 무슨 일이 일어났을 때 책임을 지게 되는 건 길드야. 이쪽 일이 아무리 자기 책임을 중시한다 해도, 무법지대로 만들 수는 없겠지. 결과적으로 손해를 보는 건 길드니까."

다수의 상대를 '한 번만 특례로 인정'해주면 그 규칙은 거의 대부분 깨진다.

언젠가 그것이 당연한 일이 되어, 그 이상의 일을 요구하게 된다.

그 사실을 알기에 길드측도 단단히 못을 박아둔 것이리라.

하지만 특례는 아니어도 예외는 있다.

외부인, 다시 말해서 지그가 쓰러뜨려 버리는 건 아무 문제도 안 되는 것이다.

정확히 말하자면 처벌할 규칙이 없다.

그렇기에 그 접수원은 괜한 짓은 하지 말라고 지그를 견제하듯이 눈짓을 한 것이다.

지그는 그에 아무런 답변도 하지 않았지만, 쓰러뜨릴 생각은 없다.

현상 수배 마수가 얼마나 강력한지 모른다는 이유도 있지만, 쓸데없이 길드 관계자의 비위를 건드리는 건 피하고 싶었다.

(이러니저러니 해도 시어셔를 걱정해주는 상대를 무시하는 것도 좀 그러니까. ……게다가 수속 전반을 맡고 있는 사람을 화나게 하면, 좋은 꼴은 못 보지.)

과거 소속되어 있었던 용병단의 경리가 토라지는 바람에 그 기분을 풀어주느라 한참 동안 고생했던 일이 떠올랐다.

칼이 통하지 않는 상대에게는 기본적으로 무력한 용병에게 가장 화나게 해서는 안 되는 상대다.

그런 사정 때문에 지그는 고의적으로 시어셔에게 빠져나갈 길을 가르쳐주지 않기로 했다.

"알고는 있지만요……."

"그렇게 쓰러뜨리고 싶었나. 뭐 필요한 소재라도 있었나 보지?"

지그의 질문에 고개를 가로젓더니 주변을 둘러보았다.

그럭저럭 걸었지만 아직도 드문드문 동업자의 모습이 눈에 들어왔다.

주변을 살펴 간이 거점으로 쓸 만한 장소를 확인하면서도 위협이 될 마수를 물리치는 모습이 곳곳에서 보였다.

"이 상태를 빨리 해소하고 싶었어요. 안 그래도 사람이 많은 사냥터인데…….”

“심정은 이해하지만 말이지.”

사냥감을 두고 쟁탈전이 벌어질 만큼 모험가가 많으면 일도 하기 힘들다.

등급이 오르면 요구되는 평가치와 실적도 늘어서, 칼날벌 때처럼 금방 승급할 수 있는 것도 아니다.

지금 있는 사냥터가 가장 효율이 좋다는 이유 때문에 사람들이 많은 것이기도 하지만.

“어쩔 수 없죠. 이렇게 된 이상 한 시라도 빨리 현상 수배 마수가 잡히기를 기도하자고요.”

계속 한탄하고 있어봐야 소용없다고 생각하며 마음을 다잡은 시어셔가 고개를 들었다.

의욕이 생겼는지 온몸에서 마력이 흘러넘치고 있다.

길고 검은 머리가 살며시 떠오를 만큼 마력을 퍼 올린다.

“오늘은 아주 제대로 할 테니까, 지그 씨는 쉬고 계세요.”

“알았다. 뒤쪽은 걱정하지 말고 마음껏 해.”

그 답변에 시어셔는 만족스러운 미소를 지은 채 앞을 바라보았다.

천천히 손을 내밀고 마술을 구축한다.

바위창이 생성되고 사출돼, 나무 뒤에 숨어 있던 마수를 장해물과 함께 꿰었다.

그녀의 마력으로 응축된 바위창은 무시무시한 위력과 강도를 지녔다.

몸통에 바람구멍이 난 마수가 무슨 일이 일어났는지도 모른 채 절명했다.

그 한 마리를 계기로 유린이 시작되었다.

마수가 나무 위에서 덤벼든다.

손가락을 스윽, 위로 들자 땅의 말뚝이 솟구쳐 마수를 허공에 꿰었다.

날개 돋친 도마뱀이 날아든다.

기동력을 살려 말뚝을 피하며 접근하는 마수를 향해 양쪽 손바닥을 마주친다.

그와 동시에 땅이 솟아올랐다.

두 개의 널빤지를 마주치듯, 흙벽이 마수에게 육박한다.

점(点)이 아니라 면(面)으로의 공격에, 제때 피하지 못하고 짓뭉개졌다.

무리 지어 사냥을 하는 마수가 머릿수로 밀어붙이면 그 이상으로 압도적인 숫자의 탄막을 펼쳐 물리친다.

뒤를 걱정할 필요는 없다.

지그가 그러라고 말했으니 의심할 여지는 없다.

주변 사람들은 신경 쓰지 않고 섬멸하기로 작정을 한 그녀를 막을 수 있는 마수는, 이 주변에 한 마리도 없었다.

눈 깜짝할 새에 마수의 시체가 쌓였다.

그것들은 똑바로 쳐다보기도 끔찍할 정도라, 원형을 유지하고 있는 걸 찾기가 더 어려울 지경이다.

"뭐야, 저게…… 괴물인가."

"세상에. 이봐, 장소를 옮기자. 휘말려들고 싶지 않아."

파괴와 위압을 흩뿌리는 시어셔의 마술에 휘말려드는 건 사양이라며 모험가들이 거리를 벌렸다.

그녀가 손을 휘두를 때마다 공기가 진동하고, 발을 내리찍을 때마다 대지가 갈라진다.

의도한 대로 죽음을 흩뿌리는 마녀의 모습은 그야말로 전승과 같았다.

소란스러운 소리를 듣고 도망치는 마수와 다가오는 마수.

그중 후자가 주변에서 없어질 때까지는 그리 오랜 시간이 걸리지 않았다.

그녀가 지난 자리에는 대지가 뒤집히고 나무들이 쓰러져 있었다.

마수들의 피까지 양식으로 삼는 나무들의 성장은 빨라서, 이만큼 난장판이 되었어도 얼마쯤 지나면 원상복구 되어버리니 놀라울 따름이다.

그 폭심지에 시어셔가 멀거니 서 있었다.

조금 전까지의 위협적인 모습과는 동떨어진 분위기로 허공을 쳐다보고 있다.

이러고 있으면 평범한 소녀로만 보인다.

지그는 그녀의 곁으로 다가가 말을 걸었다.

"만족했나?"

그 목소리에 반응해 지그에게로 시선을 옮긴다.

지그는 그 눈동자에서 약간의 불안을 느꼈지만, 딱히 태도를 바꾸지 않았다.

그 모습을 본 그녀는 불안을 거두고 수줍은 듯이 웃었다.

†

(흥분해서 너무 지나치게 날뛰었어…….)

시어셔는 지그가 자신을 겁낼지도 모른다는 가능성을 알아채고 진심으로 공포에 질렸다.

과거 마녀의 힘을 목격한 인간은 예외 없이 공포로 물든 얼굴을 한 채 떠나갔다.

인간은 그 힘이 자신에게 향했을 때를 상상하기 마련이라, 강력한 힘에 본능적인 공포를 느낄 수밖에 없다.

만약 그걸 느끼지 않는 자가 있다면, 분명 어딘가가 망가진 것이리라.

"왜 그러지?"

"……아뇨. 오랜만에 한껏 날뛰었더니 개운해졌어요. 고마워요."

"그렇군."

짧은 한마디에서 거절의 뜻은 느껴지지 않았다.

그 사실에 미소를 지은 채 손바닥을 지그의 뺨에 가져다 댔다.

"……?"

지그는 시어셔의 행동에 의아한 표정을 지었지만, 그뿐이었다.

조금 전 미친 듯이 살육을 일으켰던 그 손을, 아무런 의문도 품지 않고 받아들여 주었다.

시어셔는 그 안식에 젖어 한동안 그대로 꼼짝도 하지 않고 그를 계속 바라보았다.

의아하다는 표정을 짓기는 했지만, 지그는 그녀가 하고 싶은 대로 하게 두었다.

†

"흥분해서 너무 지나치게 날뛰었어요……."

시어셔는 오늘 들어 두 번째 후회를, 이번에는 입 밖에 내며 한숨을 내쉬었다.

그녀는 마수를 보이는 족족 처치했는데, 보수를 받으려면 토벌 증명 부위가 필요하다.

지금은 그걸 위해 채취를 하는 중인데…… 시체의 상태가 매우 심각했다.

토막 나 있는 건 그나마 나은 편이고 압사한 시체는 이미 원래 무슨 마수였는지 판별조차 안 되는 고깃덩이가 되어 있었다.

소재 자체에 가치가 있는 것과 별개로 토벌 증명 부위라면 길드도 소재의 손상 정도에 관대한 편이지만, 원래 무엇이었는지조차 알 수 없는 다진 고기 상태가 된 것에까지는 대처해주지 않을 거다.

그러한 시체가 곳곳에 널려 있고, 피웅덩이와 흙이 섞인 거무죽죽한 진흙탕이 만들어져 있었다.

이미 아무 냄새도 못 맡을 정도로 코가 마비됐을 정도다.

시어셔의 마술은 성질상 질량 공격이 많다.

보통 그녀가 땅의 말뚝을 많이 사용하는 데에는 그러한 사정도 있지만, 이번에는 그런 걸 신경 쓰지 않고 화풀이를 한 것이라 이런 참상이 벌어진 것이다.

주변을 경계할 필요가 없을 정도로 마구 쓰러뜨리는 바람에 나무들도 넘어져 시야가 탁 트이게 된 곳에서, 두 사람은 갈라져서 토벌 증명 부위를 뜯어내고 있었다.

"음. 상당한 참상이군."

참혹한 전장을 숱하게 보아온 지그로서도 그렇게 말할 수밖에 없는 광경인 모양이다.

이 두 사람이기에 얼굴을 찌푸린 정도에서 그쳤지, 다른 모험가들이었다면 그 즉시 구토를 했을 거다.

"……마술의 종류를, 조금 늘려둘게요……."

진지한 얼굴로 시어셔가 중얼거렸다.

지금까지 공격 대상의 파손 상황을 고려한 마술 같은 건 생각해본 적도 없었기에 그러한 마술의 선택지가 적었다.

조만간 어떻게든 해야겠다고 생각은 했지만 드디어 그때가 온 것 같다.

시어셔는 이전부터 어렴풋하게 구상만 해왔던 마술을 본격적으로 완성해 보기로 했다.

"지그 씨. 내일이랑 모레는 쉬기로 해요."

"알겠다. 요 며칠 내내 일만 했으니까. 푹 쉬어."

지그와는 별도 행동을 했지만 시어셔도 계속 모험가 활동을 했었다.

이곳도 얼마 동안 소란스러울 것 같으니 휴식을 취하는 건 찬성이다.

"고마워요. 좋은 기회니 좀 더 마술에 관해 궁리해 볼게요. 그사이에 현상 수배 마수가 잡히면 더 좋고요."

"그렇군…… 매번 이래서는 효율이 떨어지니까."

농담을 하는 듯한 지그의 말에 쓴웃음으로 답한 후, 채취 작업을 계속했다.

결국 쓰러뜨린 마수의 절반도 회수하지 못했지만, 그럼에도 수레에 넘칠 정도의 소재가 쌓였다.

그 이상 사냥을 해봐야 가지고 돌아갈 수도 없어서, 오늘의 모험가 활동은 이로써 종료하기로 했다.


"꽤 일찍 돌아오셨군요…… 성과는 충분한 것 같은데, 이렇게 많은 마수를 어떻게 발견하신 거죠? 무리라도 있던가요?"

"네에, 뭐, 그런 셈이에요. 이렇게, 허를 찔러서 콰앙~ 했죠……."

아무리 그래도 마음껏 날뛰어서 저쪽에서 오게 만들었다는 말은 입이 찢어져도 할 수 없으니 적당히 얼버무렸다.

시어셔의 분위기가 아침과 다른 것을 알아채고 고개를 갸웃하면서도 접수원은 그 말을 믿어주었다.

"안전하게 처치했다면 훌륭히 잘 해내신 겁니다. ……아침에는 잔소리를 해서 죄송해요. 무모한 짓은 하지 마셨으면 했던 것뿐이에요."

"하하하하, 걱정해주셔서 고맙습니다. 저도 마음이 너무 급했던 것 같아요."

"이해해주셔서 정말로 기뻐요! 시어셔 씨라면 반드시 위로 올라갈 수 있을 테니, 힘내세요!"

"네."

접수원이 기쁜 듯 웃으며 말했다.

시어셔는 너무도 양심에 찔려서 그 얼굴을 똑바로 쳐다볼 수가 없었다.

지그는 엉뚱한 방향을 바라본 채 뻣뻣하게 억지웃음을 짓고 있는 그녀를 보고 웃음이 나오려는 걸 참고 있었다.

수속을 마친 시어셔가 돌아왔다.

"……저런 건 불편해요."

"뭐, 힘내라고."

떨떠름한 표정을 짓고 있는 시어셔에게 웃는 얼굴로 이것도 경험이라고 답해주었다.

"이제 늦게까지 뭐 좀 사러 다녀야 하니, 먼저 돌아가 주세요."

"알았다. 저녁은 어떻게 할까?"

"……아쉽지만 따로 먹죠."

약간 어깨를 늘어뜨린 채 자료실로 가는 그녀를 배웅했다.

내일 마술을 고안하는 데 필요한 참고 문헌을 빌릴 모양이다.

인간이 연구한 효율적인 마술과 마녀의 마력량 및 마력 조작이

합쳐지면 어떻게 될까.

(터무니없는 게 만들어질지도 모르겠군.)

그런 예감을 느끼며 길드를 둘러보았다.

이제 막 정오가 지난 시각.

다들 일을 할 시간이라 모험가들의 모습은 별로 없었다.

오히려 전투에 적합해 보이지 않는 사람들이 드문드문 들락거리며 접수처로 향하고 있다.

짐을 옮겨와 사인을 받고 있는 모습으로 미루어, 일반 업자인 듯했다.

접수원들은 그에 대응하느라 분주하게 움직이고 있다.

"모험가들을 상대하는 일만 하는 게 아니었군."

낮에는 한가할 줄 알았는데 크나큰 착각이었구나, 싶어서 생각을 고쳤다.

의자에 기대에 점심은 어쩔까 생각하며, 멍하니 그녀들이 일하는 모습을 쳐다보던 중에 누군가가 다가왔다.

"지그 아냐?"

"안녕."

그 말을 듣고 시선을 돌려보니, 그곳에는 대머리에 덩치 좋은 중년 모험가가 있었다. 옆에는 밀리나도 있었다.

"베이츠인가. 오늘은 일을 안 하나 보지?"

"가끔은 쉬어줘야지. 게다가 아주 일을 안 하고 있는 것도 아니고."

"그래, 맞아. 요즘 소문이 자자한아야앗?!"

경솔하게 말실수를 할 뻔한 밀리나의 머리를 베이츠가 주먹으로 쥐어박았다. 둔탁한 소리와 함께 눈에 눈물이 그렁그렁해진 그녀를 보고 베이츠가 한숨을 내쉬었다.

"……너는 생각이란 걸 좀…… 뭐 됐어. 지그, 점심이나 같이 먹자. 여기 식사도 나쁘지 않아."

"……그러고 보니 이곳 식당은 이용해본 적이 없었군. 시험해 볼까."

두 사람과 함께 길드 직원들도 자주 이용하는 병설 식당으로 향했다.

결과적으로 길드 식당은 지그의 취향에 맞지 않았다. 맛은 나쁘지 않은 정도가 아니라, 가격을 생각하면 충분히 좋은 편이다. 다만 간과할 수 없는 치명적인 결점이 하나 있었다.

(부족해…….)

그렇다, 양이 부족한 것이다. 길드 직원들을 위해 만들어졌다는 그 식당은 여성 이용자가 압도적으로 많았다. 그 때문에 종류는 풍부하고 세련된 요리도 있지만…… 양이 매우 적었다.

"베이츠, 넌 이것만 먹고 용케 버티는군."

도저히 몸이 밑천인 모험가의 위장을 채울 수 있는 양이 아니라는 생각에 베이츠를 쳐다보자, 그는 애수가 감도는 표정으로 배를 쳐다보며 답했다.

"……요즘 뱃살이 안 빠져서……."

"아저씨 같은 소리하지 마요, 베이츠 씨."

개인적인 고민을 입 밖에 낸 베이츠에게 밀리나가 가차 없이 딴

죽을 걸었다. 씁쓸하기 그지없는 광경이다.

참고로 부족하다고 한 건 어디까지나 지그 기준에서의 이야기다. 일반적인 모험가들은 조금 부족한 가벼운 식사 정도로 인식하고 있다.

하지만 지그가 배를 채우려 하면 그야말로 수지가 안 맞을 만큼의 금액이 될 것이다.

(저녁엔 조금 일찍, 든든하게 먹을 수 있는 곳으로 가자.)

그렇게 결의하며 식후에 나온 차를 홀짝거렸다.

그렇게 모두가 한숨 돌리고 있던 참에.

"――안녕, 형씨."

갑자기 가까운 곳에서 목소리가 들려왔다.

그와 동시에 지근거리에서 사람의 기척이 솟아났다.

"……윽?!"

허를 찔리기도 했거니와 이렇게까지 접근을 허락하고 말았다는 사실에 베이츠의 눈이 휘둥그레졌고, 밀리나는 한 박자 늦게 숨을 죽였다.

날붙이로 목덜미를 쓰다듬는 것 같은 느낌이 드는 그 목소리에, 두 사람은 소름이 돋았다.

모험가들의 전문은 대인 전투가 아니지만 그렇다고 두 사람의 실력이 떨어지는 것은 결코 아니다.

그럼에도 불구하고 이렇게까지 접근을 허용하고 말았다. 말을 걸 때까지 알아채지도 못했다. 그가 마음만 먹으면 언제든 죽일 수 있었을 거라는 생각이 절로 들 정도로 훌륭한 은신술이었다.

"라이카, 사람들 놀랄 짓 마라. 그러다 칼 맞아도 할 말 없어."

지그가 잔을 기울이며 그렇게 말하자 청년…… 라이카 리우론은 어깨를 으쓱했다.

적갈색 머리카락에 어딘가 굶주린 듯한 날카로운 눈빛. 겉옷을 입지 않고 가슴팍을 풀어헤친 간이 전통 의상과 허리에 찬 두 자루의 소태도. 그리고 그들 특유의 대나무 잎 모양의 긴 귀.

"놀라기는. 별로 놀라지도 않았으면서."

갑자기 뒤에서 말을 걸어왔음에도 이 용병은 뒤를 돌아보기는커녕 태도도 변하지 않았다. 다른 두 모험가는 임전태세에 돌입했건만, 그는 귀찮다는 듯이 경고를 할 뿐이었다.

라이카는 허리에 찬 두 자루의 소태도에 팔꿈치를 걸친 채, 불만스럽게 입술을 삐죽거렸다.

"그렇지도 않아. 두 걸음만 더 아무 말 없이 다가왔으면 베려고 했거든."

"……하."

태연하기만 한 지그의 말에 라이카는 경직된 미소를 지을 수밖에 없었다.

지그는 전혀 협박을 하려는 듯한 말투가 아니었다. 마치 잡담이라도 하는 듯한 말투다.

그렇기에 그가 그저 사실만을 말하고 있다는 사실을 알 수 있었다.

조금 전에 한 말은 경고조차 아니었던 것이다.

"……언제부터 알았어?"

마른 목을 쥐어짜서 묻던 도중에 알아챘다.

잔을 들지 않고 축 늘어뜨린 오른손. 힘을 푼 자연스러운 자세였지만, 언제든 무기를 뽑을 수 있게끔 팔을 축 늘어뜨리고 있다는 사실을 이제야 알아챈 것이다.

언제부터 그러고 있었는지, 자신은 분명 보고 있었음에도 알수가 없었다.

"네가 내 사각(死角)을 잡으려고 했을 즈음부터지."

그리고 이 순간에도 이 용병은 아직 경계를 풀지 않았다. 담담하게 말하면서도 의식과 시선을 완전히 떼지 않고 있었다.

언제 자신이 덤벼들어도 상관없도록.

라이카의 등줄기가 부르르 떨렸다.

아직도 이쪽을 경계하고 있는 두 모험가와 마찬가지로, 이 용병에게 공포심을 느꼈다.

"……안 보여서, 사각이라고 하는 건데?"

"그렇게 노골적으로 사람의 시야에서 벗어나려고 움직이면, 싫어도 알아챌 수밖에."

그것은 그에게 익숙한 의식 밖의 영역에 대한 경계였다.

혼란스럽기 그지없는 전쟁에서 살아남으려면 실력은 물론이고 이동이 중요하다.

아무리 강자라 해도 여러 명에게 포위된 상태에서 창에 찔리면 속수무책으로 쓰러질 수밖에 없다.

포위되지 말 것, 고립되지 말 것.

눈앞에 있는 적뿐 아니라 전장을 내다보고 넓은 시야를 가질 필요가 있다.

자신의 등 뒤로 돌아들려는 움직임이나 자신의 사각을 잡으려는 움직임을 민감하게 감지해야 비로소 용병이라 할 수 있는 것이다.

"그렇구만…… 참고하도록 할게."

화려한 무늬의 전통 옷의 벌어진 가슴께에 한쪽 손을 쑤셔 넣으며 라이카가 고개를 끄덕였다. 그 표정에서는 이미 동요한 빛을 찾을 수 없었지만, 약간씩 위아래로 움직이는 귀가 속마음은 그렇지 않다는 것을 말해주고 있었다.

"……너, 설마 '칼울음의 라이카'냐?"

엉덩이를 들썩거린 뒤로 경계 상태를 유지하며 베이츠가 물었다. 밀리나는 반쯤 자리에서 일어나 언제든 움직일 수 있도록 자세를 취하고 있고, 오른손은 허리에 찬 장검에 대고 있었다.

하지만 본인은 경계 상태의 두 사람은 개의치 않고 아주 태연한 얼굴로 베이츠를 쳐다보며 답했다.

"오! 모험가들한테도 조금은 내 얼굴이 알려졌나 보네. 이야, 아주 좋은걸."

그는 모험가가 자신을 알고 있다는 사실에 만족한 듯한 눈치였다.

모험가에 비하면 현상금 사냥꾼의 지명도는 그다지 높지 않다.

이건 현상금 사냥꾼이라는 직업이 기피 대상이라는 이유도 있지만, 전업으로 그 일을 하는 이가 적은 탓이기도 하다.

현상금 사냥꾼은 모험가와 달리 길드에 등록을 할 필요가 없는 데다, 수배된 자의 머리를 가져온 상대에게 돈을 받기 때문이다.

우연히 발견한 모험가나 마피아가 현상수배범을 죽이고 보수를 받는 일도 있어서, 대인 전투에 자신이 있는 자는 그걸 부업으로 하는 경우도 드물지 않다. 하지만 돈이 되는 현상수배범이 늘 있는 게 아니다 보니, 전업으로 하는 이는 아주 별종이거나 뭔가 뒤가 구린 자들뿐이다.

"……현상금 사냥꾼 따위가, 뭐 하러 왔지?"

허리에 찬 칼에 손을 댄 채 밀리나가 낮은 목소리로 라이카를 위협했다.

모험가들 중에는 현상금 사냥꾼이나 부업으로 그 일을 하는 모험가를 혐오하는 이도 있다. 현상수배범은 기본적으로 그에 상응하는 죄를 저지른 탓에 죽어도 법적으로 죄가 되지는 않지만, 자신을 지키기 위해서가 아니라 적극적으로 살인을 하는 것을 싫어하는 인간은 어디에나 있기 마련이다……. 아니, 그게 보통이다.

하지만 그럼에도 라이카는 여유를 잃지 않았다. 밀리나의 위협을 강아지 짓는 소리처럼 흘려 넘겨 보였다.

"현상금 사냥꾼 따위라니, 직업 차별은 나쁜 거라고…… 안 그래, 용병 형씨?"

"뭐, 네가 '현상금 사냥꾼 따위'라면 나는 '용병 나부랭이'가 되려나."

지그가 쓴웃음을 지은 채 동의하자 밀리나의 얼굴에 당혹감이 퍼졌다.

지기(知己)를 대하는 듯한 대화에, 그녀는 설마 싶어서 확인을 했다.

"지그, 아는 사이야?"

"일 때문에 조금."

"어이가 없어서…… 이 녀석이 얼마나 위험한지 알기나 해?"

믿기지가 않는다는 듯한 얼굴로 밀리나가 라이카를 노려보았다.

그 혐오감으로 가득한 눈빛은 평범한 현상금 사냥꾼에게 보내는 것치고는 다소 과했지만, 어쩐지 익숙하게 느껴졌다.

(아아, 그렇군. 라이카의 그 취향은 유명한 건가.)

납득이 됐다. 그에 대한 깊은 혐오감이 담긴 그 눈빛은 진수우·야의 면면들이 라이카를 볼 때의 그것과 같았다.

사람을 죽이는 데서 쾌락을 느끼는 기호(嗜好). 살인 충동.

그가 현상금 사냥꾼이라는 피비린내 나는 일을 선택하게 된 이유는 모험가들 사이에서도 유명한 모양이다.

"에이, 소용없어! 이 형씨는 나보다 미쳐서, 그런 당연한 가치관은 안 통해!"

뭐가 그렇게 즐거운지, 라이카는 노골적으로 혐오감을 표출하는 밀리나를 향해 웃으며 말했다.

그에 불평하고 싶은 마음은 있지만, 이 이상 이야기가 다른 데로 새게 둘 수는 없다.

"그래서, 뭘 하러 왔지? 현상금 사냥꾼이 굳이 길드에 얼굴을 비춘 데에는 이유가 있을 텐데?"

지그가 말을 재촉하자 그는 붉은 눈을 동그랗게 뜨더니 손뼉을 짝 쳤다.

"아 참, 그랬지. 형씨의 목소리가 들려서 나도 모르게 기척을 죽이고 말을 걸러 왔는데, 오늘은 일 때문에 온 거였어."

라이카는 손을 품 안에 쑤셔 넣더니, 서류를 끄집어내서 책상에 펼쳐 보였다.

들여다보니 그것은 수배서였다. 찾아주었으면 하는 인물과 죄목, 거기에 현상금이 자세히 적혀 있었다.

"사람을 좀 찾고 있는데. 요전에 무슨 모험가 클랜 멤버를 덮친 범인을 쫓고 있어. 형씨들, 뭐 아는 거 없어?"

요컨대 현상수배범을 찾고 있는 것이다.

궁금해져서 읽어보았다. 하지만 어찌 된 일인지, 거기에는 매우 익숙한 내용이 적혀 있었다.


모험가 클랜, 와다츠미의 멤버를 습격해 여러 명의 사상자를 낸 위험인물. 성명 불명. 평균 키에 성별은 아마도 남자. 신입 모험가라고는 해도 단독으로 여러 명을 습격한 것을 통해 상당한 실력을 보유했을 것으로 추정. 사용자가 적은 무기인 양검을 사용하고 있다는 것이 특징. 보수는 60만, 생사불문.

비고 : 푸른 양검을 지닌 덩치 큰 남자는 이 일과 무관하며 매우 위험하므로 주의 요망. 실수로 피해를 입더라도 본 클랜은 일절 관여하지 않겠음.

"······이봐."

누가 이 정보를 적었는지 한눈에 알 수 있는 문장을 보고 지그가 딴죽을 걸었다.

"카스카베 녀석인가. 쓸데없는 짓을……."

베이츠는 떨떠름한 얼굴로 손톱을 깨물었다.

이전에 와다츠미의 신입 모험가를 습격한 범인은 아직 붙잡히지 않은 모양이다.

이를 언제까지고 내버려 두면 클랜의 명예가 땅에 떨어진다. 그 때문에 카스카베는 현상금 사냥꾼에게도 의뢰를 해서, 그야말로 물불을 가리지 않고 범인 찾기를 하고 있었던 듯하다.

반응으로 미루어 베이츠 일행은 이 사실을 몰랐던 모양이다.

"오. 아는 정도가 아니라 설마 당사자일 줄이야…… 이거 재수 좋네."

라이카는 기쁜 듯이 입가를 치올려 사냥감을 발견한 짐승 같은 미소를 지었다.

하지만 금방 그 미소를 지우더니, 턱에 손을 대고서 지그의 등에 있는 쌍인검을 보고 고개를 갸웃했다.

"……이 비고에 있는 덩치 큰 남자는, 형씨 맞지? 그때는 나기나타를 썼는데, 그쪽이 주 무기구나. 양검이라니, 꽤나 별난 물건을 쓰네."

"그렇긴 하지."

양검과 쌍인검은 기본적으로 같다. 호칭이 다른 것은 대륙이 다른 탓이리라. 지그가 있었던 대륙에서는 쌍인검이라고 불렀지만, 이쪽에서는 일반적으로 양검이라 부르는 듯하다.

이전에 진수우 · 야에서 일할 때는 그들의 무기인 나기나타를 빌렸던지라 라이카는 지금까지 몰랐던 모양이다.

이어서 그는 서류의 비고를 다시 읽고, 지그의 키와 무기를 번갈아 쳐다보더니 대략적인 사정을 알아챈 듯했다.

"그나저나 이 문장은…… 혹시 착각하고 공격했어?"

"…………."

라이카의 지적에, 일전에 있었던 이런저런 일들이 떠올라서 밀리나는 떨떠름한 표정을 지었다.

그녀의 반응을 통해 예상이 맞았다는 사실을 알아챈 그는 비아냥거리는 듯한 미소를 띤 채, 비웃듯이 코웃음을 쳤다.

"훗…… 그리고도 남한테 현상금 사냥꾼 따위라고 하다니. 엉뚱한 사람을 착각하고 공격해놓고 뻔뻔하기도 하지……. 보나 마나 형씨가 그냥 넘어가 줬지? 그쪽 아저씨는 둘째 치고 너 정도는 무슨 짓을 해도 이기기는커녕 도망치지도 못할 테니까."

"이 자식이!"

노골적인 모욕에 밀리나가 울컥했다. 허리에 찬 장검을 잡은 손에 힘이 실렸지만, 이성으로 화를 억눌렀다.

그의 말은 사실이다. 둘이 덤비고도 농락당한 데다, 동료의 지원이 없었다면 파트너가 죽었을 거다.

게다가 눈앞에 있는 이 현상금 사냥꾼도 자신의 힘으로는 어림도 없는, 심상치 않은 실력자라는 것을 밀리나는 알았다.

"그만, 라이카, 끝난 다 이야기다."

"……뭐, 아무렴 어때. 본인이 신경 안 쓴다는데 내가 들춰내는 것도 뭔가 아닌 것 같으니까."

분위기가 험악해지려 했지만, 지그가 타이르자 그는 얌전히 물러났다.

베이츠는 분위기를 수습하듯이 현상수배범의 정보가 실린 서류를 통통 두드리며 입을 열었다.

"……그래서, 왜 네가 이 현상수배범을 쫓고 있지?"

"그냥 일하려는 거야. 평소처럼 돈이 될 법한 일을 골라서 죽이고, 돈을 받으려는 것뿐이라고. 으~음…… 굳이 말하자면 사용자가 적은 무기라는 말에 조금 끌렸다고나 할까?"

그렇게 말하는 그에게서는 얼버무리려 하거나 무언가를 감추려는 듯한 낌새가 느껴지지 않았다.

베이츠도 그렇게 묻기는 했지만, 라이카가 뭔가 깊은 이유에서 쫓고 있을 거라고는 생각지 않았던 모양이다.

"……그래? 그럼 나중에 우리 클랜 하우스에 얼굴이나 비치라고. 내 이름을 대면 우리 사무 담당이 자세한 정보를 알려줄 거다."

"그거 고맙네. 도와줘서 고마워. 형씨도 나중에 봐."

라이카가 펼쳤던 서류를 집어넣더니 짧게 작별 인사를 하고서 획 떠나갔다.

스르륵, 미끄러지는 듯한 독특한 보법. 길드가 붐비고 있음에도 눈 깜짝할 새에 인파 속에 숨어드는 그 움직임에 베이츠가 혀를 내둘렀고, 지그는 흥미롭다는 듯이 관찰했다.

갑자기 나타난 그는, 나타났을 때와 마찬가지로 소리도 없이 떠나갔다.

그의 모습이 보이지 않게 되고서 얼마쯤 지나서야 두 사람은 긴장을 풀었다.

밀리나가 이마에 배어난 식은땀을 훔쳤다.

"……저게, 젊은 나이에 이사나 게이혼이 있는 영역에 발을 들인 자."

"아~ 무섭구만. 이래서 다들 진수우 · 야를 싫어하는 거라고……. 좀 더 표면적인 분위기 같은 걸 중시해주면 좋으련만. 긴장했더니 어깨가 다 뻐근하네."

어깨를 돌리며 투덜대는 베이츠의 말에도 일리가 있었다.

저렇게나 이질적인 분위기를 흩뿌리고 다니면 사람들도 꺼릴수밖에 없다. 아첨을 할 필요는 없지만, 그곳의 분위기를 어지럽히지 않으려는 배려가 부족하다.

지그는 이러한 광경을 몇 번이나 봐왔다.

이민자를 배척하는 것은, 딱히 자신들과 다르다는 이유 때문만이 아니다.

새로 정착한 곳에서도 자신들의 방식을 관철하려다가 선주민들과 충돌이 일어나는 것은 흔한 일이다.

나중에 온 자들이 먼저 있던 자들을 배려하지 않고 멋대로 굴면, 반감을 살 수밖에 없다.

이러한 일상 속 대수롭지 않은 대화로도 알력은 발생할 수 있다. 그걸 사소한 일이라며 가볍게 여기다 보면 쌓이고 또 쌓여서, 언젠가 치명적인 참사가 일어나는 것이다.

진수우 · 야는 도시가 자신들을 받아들이지 않는다고 생각하고 있는 듯하지만, 그 책임의 일부는 분명 그들 자신에게도 있었다. 이사나처럼 잘해나가고 있는 자도 있는 듯하지만.

"카스카베 씨가 멋대로 현상금 사냥꾼에게 의뢰를 하다니……베이츠 씨, 그래도 되는 걸까요?"

"어쩔 수 없지. ……심정은 이해하지만 말이다. 우리끼리 찾으려면 시간이 너무 걸려. 뒷골목으로 숨어든 녀석을 찾으려면 전문가에게 의지하는 게 빠르다고. 체면에 집착해서 계속 활개치고 다니게 뒀다간, 오히려 체면만 구기게 될 거다."

"그러, 네요. 알겠어요…….'

베이츠가 타이르자 밀리나는 불만스럽게 묶은 붉은 머리를 달랑거렸다. 동료의 복수를 다른 사람에게 맡긴다는 게 불만인 것이리라.

베이츠는 씨익 웃더니 그녀의 머리에 손을 얹고 마구 쓰다듬었다.

"너무 기죽지 말라고. 저 날울림이 움직였으니, 그 망할 자식은 이제 끝장난 거나 다름없어. 너도 아까 봤지. 저 젊은 나이에 저런 관록을 갖추는 건 그리 쉬운 일이 아니야."

"응, 엄청났어. 절대 못 이길 것 같아. 나랑 나이 차도 별로 안 나 보이는데…….'

손길을 그대로 받아들여 불꽃처럼 빨간 머리카락이 푸석푸석해진 채로, 밀리나가 기어들어 가는 듯한 목소리로 말했다.

(……아~ 이런, 이 녀석은 의외로 순진했더랬지.)

풀이 죽은 젊은 희망의 모습을 본 베이츠는 실수했구나, 하는 생각에 속으로 한탄했다. 그 자신이 노력형 인간이었던 탓에 재능 있는 인간의 나약한 정신력을 미처 헤아려주지 못하는 경향이 있었다.

밝고 우수하기에 정신적인 맷집이 약한 밀리나가, 진짜 천재와의 차이에 기가 죽었다.

침울해진 그녀는 아랑곳하지 않고, 지그는 궁금했던 것을 베이츠에게 물었다.

"좀 전에 말한 '날울림'이라는 건 라이카의 이명 같은 건가?"

"어엉, 백뢰희 같은 거랑 비슷한 거야. 녀석의 칼은 좌우간 빠르고 날카롭기로 유명한데. 이사나 말로는 진수우·야에서도 녀석만큼 고운 날울림 소리를 내는 녀석은 없다더군."

날울림이란 곧 칼을 휘둘렀을 때 발생하는 바람을 가르는 소리를 말한다.

반듯한 궤적으로, 보다 빠르고 날카롭게 휘두르면 좋은 날울림 소리가 난다. 무기에 따라 다르지만 실력 좋은 검사의 칼에서는 날울림이 일어나는 것이다.

그게 이명이 되었을 정도니 라이카의 검술은 상당한 수준이리라.

이전에 함께 싸웠을 때는 그것까지 볼 여유가 없었던 탓에 기억은 잘 안 나지만.

"그래, 굉장하다고…… 나 같은 것보다 훨씬."

밀리나가 어쩐지 퀭한 눈으로 고개를 푹 숙인 채 자학적인 소리를 내뱉었다. 생각보다 중증인 것 같다.

"아니아니, 너도 대단하다고, 안 그러냐, 지그! 밀리나의 검, 나쁘지 않았지?"

베이츠는 어떻게 위로하면 좋을까 하고 시선을 이리저리 돌린 끝에, 상관없는 일이라는 듯 차를 마시는 지그에게 말을 돌렸다.

하지만 그 말을 들은 지그는 실로 단적인 답만 내놓았다.

"같은 소릴 두 번 할 생각은 없어."

"뭐? 그게 무슨……."

베이츠로서는 의미를 알 수 없는 말이다. 하지만 밀리나에게는 그 의미가 전달되었다.

이전에 러닝을 시작했을 즈음, 지그가 했던 말이 가슴 속을 오갔다. 고개를 들어보니 덩치 큰 남자는 무심하게 차만 홀짝거리고 있었다.

얼핏 들으면 매정한 말이고, 실제로 관심도 없을 거다. 하지만 지금의 그녀에게는 그 무관심이 기분 좋게 느껴졌다.

"……아아, 그랬지."

머리를 쓰다듬는 베이츠의 손을 살짝 치우고, 푸석푸석해진 머리도 그냥 둔 채 고개를 들었다.

"……베이츠 씨, 이제 괜찮아."

"밀리나?"

조금 전까지 자신 없어 하던 그녀는 어디로 가버렸는지, 그 눈에는 의욕이 가득했다.

갑자기 분위기가 바뀐 밀리나를 베이츠는 걱정스러운 눈으로 쳐다보았다.

"나, 달리고 올게."

"어째서! 게다가 지금부터?!"

"식사 시간까지는 돌아올게! 그리고 지그, 고마워!"

지그는 보이지 않도록 잔으로 가린 입가를 살짝 올린 채 밀리나를 쳐다보았다.

"앞 보고 달려라."

"어엉!"

힘찬 답변을 남긴 후, 밀리나도 길드를 나섰다.

그 자리에는 사정도 모른 채 달려나간 후배를 배웅할 수밖에 없었던 베이츠와 오늘 저녁에는 뭘 먹을까 고민하는 지그만이 남았다.

"……너, 쟤한테 뭐라고 했냐?"

"들었잖아. 딴 데 보지 말고 앞을 보고 달려라…… 그뿐이야."

의아해하는 베이츠에게 성의 없는 대답을 하고서 지그가 자리에서 일어났다.

(좋아, 오늘은 고기를 먹자.)

입 밖에 내지 않고 그렇게 결심하며.

†

해가 완전히 저문 밤늦은 시간.

"흠흐~음♪"

쇼핑을 마친 시어셔가 밤길을 혼자 걷고 있었다. 늦게까지 버틴 만큼 좋은 물건을 찾았는지, 들떠서 콧노래까지 부르며 머리카락이 살랑거리도록 신 나게 걷고 있다.

어둠 속에 있는데도 윤기가 감도는 까만 머리와 푸른 두 눈은 비현실적이라는 생각이 들 만큼 아름다웠고, 소녀와 여성의 매력이 절묘하게 섞인 하얀 얼굴은 초현실적인 분위기를 자아내었다.

남자를 미치게 하는 마성을 무자각적으로 흩뿌리며 밤길을 걷는 시어서는 지나치게 무방비해 보였다.

평소 같았으면 늘 곁에 있는 위압적인 모습의 용병을 보고 정신을 차렸겠지만, 지금 그녀의 곁에는 아무도 없었다.

그럼에도 운 좋게도 밤길에는 인적이 없었고, 그렇기에 그의 눈에 띄었다.

†

그 남자는 굶주려 있었다. 충족되지 않아, 메말라 있었다.

이름은 베네리 라스케스.

베네리는 강했다. 타고난 검술 재능과 수없이 경험한 수라장은 남자를 단련시켰고, 그럭저럭 높은 지위와 명예를 손에 넣을 수 있었다.

하지만 동시에 베네리는 약했다.

자신의 재능에 취해, 본래는 실력과 함께 성장했어야 할 정신력을 기르지 못했다. 그래서 자신보다 위에 있는 자를 질투했고, 자신이 평가받지 못하는 이유를 주변에서 찾았다.

"내가 평가받지 못하는 건 주변 녀석들이 무능해서야, 내가 정당한 평가만 받으면 저 녀석들쯤……!"

마음에 안 든다. 특히 마음에 안 드는 건 젊은 나이에 자신과 같은 4등급까지 올라온 앨런이라는 녀석이다.

나이도 어린 것이 우수하고 인망도 있고, 유명한 모험가들에게도 인정받고 있다. 하나부터 열까지 다 마음에 안 든다.

베네리도 과거에는 우수한 신입으로서 사람들의 선망과 기대를 동시에 받았었다.

하지만 점차 오만함과 재능에서 비롯된 태만, 미숙한 정신력을 알아챈 사람들이 떠나갔다. 다른 사람을 깔보는 듯한 태도는 다른 모험가들로부터 빈축을 샀고, 그와 함께 하려는 이도 없어져 늘 혼자였다. 자존심이 센 탓에 남에게 고개를 숙이고 부탁하지도 못했다.

그렇게 썩다보니 나이는 서른을 넘었고, 어느샌가 베네리는 기대받는 '신입'이 아니게 되었다. 늘어나는 나이와 줄어드는 기대감은 베네리를 초조하게 했다. 나이 때문인지 최근 빨리 숨이 차게 된 것도 같다.

실제로는 우쭐해져서 기초 단련을 게을리 한 탓이지만, 그는 그게 나이 탓이라 생각했고 때문에 더욱 초조해졌다.


등급이 올라가면 벌이는 좋아지지만 그에 걸맞게 의뢰의 난이도도 올라간다. 점차 혼자서는 한계가 느껴지기 시작한 데다 자금도 바닥을 보이고 있었다. 하지만 낮은 등급의 의뢰를 받는 모습을 자신이 깔보는 자들에게 보이는 건 자존심이 허락하지 않았다.

그러던 중, 마피아가 괜찮은 의뢰를 가지고 왔다. 이민족을 찾기만 해도 거금을 주겠다기에 베네리는 덥석 받아들였다.

당연히 어린애가 없어지고 있다는 사실도 알아챘지만, 이민족 아이가 없어지건 말건 베네리가 알 바 아니다.

약한 게 잘못이라고 자기 자신을 납득시키며 그들의 정보를 계속 유출했다.

베네리는 그 일로 번 돈으로 무기 하나를 구입했다. 그는 마음의 안녕을 위해 자신의 실력이 늘지 않는 이유를 무기에서 찾은 것이다. 점원의 충고를 무시하고 아무도 사용하지 않을 희한한 무기에 손을 댔고, 두 자루 중 다루기 어렵다는 녹색에 얇은 날이 아름다운 무기를 망설임 없이 집어 들었다.

거기서 실패했다면 아직 희망은 있었을지도 모른다.

하지만 베네리에게는 재능이 있었다. 평범한 사람은 제대로 다루지도 못할 특수한 무기임에도 금방 요령을 익혀 평균 이상으로 다루어 보였다. 궁지에 몰린 탓에 일시적으로나마 진지하게 단련한 덕도 있을 것이다.

"이거다, 이게 있으면······!"

베네리는 의기양양한 미소를 지었다. 역시 자신은 특별한 인간이다.

지금까지 모험가 등급이 올라가지 않았던 것도 무기 때문이다. 이것만 있으면 3등급은 물론이고 2등급도 꿈은 아닐 거라 생각했다.

──이걸로 다시 보게 해주지. 실적은 충분할 텐데도 나를 인정하려 하지 않은 모험가 길드와 가입을 거절한 수많은 유명 클랜 놈들. 녀석들에게 본때를 보여줘서 누가 한 수 위인지 가르쳐 주겠다고.

무기를 바꾸고 돈을 벌자 베네리의 마음에서 초조함이 사라졌다. 편하게 거금을 버는 느낌은 그를 더욱 타락시켰고, 계산을 흐리게 하여 많은 빚을 지게 했다.

하지만 행운은 계속되지 않는 법이다.

갑자기 연락역인 남자가 일을 끊었다. 거금의 빚이 있는 베네리는 필사적으로 일을 달라고 부탁했지만, 쌀쌀맞게 거절하더니 그대로 연락이 되지 않았다.

그때까지 의뢰를 완수하고 번 돈은 거의 다 썼고, 남은 건 기일이 촉박한 채무뿐.

더는 물러설 곳이 없었다.


그날, 베네리는 초조함으로부터 벗어나기 위해 술을 마시고 취한 채로 귀갓길에 올랐다.

그대로 아무 일도 없이 숙소에 도착했다면 그의 미래는 크게 달라졌을지도 모른다.

"……어엉?"

숙소로 돌아가던 도중. 지나가는 길에 여러 모험가들이 뭉쳐 있었다. 다들 젊은 모험가였지만, 그런 것치고는 행동거지도 장비도 나쁘지 않았다. 그 모습을 보니 과거의 자신이 떠올랐다. 술에 취해 둔해진 머리에 짜증이 치밀었다.

"칫…… 저리 비켜, 이 새끼들아!"

젊은 모험가는 보기만 해도 부아가 치민다. 게다가 베네리는 그들에게 재능이 있다는 걸 알 수 있었다.

젊고 재능이 있고, 동료도 있다. 죄다 마음에 안 든다.

베네리는 초조함과 짜증 때문에 뭐라도 하지 않으면 견딜 수 없는 상태가 되어, 위협하듯 목소리를 높였다.

갑자기 주정뱅이가 호통을 치자 젊은이는 불쾌하다는 듯이 눈살을 찌푸리며 노려보았다.

"뭐야, 아저씨."

"야, 하지 마. 우리가 길을 막아서 그렇잖아. 죄송합니다."

성질 급한 젊은이가 욱해서 받아치려는 걸 동료가 말리더니 물러나서 길을 터주었다.

"하, 짜증 나는 새끼들……."

분별력이 있는 것도 베네리의 신경에 거슬려서, 짜증이 치밀어 올랐다. 베네리는 길을 터준 모험가들에게 일부러 어깨를 부딪치며 지나갔다.

"윽, 이게……!"

"그만그만, 좀 진정해."

성질 급한 동료가 덤벼들려 하는 걸 다른 동료가 말렸다. 그중 한 명이 베네리의 차림새를 통해 모험가라는 사실을 알아챘고, 이어서 그 장비의 질이 좋다는 걸 알아보았다.

"……저 무기를 봐. 만듦새가 좋아…… 아마 고위 모험가일 거야."

"……뭐? 진짜로……?"

놀라서 할 말을 잃은 신입들을 보니 베네리는 아주 조금 가슴이 후련해졌다.

이제야 자신이 대단하다는 걸 알아챘구나, 싶어서 자존감을 되찾아가던 참에 그 말이 들려왔다.

"──근데 말이야, 앨런 씨가 더 대단하지 않아?"

"…………뭐?"

그 말을 듣자마자, 베네리가 발을 멈췄다. 순간적으로 머리에 피가 오르고 눈앞이 벌겋게 물든 듯한 착각이 들었다. 심장이 시끄러울 정도로 큰소리를 내며 뛰었지만, 그걸 신경 쓸 여유조차 없었다.

"아니 왜, 딱 봐도 저 사람은 나이를 먹을 대로 먹었잖아. 이제 기량이 떨어질 일만 남았다고 해야 할지…… 앞날이 깜깜해 보이잖아?"

베네리가 걸음을 멈췄다는 것도 모른 채 젊은이들은 치명적인 말을 연달아 내뱉었다.

그것은 베네리가 계속 외면해온 사실이었다.

"……그건 그래. 태도가 저러니 제대로 된 동료도 없을 테고, 클랜에서도 안 받아주겠지."

그것은, 베네리가 계속 못 본 척 해온 사실이었다.

"……큭!!"

그의 마음이 한계에 가까워졌다. 가차 없이 들이댄 현실이, 이성이라는 족쇄를 야금야금 부수고 있다. 뛰어난 실력과 과도하게 부풀어 오른 자존감. 그에 걸맞지 않은 미숙한 정신력으로는 상처를 후벼 파는 듯한 말을 견뎌낼 수가 없었다.

"——근데 저 사람, 누구지?"

그때, 무언가가 뚝 소리를 내며 끊어졌다.


베네리가 정신을 차렸을 때는 모든 것이 늦은 뒤였다.

장래 유망한 모험가들이라 해도 혼자서 4등급까지 올라간 베네리를 당해낼 수 있을 리가 없었다. 이성을 잃고 격앙된 고위 모험가의 손에 걸린 이들의 말로(末路)는 비참했다.

몇 사람은 어떻게 봐도 죽었다. 살아있는 이도 팔이 떨어져 나가는 등, 상당한 중상을 입었다.

"하."

저질러 버렸다.

사람을 죽인 적이 없지는 않다. 도적이 습격해 와서 역습을 가한 적은 있다.

하지만 어째서, 이렇게 가슴이 두근대는 걸까.

도적을 죽였을 때는 죽지 않으려고 미친 듯이 발버둥을 쳤었다. 그때는 아무것도 느껴지지 않았건만.

도망치는 그들을 쫓을 수도 있었지만, 지금은 그런 건 아무래도 좋다.

"하, 하하."

손에 든 무기를, 양검을 움켜쥔다. 몸이 뜨겁다. 이상할 정도의 고양감이 느껴진다.

　표정이 자연스럽게 유열에 젖은 미소로 바뀌어 간다.

　──마음에 안 드는 상대를, 자신보다 약한 상대를 죽이는 게, 이렇게나 즐거울 줄이야.

　"하…… 하하하, 아~하하하하하!!"

　그날, 한 명의 살인귀가 탄생했다.

　베네리는 강하지만, 약했다.

　그 때문에 충동을 억누르지 못했고, 저항하지도 못했다. 아니, 하지 않았다.

†

　"아아…… 최고의 사냥감이야아."

　베네리는 한눈에 그 여자, 시어서에게 빠져들었다.

　이래 봬도 베네리는 고위 모험가다. 얼굴이 반반한 여자라면 그럭저럭 안아본 적이 있다.

　하지만 이전에 길드에서 멀찌감치 떨어져서 보자마자 알아챘다. 이 여자는 다르다는 것을.

　무엇이 다른지 한마디로 표현하기는 어렵다. 기품과 품격, 그런 것과는 다른 것 같지만 어떻게 다른지를 말로 표현하고 싶어도 딱 맞는 게 떠오르질 않았다.

　한 가지 확실한 것은 이상하리만치 **끌린다**는 것이다.

　이성을 벗어던진 그 날부터 최근 며칠 동안, 베네리는 여러 사람을 죽여 왔다. 그중 특히 많았던 것은 여자와 젊은 남자 모험가였다. 아직 미숙한 그들을, 앞날이 창창한 젊은이를 참살함으로써 자신의 검은 욕망을 채워왔다.

약자를 유린하는 건 매우 기분 좋은 일이다. 목숨을 구걸하는 상대로부터 모든 것을 빼앗는 그 감각은 몇 번을 맛봐도 옅어지지 않았다.

"하악, 하악……."

저 여자를 보고 있기만 해도 숨이 거칠어진다. 심장 고동이 빨라지고 스스로도 느껴질 만큼 소름이 돋았다.

그녀는 어떤 목소리로 울어줄까. 저 아름다운 검은 머리를 엉망으로 만드는 모습을 상상하기만 해도 몸이 후끈 달아오른다.

"……진정하자, 단숨에 해치우기에는 아깝잖아. 조금씩 신중하게 하자고."

자꾸만 덮치고 싶어 하는 마음과 양검을 쥔 손을 진정시킨다.

녹색을 띤 얇은 날 양검은 그 후로도 계속 사용하고 있지만, 너무도 특수하다 보니 꼬리를 잡히기 쉬울 것 같아 평소 일을 할 때는 이전의 무기를 쓰고 있다. 그럼에도 일이 커지면 언젠가 대장간을 통해 소문이 퍼질 테니, 자신이 의심을 받게 되는 건 시간문제일 것이다.

베네리는 오늘의 살인을 마치면 이 도시를 떠날 생각이었다.

"마지막 사냥감으로는, 아주 딱이군."

평소에는 성가셔 보이는 덩치 큰 남자가 붙어 다녀서 어쩔 수 없이 포기했었다. 그랬는데 오늘 밤은 다행히도 그렇지 않다.

역시 자신은 운이 좋다. 일그러진 미소를 감추지 않은 채 사냥 감과의 거리를 좁힌다.

(아직이야, 아직…….)

마른침을 꼴깍 삼키며, 핏발 선 눈으로 그때를 기다린다.

(조금만 더…… 지금!)

여자와의 거리가 베네리의 사정권에 든 순간, 신체 강화를 사용해 단숨에 달려나간다.

검은 머리 여자는 아직 이쪽을 알아채지도 못했다.

"핫하아!"

고양된 마음을 억누르지 못하고 호흡과 함께 소리를 지른다.

우선 다리다. 도망치지 못하도록 다리를 베어 공포심을 부추기며 처리해 나가자.

코앞까지 접근했을 즈음에야 여자가 뒤를 돌아봤지만, 늦었다. 상당히 유망한 신입 모험가라는 모양이지만, 역시 후위인 마술사는 근거리에서의 반응이 느리다.

잡았다. 베네리가 승리를 확신하고 녹색 얇은 날로 여자의 다리를 베어내려던 바로 그 순간.

"──어?"

베네리는 보았다. 푸른 두 눈이 요사스럽게 빛나는 것을.

등줄기가 서늘해지는 감각과 함께 베네리의 몸이 멈췄다. 정지했다.

아니, 정지한 것은 칼이다. 지면에서 돋아난 흙기둥이 다리를 노린 양검을 막고 있었던 것이다.

"뭣?!"

막았다. 이렇게 단순하게 생긴 흙기둥 하나로 베네리의 칼을 막아냈다. 그 사실을 인정하고 싶지 않아서 칼을 밀었지만, 칼날이 조금 파고들었을 뿐 베일 낌새는 없었다. 허리 높이 정도의 흙기둥에 대체 얼마나 많은 마력이 담겨 있기에.

"……혹시, 말인데요."

처음으로 여자가 내뱉은 말을 들은 베네리는 고개를 들어, 그 얼굴을 보았다.

보고, 말았다.

아름답다…… 소름이 돋도록 아름다운 여자의 얼굴. 거기 있는 두 눈이 베네리를 바라보았다.

"저를, 죽이려는 건가요?"

눈부신 보석 같은 푸른색. 아무런 감정도 읽어낼 수 없는 유리구슬 같은 눈이다.

어째서 착각을 한 걸까. 이 여자를 보고 심장고동이 격해진 것도, 소름이 돋은 것도.

"——히익?!"

생물로서의 본능이 경고 신호를 보낸 것이었건만.

가까운 거리에서 마녀의 두 눈을 본 베네리의 얼굴이 공포로 일그러졌다.

그럼에도 반사적으로 옳은 행동을 취한 것은 그의 재능 덕분일 것이다.

공포심에 따라 베네리는 크게 거리를 벌렸다. 직후에 그가 있던 장소에 땅의 말뚝이 돋아났다.

조금만 더 늦게 물러났다면 저것에 꿰뚫렸을 것이다.

척 봐도 마술의 강도가 엄청난데, 구축하는 속도가 이상하리만치 빠르다. 그야말로 인간의 기술이라는 게 믿기지 않을 정도다.

"어라, 의외로 감이 좋으시네요."

상대가 마술을 피하자 시어셔는 의외라는 듯한 얼굴로 고개를 갸웃했다.

귀여운 동작일 텐데도 지금은 벌레가 때때로 고개를 까닥거리는 기분 나쁜 모습으로만 보였다. 베네리는 온몸에 소름이 돋은 상태로 오열하듯 말을 쏟아냈다.

"……뭐, 야…… 이 자식은?!"

간단한 마술 두 개를 봤을 뿐이다. 그뿐인데 베네리는 눈앞에 있는 여자가 지금껏 대치해온 어떠한 마수보다 위험하다는 사실을 알아챘다.

"그나저나 어정쩡한 살기네요…… 정말 죽일 생각이 있는 건가요?"

시어셔는 상대가 공격해 오지 않자 의아해했지만, 생각해 봐야 소용없겠다 싶어 신경 쓰지 않기로 했다.

"뭐, 어찌 되었건 칼을 겨눴으니 죽어주셔야…… 어라?"

퍼 올린 마력을 쏟아내고자 시어셔가 베네리가 있는 쪽을 쳐다봤을 때, 그는 이미 등을 돌리고 도망치고 있었다.

전력질주로. 도망치기로 작정한 모험가는 쏜살처럼 빨라서, 눈 깜짝할 새에 멀리까지 가버리고 말았다.

"어어?! 자, 잠깐 기다리세요! 그쪽에서 먼저 공격해놓고 도망치는 게 어딨어요?!"

설마 먼저 공격해놓고 그 자리에서 도주를 선택할 줄은 몰랐던 모양이다. 의표를 찔린 시어셔가 추가 공격을 날릴까 했지만, 밤의 어둠에 숨어든 탓에 조준을 하기가 어려웠다.

주변 일대를 난장판으로 만들면 놓치지 않고 처리할 수 있겠지만, 인간 세상에 적응하려는 입장에서 그럴 수는 없다.

근거리 중심의 육체파 모험가를 속도로 따라잡는 건 불가능에 가까워서, 시어셔는 결국 베네리를 놔줄 수밖에 없었다.

"어라…… 방금 그건 대체 뭐였죠……?"

어리둥절한 시어셔를 덩그러니 남겨둔 채, 상대는 일방적으로 공격하더니 반격할 새도 없이 도망쳐 버렸다.

†

지그는 와다츠미와 라이카가 쫓고 있다는 현상수배범에 관심이 없었다.

특이한 무기를 사용하는 인물이라는 오해가 풀렸으니, 이 이상 간섭할 생각도 없다.

만약 범인이 자신의 정체를 밝히며 눈앞에 나타난다면 붙잡을지도 모르지만, 적극적으로 찾아다닐 생각은 없었다.

"그러고 보니 아까, 이상한 사람이 절 공격했어요."

그 말을 듣기 전까지는.

쇼핑을 마치고 지그의 방에 얼굴을 비치러 온 시어셔가 '아까 저 앞에서 개를 발견했어요'라고 하듯, 마치 잡담이라도 하듯이 자신이 습격당했다고 말한 것이다.

"⋯⋯지그 씨?"

장비를 벗고 평상복 차림으로 있던 지그가 천천히 일어나더니, 의아해하는 시어셔를 번쩍 들어올렸다. 사람 한 명을 가볍게 들어 올리더니 빙글빙글, 상품 검사라도 하듯 돌리며 상처를 입지 않았는지 확인했다.

"아마 지그 씨가 오해를 받았다는 살인마인 것 같아요. 쌍인검을 가지고 있었어요."

시어셔도 적응이 됐는지, 몸을 맡긴 채 빙글빙글 돌며 그때 당시의 일을 이야기했다.

"하지만 뭐라고 해야 할지, 엄청 어정쩡한 살기였어요. 일격을 받아내자 그 즉시 도망쳐 버렸거든요. 정말 뭐가 하고 싶었던 걸까⋯⋯ 아, 다친 데는 없어요."

"그런 것 같군."

외상이 없는 것을 확인한 지그가 시어셔를 내려놓았다. 그녀는 어쩐지 기쁜 듯한 표정으로 지그의 팔뚝을 주물주물하기 시작했다.

"어정쩡한 살기라는 게, 무슨 뜻이지?"

팔에 힘을 꽉 주자, 단단해진 근육을 쿡쿡 찌르며 시어셔가 신음했다.

"으~음⋯⋯ 분명 죽이려고는 했는데, 목적이 달랐다고 할지…… 각오가 부족했다? 처음에 다리를 노렸거든요. 저쪽에 있었을 때 느꼈던 살기에 비하면, 애들 장난 같았어요."

"흠."

그녀가 저쪽 대륙에서 느꼈던 살기는 인간들이 괴물로 여기는 '마녀'라는 존재에 대한 것이었다. 그에 비하면 사람이 사람에게 보내는 살기가 미적지근하게 느껴질 수밖에 없겠지만…… 어정쩡한 살기, 각오가 부족하다는 시어셔의 말. 거기에 다리를 노렸다는 점을 고려하면…….

"쾌락 살인인가."

지그가 내놓은 답에 시어셔는 사온 물건들을 뒤적거리며 질문했다.

"뭔가요, 그게?"

"가끔씩 있는, 사람을 죽이는 데서 쾌락을 느끼는 특수 성향이다."

그녀는 의아하다는 듯이 눈살을 찌푸렸다. 그것은 불쾌감이나 혐오감 때문이 아니라 단지 이해가 안 된다는 데서 비롯된 반응이었다.

"인간을 죽이는 게 뭐가 즐겁다는 걸까요……? 말뚝에 꽂혀 있는 모습을 보면 조금 우습기는 하지만요."

"……시어셔에게 그런 성향이 없어서 다행이군."

살인을 좋아하는 마녀가 있으면 감당이 안 될 거라는 말은 속으로만 중얼거렸다.

"쾌락 살인에도 여러 종류가 있어. 반격당하자 곧장 도망친 걸 보면, 그 녀석은 자신보다 약한 녀석을 괴롭히는 데서 쾌락을 느끼는 타입이겠지."

여러 종류가 있다고는 했지만 대부분이 이걸로 분류된다. 상대가 저항하면 좋아하는 라이카가 특이한 것이리라.

"헤~에…… 뭔가 한심하네요."

습격을 당한 건 시어셔이건만 정작 본인은 이미 그 범인에게 관심이 없어진 듯했다.

무심하게 대답하며 무언가를 꺼낸 그녀는 그걸 지그에게 내밀었다.

자세히 보니 그것은 화사한 빨간색을 띤 빗이었다. 독특한 디자인은 라이카나 이사나가 입은 복장과 비슷해 보였다.

지그에게 그것을 내민 의도는…… 대충은 알겠다. 아무 말도 하지 않아도 통하는 사이라서 그러고 있는 것은 아니고, 단순히 어떻게 부탁을 하면 될지 모르는 것이리라. 내밀기는 했지만 무슨 말을 하면 좋을지 몰라, 곤란하다는 듯이 고개를 갸웃하고 있는 모습이 그 증거였다.

"……으음, 저기……."

물론 호위 임무에 머리를 빗어주는 것은 포함되어 있지 않다. 거절해도 아무 지장도 없을 거다.

그 사실을 아는 데도, 푸른 눈을 이리저리 굴리며 안절부절 못하는 시어셔를 보고 있자 자연스럽게 손이 뻗어 나갔다.

"……아."

자기가 내밀어놓고 놀라는 시어셔의 하얀 손에서, 지그의 울툭

불룩한 손이 빨간색 빗을 받아들었다.

시어셔는 아무 말도 하지 않고 등을 돌리고 침대에 앉았다. 그 검은 머리를, 빗도 제대로 쥐어본 적이 없는 지그가 어색하게 빗었다. 조심조심, 부서지기 쉬운 물건이라도 다루듯 천천히 머릿결을 따라 움직인다.

마구의 불빛에 비친 그녀의 검은 머리는, 비단실처럼 부드러웠다.

빗질을 거듭할수록 서서히 동작이 매끄러워진다. 시어셔도 처음에는 긴장한 듯이 어깨에 힘이 바짝 들어가 있었지만, 지금은 편안해 보였다.

지그의 위치에서는 보이지 않지만, 그녀는 매우 평온한 얼굴을 하고 있었다. 벌써 좀 전에 습격을 받았던 일은 잊은 듯했다.

그녀에게 살인귀는 그 정도의 가치밖에 없는 것이리라.

하지만 지그에게는 그렇지 않았다.

실패했다고는 해도 호위 대상에게 손을 댄 상대가 아직도 살아 있는 것이다. 모종의 대응을 취할 필요가 있다.

"······."

윤기 나는 검은 머리를 빗으며, 조금 싫증이 나서 언제까지 해야 그녀가 만족할까 생각했다.

결국 그날 밤은 꾸벅꾸벅 졸기 시작한 시어셔를 방으로 옮길 때까지 머리를 빗겨주었다.

†

고요해진 어두운 밤길에 숨어 누군가가 달리고 있었다.

"허억허억…… 망할, 뭐야! 뭐냐고, 저건?!"

성공할 거라 생각했다. 무방비한 최상의 사냥감을 그저 유린할 뿐인 간단한 사냥이라고 생각했다.

하지만 현실은 달랐다. 베네리는 추하게도 목숨만 부지한 채 도망쳤다.

거리는 충분히 벌렸을 거다. 쫓아오는 낌새도 없다. 그렇건만 아무리 달려도 빠져나온 듯한 기분이 안 들었다.

"망할, 젠장젠장젠장!!"

걸음을 멈추려 할 때마다 그 푸른 눈이 떠오른다. 그때마다 힘이 풀리려 하는 다리를 필사적으로 움직였다.

그럼에도 한계는 오기 마련이다. 페이스 배분도 생각하지 않고 계속 달린 몸이 산소를 요구해서, 베네리의 다리를 멈추게 했다.

"커헉, 콜록콜록! 허억허억……."

멈춰서 기침을 해가며 거친 호흡을 가라앉히고 조심스럽게 뒤를 돌아보았다. 그곳에는 아무도 없는 밤길이 있을 뿐, 쫓아오는 인간은 아무도 없다.

베네리는 진심으로 안도한 듯이 가슴을 쓸어내렸다. 순간, 그 전까지 잊고 있던 피로감이 몰려들어 무릎을 꿇고 말았다.

"빌어먹을…… 내가 왜 이런 꼴을 당해야 하지?"

위험에서 벗어났음을 알고 나니 이번에는 분노가 치밀어 올랐다.

그 여자에게 보복하고 싶은 마음이 부글부글 끓어올랐지만, 베네리에게 그 눈빛과 다시 한 번 마주할 배짱은 없었다.

"……슬슬 물러날 땐가. 내일, 도시를 떠나자."

방침을 정했으니 빨리 행동할수록 좋다. 오후 중에 짐을 챙겨 밤의 어둠에 숨어 내빼도록 하자.

"어쨌든 지금은, 쉬고 싶어어……."

한참을 달린 몸과 이상하리만치 지친 정신은 휴식을 원했다. 베네리는 휘청거리며 보금자리로 걸음을 옮겼다.

†

다음 날, 지그는 범인을 찾기 위해 정보를 모으고 있었다.

참고로 시어셔에게 인상착의를 물었더니, 아무것도 기억하질 못했다. 키가 컸는지 작았는지, 남자였는지 여자였는지까지는 기억했지만 그 이외의 특징은 알아낼 수 없었다.

시어셔는 '전부 똑같아 보여요'라고 했다.

아무래도 그녀는 자신의 관심 밖에 있는 인간의 얼굴을 전혀 인식할 수 없어서, 모두 같은 얼굴로 보이는 모양이다. 마녀라는 생물의 특성 때문인지, 본인의 무관심 때문인지는 모르겠지만.

시어셔보다 키가 큰 남자. 무기는 쌍인검. 범인의 얼굴을 직접 봤음에도 그녀에게서 얻을 수 있는 정보는 그게 다였다.

"……범인도 습격당한 본인이 이토록 자신에 대해 모를 거라고는 꿈에도 생각 못 하겠지."

범인은 실력에 자신이 있었는지 얼굴을 가리지 않아서 시어셔 는 맨얼굴을 봤다. 실제로는 아무것도 기억하지 못했지만, 상대 는 얼굴을 보였다고 생각할 거다.

어지간한 얼간이가 아닌 한, 범인은 지금쯤 도주 준비를 하고 있을 것이다. 어쩌면 이미 도시를 떠났을 가능성도 있다.

그럼에도 있을지도 모르니 지그는 범인을 찾아다닐 셈이다.

그를 위해 현재, 가장 범인에 관한 정보를 많이 가지고 있을 자 들에게로 향하고 있었다.

번화가 서쪽 방면, 모험가용 소모품을 취급하는 가게들이 늘어 서 있는 구역. 그곳에 있는 와다츠미의 클랜 하우스로 걸음을 옮 긴다.

문을 열고 안으로 들어간다. 덩치 큰 지그는 눈에 띄어서, 안에 서 담소를 나누던 이들의 시선이 그에게 집중되었다.

침입자가 들어오자 그들의 반응은 둘로 나뉘었다. 낯선 외부인 을 보고 의아해하는 자와 놀라서 벌떡 일어나는 자.

"실례하지. 카스카베는 있나?"

이목이 집중된 참에 단적으로 요구를 입 밖에 냈다. 큰소리를 친 것도 아니건만 그 낮은 목소리는 잘 울려 퍼졌다.

"이, 이봐, 너! 뭐 하러 왔어?!"

허둥지둥 자리에서 일어난 중년 남자가 무기에 손을 댄 채 지 그의 앞을 가로막았다. 사정을 모르는 신입 모험가를 보호하려는 듯이.

"진정하라고, 날뛸 생각은 없으니까. 용건은 이미 말했을 텐데.

카스카베에게 묻고 싶은 게 있다.”

적의가 없음을 증명하듯, 지그는 천천히 무기를 벽에 기대어놓았다. 하지만 상대는 경계를 풀지 않았다.

지그는 기억하지 못했지만, 그는 지그를 똑똑히 기억했다. 이 덩치 큰 남자가 무기도 없이 맨몸으로. 죽지 않을 만큼 힘 조절을 해가며 혼자서 수적으로 열세인 상황을 뒤집었다는 사실을. 옆통수를 칼의 옆면으로 얻어맞았을 때의 고통과 함께 똑똑히 기억하고 있었던 것이다.

나중에 의식을 되찾았을 때, 베이츠 일행에게서 착각이었다는 이야기를 듣기는 했다. 하지만 그 사실을 안다 해도 이 덩치 큰 남자의 전투능력이 변하는 것은 아니다. 무기를 몸에서 떼어놓은 정도로 긴장을 푸는 건 무리다.

“……카스카베 말이지? 기다려. ……이봐!”

“아, 네…….”

남자가 등지고 있던 신입에게 말하자, 그는 사정도 모른 채 그 말에 따라 안쪽으로 달려갔다.

그러는 동안에도 남자는 지그에게서 한시도 눈을 떼지 않고, 언제든 움직일 수 있도록 경계 상태를 유지했다.

“미운털이 단단히 박혔나 보군…….”

지그는 어깨를 으쓱하더니 최대한 상대를 자극하지 않도록 천천히 보이게끔 팔짱을 끼고서 벽에 기대었다.

그러는 동안 지그를 아는 다른 모험가가 신입들을 2층으로 대피시켰다.

신입을 소중히 여긴다는 건 사실인지, 그들의 움직임에는 망설임이 없었다.

하지만 대피를 마친 후 벽에 기대어 있는 지그를 견제하듯 반원으로 포위했는데, 그런 대접은 사양하고 싶었다. 중년 남자들에게 둘러싸여 있으니 숨이 턱 막히는 듯했기 때문이다.

"……훗, 하하하. 숨이 턱 막힌다라…… 꽤나 복에 겨운 소릴 하게 됐군."

자신의 생각에 저절로 쓴웃음이 지어졌다. 저쪽에 있었을 때는 남자들에 둘러싸여 지내는 게 당연한 일이었건만.

그 무시무시하면서도 아름다운 마녀와 함께 지낸 기간은 아직 그리 길지 않지만, 그만큼 농밀한 시간이었다는 뜻이리라.

지그가 갑자기 웃음을 터뜨리자 남자들이 더욱 긴장했다. 하지만 희한하게도 그 웃음소리를 막고 싶다는 생각은 안 들었다.

그러는 동안 우당탕탕, 무언가를 쓰러뜨리는 소리와 함께 안쪽에 있던 문이 열리더니 카스카베가 남자들을 헤치고 모습을 나타냈다. 평소 사람 좋은 미소를 딱 붙이고 다니는 그 얼굴에는, 초조함 때문인지 식은땀이 흐르고 있었다.

"지그 님, 오래 기다리셨습니다! 안으로 드시죠."

카스카베가 아무 조건도 없이 통과시키려 하자 중년 모험가가 한마디 하려 했지만, 악귀와 같은 표정을 지은 카스카베의 눈총을 받더니 입을 다물었다. 그 후, 그는 동전을 뒤집은 듯이 사람 좋은 미소를 지은 채 지그에게 손짓을 했다.

그 엄청난 태세 전환 속도에 감탄하며 지그가 벽에서 등을 떼었다. 자연스럽게 벽에 기대어두었던 무기를 집더니, 근처에 있던 남자에게 건네고 카스카베를 따라 안쪽 방으로 향했다.

"와다츠미를 습격한 범인의 정보가 필요해."

장소를 바꾸자마자 지그가 그렇게 본론을 꺼내자, 카스카베는 놀랐는지 눈이 휘둥그레졌다.

"지그 님도 현상금을 노리십니까?"

"아니, 호위 대상이 습격을 당해서 말이야. 그녀는 무사하지만 녀석을 살려둘 이유도 없지. 죽인다."

지그의 말투에서 증오나 분노 같은 감정은 전혀 느낄 수 없었다. 일하는 데 방해가 되니 제거한다……. 그렇게 말하는 듯한, 익숙한 작업을 할 뿐이라는 듯한 말투다.

"……뭐어, 이왕 하는 김에 현상금도 받을까."

일석이조라는 듯이 지그가 덧붙인 말에 카스카베는 애매한 미소로 답할 수밖에 없었다.

"현상금까지 건 모양인데, 너희는 괜찮은 건가? 밀리나 일행은 자기들이 원수를 갚고 싶어 하던데."

"……저는 싸우지 않는 인간이니까요. 범인이 죽기만 한다면, 직접 복수하는 데 집착할 생각은 없습니다."

자신의 손으로 직접 복수하고 싶다고 생각하는 것은 싸울 수단을 지닌 인간뿐이라고 카스카베는 말했다.

지그는 그 말에 부정도 긍정도 하지 않았다. 동료가 죽은 적은 있다. 동료를 죽인 상대를 죽인 적도 있다.

하지만 그것은 상대가 적이었기 때문이다. 복수해야겠다고 생각했기 때문이 아니다.

동료 의식이 없었던 건 아니다. 슬프다고 생각한 적은 없지만, 유감이라고 생각한 적은 있다. 하지만 그럼에도, 돈을 내는 쪽으로 세력을 바꾸는 나날을 보내온 지그에게 복수심이라는 감정은 생기지 않았다.

——그렇기에, 라이엘도 베었다.

그때의 일이 떠올라, 지그가 살며시 눈을 가늘게 떴다.

지금의 자신이라면 다른 길을 택했을까. 그런 생각이 떠오르려 하는 것을 떨쳐냈다.

"아무튼, 범인의 정보 말씀이시죠? 지금 서류를 준비하겠습니다."

"고맙군. 대신이라고 하기엔 좀 그렇지만, 머리라도 들고 올까?"

카스카베가 쓴웃음을 지은 채 피비린내 나는 제안을 거절하려던 순간.

"그럴 필요는 없다."

갑자기 그런 말과 함께 한 남자가 문을 열고 들어왔다. 와다츠미 최고참인 모험가, 베이츠다.

"베이츠 씨…… 돌아오셨군요."

"미안하다, 카스카베. 나는 어떻게 해서든, 그 자식이 죽는 꼴을 봐야겠거든. ……그게 동료를 죽게 한 나의, 최소한의 속죄다."

베이츠는 동료의 죽음을 애도하듯이 그렇게 말했다.

요전에는 밀리나의 앞이라 어쩔 수 없는 일이라고 타일렀지만, 베이츠는 아직 포기하지 않은 모양이다.

그는 지그에게 시선을 보내며 빙긋 웃었다.

"그렇게 됐다. 참견하지 말라고는…… 안 하마. 너한테도 물러날 수 없는 사정이 있겠지. 그러니 살짝 도와주면 안 되겠냐?"

지그는 그 말에 답하지 않고 눈빛만으로 베이츠에게 '보수는?'이라고 물었고, 베이츠는 오른손을 내밀며 왼손으로 손가락 두 개를 세워 보였다.

"선금으로 그 망할 자식의 정보를. 성공 보수로 현상금 전액을 주지."

"하지."

제안에 응해 상대가 내민 오른손을 두드리면 그로써 계약은 성립된다. 그것은 서류도 뭣도 없는, 지인끼리의 구두 약속이다. 하지만 그렇기에 무엇보다도 무겁다.

"그럼 냉큼 정보 공유부터 할까. 카스카베."

베이츠의 지시에 카스카베는 서류를 꺼냈다. 그 역시 베이츠가 물러날 생각이 없다는 걸 알아채고 태세를 전환하기로 한 듯했다. 저러한 대처 능력과 빠른 일처리가 와다츠미의 핵심 인물로 여겨지고 있는 그의 장점이기도 했다.

"네. 그 범인이 일으킨 것으로 추측되는 살인 사건은, 와다츠미를 포함해 합계 네 건. 시어셔 님의 미수 건을 포함하면 다섯 건입니다."

카스카베가 읽어나가는 정보를 의자에 앉은 채 듣는다.

아무래도 범인은 참을성이 없는 모양이라, 상당한 속도로 범행을 저지르고 있었다. 소문을 들은 지 며칠 되지도 않았건만 무차

별 살인을 다섯 건이나 저질렀다는 사실이 놀랍기도, 어이가 없기도 해서 지그가 한숨을 내쉬었다.

"흉기는 녹색 양검. 예리한 무기인지 절단면이 깔끔합니다. 시체의 상태로 미루어 범인은 피해자를 곧장 죽이지 않고, 농락한 듯 보입니다. 범행 장소는 서쪽 구획부터 동쪽 구획까지의 뒷골목 주변. 피해자는 모두 젊은 모험가로, 이렇다 할 공통점은 없었습니다."

설명하며 카스카베는 표시가 된 지도를 펼쳤다. 범행 장소는 지그도 러닝을 하다 몇 번인가 지난 적이 있는 장소였다. 카스카베의 말대로 장소와 피해자의 관련성은 없어서, 닥치는 대로 덮치고 있는 듯 보였다.

"물론 양검을 다루는 사람으로 범위를 좁혀 조사해 보았지만…… 어딜 가나 지그 님으로 추정되는 인물에 관한 정보만 들어와서……."

"너는 인상이 너무 강렬하니까……."

면목 없다는 듯이 카스카베가 말끄트머리를 흐리자, 그럴 만도 하다는 듯이 베이츠가 고개를 끄덕였다.

평범한 생김새의 사람과 강렬한 인상을 주는 얼굴에 키가 2미터는 되는 우락부락한 거한. 같은 무기를 다룬다 해도 어느 쪽이 눈에 띌지 생각하면, 그들이 그런 반응을 보이는 것도 무리는 아니었다.

"아무튼. 아무리 네가 눈에 띈다 해도 양검 같은 특이한 무기를 쓰는데 전혀 정보가 없다는 건 이상해. 그렇다면……."

"평소에는 다른 무기를 사용할 가능성이 높다?"

지그가 말을 잇자, 베이츠가 바로 그거라며 손가락을 튕겼다. 그것을 통해 그가 무슨 말을 하려는 것인지 알아챘다.

"표면적으로는 다른 무기를 사용하면서 쌍인검…… 양검도 능숙하게 사용하는 건가. 그렇게까지 재주가 좋은 인간은 한정적이겠지."

"그래. 이제 양검의 입수 경로만 어떻게든 알아내면 될 텐데…… 대장간을 돌아다니려 해도, 일일이 설명을 하고 다니다간 해가 저물 때까지도 안 끝날 테고."

가장 필요한 중요 정보가 없다며 와다츠미의 사무와 간부가 어깨를 늘어뜨렸다.

응? 지그가 눈살을 찌푸렸다. 그리고 자신이 중요한 사실을 말하지 않았다는 것을 그제야 알아챘다.

"아~…… 그거 말인데, 짚이는 바가 있어."

툭하고 내뱉은 폭탄 발언. 그것을 들었을 때 베이츠와 카스카베의 표정은 뭐, 필설로 설명하기 힘들 정도였다고만 말해두겠다.

†

"그런 건 좀 더 빨리 말했어야지……!"

지그가 짚이는 바가 있다고 한 대장간. 그 앞에서 베이츠는 불평을 하지 않을 수가 없었다.

그의 시선 끝에서는 지그와 카스카베가 점원 아가씨의 이야기를 듣고 있다. 처음에는 개인정보라면서 굳게 입을 닫았지만, 수배서와 죄목을 카스카베가 상세히 설명하자 승낙해주었다.

"이걸 좀 더 일찍 알았다면…… 젠장, 이런 소릴 해서 뭐 하겠어."

엉뚱한 화풀이라는 것은 베이츠도 잘 알았다. 그때는 그럴 상황이 아니었다는 것을.

착각을 하고 지그를 공격한 와다츠미는 범인 찾기는커녕 존속의 위기에 처해 있었다. 지그가 양검을 구입한 인간이 또 한 명 있다는 소릴 할 새도 없었고, 중간에 시어셔가 난입하는 바람에 모든 상황이 끝나고 말았다.

지그에게 불평을 하는 건 번지수가 잘못돼도 한참 잘못된 일이다. 그가 악의적으로 그 사실을 말하지 않은 게 아니라는 것은 베이츠도 알았고, 애초에 기억했다 해도 자신을 공격해온 상대에게 그런 정보를 내줄 의무는 없다. 모든 것은 타이밍이 안 좋았던 탓이다.

그래서 그가 보지 않는 데서 한 차례 발만 구르고 말았다. 그걸로 화풀이는 끝이다.

"……정신 차려. 지금은 그 망할 자식을 찾는 데 집중하라고."

자신을 타이르듯 베이츠가 그런 말을 중얼거리던 중, 점원과 대화를 마친 지그와 카스카베가 돌아왔다.

지그를 쳐다보는 눈빛에 약간의 원망이 섞인 건 너그럽게 봐줬으면 좋겠다고 베이츠는 생각했다.

"베이츠 씨, 제대로 찾았습니다. 구매한 사람은 고위 모험가랍니다."

베이츠는 날카로운 눈빛으로 역시 그랬군, 하고 중얼거렸다.

특수한 무기…… 이건 뭐 그럴 수 있다. 질 좋은 모험가용 무기…… 이것도 넘어갈 수 있다.

하지만 이 두 개가 합쳐지면 이야기가 달라진다. 특수하고 질 좋은 모험가용 무기를 모험가 이외의 사람이 사면 무슨 짓을 해도 흔적이 남는다. 확신은 없었지만 모험가가 범인일 가능성은 충분히 있었다.

"서둘러 길드로 가자. 정보가 이만큼 모였으니 저쪽도 군말 없이 알려주겠지. 일이 거칠어질 테니 카스카베 넌 돌아가 있어라. 시어셔가 습격을 받은 게 어제…… 정신이 멀쩡한 놈이라면 오늘 밤에라도 이 도시를 뜨려 할 거야."

†

"베네리 라스케스. 4등급 모험가군요. 실력은 좋지만 인격에 다소 문제가 있고, 문제 행동도 다수 저질렀습니다. 실력만으로 치면 3등급도 바라볼 수 있는 단계지만…… 소행이 좋지 않아 좀처럼 올라가질 못하고 있었군요."

길드에서는 지그와 베이츠가 접수처에 들이닥쳐 정보 공개를 요구했다. 갑자기 끼어들자 모험가들이 항의를 하기는 했지만, 베이츠가 살기등등한 눈빛으로 모든 이들을 침묵시켰다. 신입 모험가는 다리가 풀릴 뻔했고, 베테랑은 그답지 않은 행동에 놀라 길을 열어주었다.

길드 접수원, 시안이 읊는 정보를 듣고 있던 지그가 의문점에 관해 물었다.

"다소 소행이 안 좋아도, 의뢰를 완수하다 보면 등급은 오르는 것 아닌가?"

"그건 4등급까지의 얘기죠. 3등급 이상에서는 어느 정도의 상식이 요구돼요. ……솔직히 말해서 사람으로서 당연한 항목들이라, 어지간히 심하지 않으면 여기에 걸리지 않지만요……."

정상적인 인간은 모험가라는 길을 택하지 않을 테니 그건 무리가 아닐까 싶었지만, 굳이 말하지는 않았다.

시안이 쓴웃음을 지은 채 서류를 챙기는 두 사람을 쳐다보았다. 그 표정에는 고뇌가 섞여 있었다.

"……그래도 살인에 손을 댈 정도의 쓰레기는 아니라고 생각했는데요. 증거가 이만큼 갖춰졌으니 의심할 여지가 없네요. 그 무차별 살인의 범인은 분명 그일 거예요."

길드는 본래 모험가의 사정을 함부로 누설하지 않는다. 하지만 타당한 사정이 있으면 이야기가 달라진다.

피해자인 와다츠미와 시어셔, 양측의 증언에 범행에 사용된 특수한 무기 구입 이력. 이만큼 명확한 정보가 모였으니 길드측도 정보를 공개하지 않을 수 없었다.

"최근 들어 창관 거리에서 베네리라는 모험가가 거들먹거리고 다닌다는 사실도 알아냈다. 그리고 그 시기는 무차별 살인자가 나타난 시기와 일치하지. 우연이라고 하기에는 겹치는 게 너무 많아."

"……조사를 많이 하셨네요."

"연줄이 있어서."

옛날 친구의 가르침 덕분에 지그의 교우 관계는 의외로 넓었다. 특히 남자가 정보를 잘 흘리고 다니는 창관의 관계자와는 좋은 관계를 형성해 두었다. 대장간에서 길드로 오기 전에 창관에 얼굴을 비쳐, 베네리라는 인물에 관해 탐문 조사를 했던 것이다.

향수 냄새를 풍기며 돌아가면 의뢰인께서 토라져 버릴 거라는 게 문제이긴 하지만.

"……알겠습니다. 그가 이용하고 있는 숙소와 방 번호를 알려드리죠."

평소 밝은 그녀의 입에서 차가운 선고가 이루어졌다. 길드가 베네리를 버리기로 한 것이다.

동업자를 차례로 죽이고 다니는 인간을 감싸줄 만큼 길드는 무르지가 않다.

"일단은 생포를 시도해 주세요. 저항하지 않는다면 그걸로 충분할 테니까요. 저항한다면…….."

"웃기지 마…… 저항해주지 않으면 곤란하다고."

사나운 미소를 띤 채 베이츠가 접수처를 뒤로 했다. 시안은 그 이상 아무 말도 하지 않고 그 뒷모습을 배웅했다.

두 사람이 길드를 나설 즈음에는 해가 저물고 있었다.

길드를 나서자마자 달려나간 베이츠와 나란히 베네리가 있다는 동쪽 구획 끄트머리에 있는 숙소로 향한다.

"생포하라는데."

"웃기지도 않는 소리."

지그가 묻자 베이츠는 어이가 없다는 듯이 고개를 가로저었다.

이미 알고 있었지만 그는 범인을 살려둘 생각이 없는 듯했다. 동료를 죽인 상대를 살려두면 길드의 체면이 말이 아니게 될 거다. 하지만 그런 걸 신경 쓸 여유가 없을 만큼, 베이츠는 상대에 대한 살의를 주체할 수가 없었다.

†

도시 동쪽 구획. 외곽에 자리한, 쇠퇴하여 인적이 드문 작은 숙소가 베네리의 보금자리였다.

이전에는 훨씬 좋은 숙소에 묵었지만, 모험가로서 출세하지 못하고 술과 여자에 빠져 지내다 보니 숙소의 질을 낮출 수밖에 없었다.

그곳의 한 방에서 그는 도시를 떠나기 위해 짐을 정리하고 있었다.

"좋아, 이 정도면 되겠지."

그는 오늘 하루 종일 재산을 정리해, 운반하기 쉬운 마구와 보석으로 바꿨다.

당장 도시를 떠날 수도 있었지만, 그는 지금까지 모은 돈과 장비를 두고 갈 수가 없었다. 그는 안전보다 욕망을 우선시하는 인간이었다. 언제 올지 모르는 위험보다 눈앞에 있는 돈을 택한 것이다.

"이 지긋지긋한 도시와도 작별이군. 여긴 내가 활약하기에는 너무 좁아."

오랫동안 살아온 도시에 욕지거리를 하며 숙소를 뒤로 했다. 물론 외상으로 달아둔 숙박비와 고액의 빚은 떼어먹을 거다. 그의 관심사는 그다음 일이었다.

"자아, 추적자가 따라오기 어려울 만한 곳은 스트리고 근처인가. 거기는 약에 찌들어서 치안이 끝장난 곳이니 몸을 숨기기에는 딱이지. 최근 이상한 약이 유행하고 있다는 소문도 있지만…… 일단 잠깐 숨는 데는 거기가 제격일 거야."

마피아가 너무 활개를 친 결과, 약물이 크게 유행해 썩을 대로 썩은 도시를 떠올리며 걸었다.

"……엉?"

그런 그의 시선 끝에, 한 여자가 있었다.

행동거지며 장비로 미루어 햇병아리 모험가일 거다. 마술사로 보이는 로브와 긴 머리카락.

아무리 봐도 딴 사람이고, 다소 몸집이 비슷할 뿐 닮지도 않았다. 하지만 베네리는 그 모습에서 어제 봤던 여자를 떠올리고 말았다.

자연스럽게 오른손이 움직여, 무기를 쥐었다.

지금은 이런 짓을 할 때가 아니다, 슬슬 길드도 알아채고 움직이기 시작했을 거다.

이성이 그렇게 호소했지만, 그의 미숙한 정신력으로 자신의 욕망을 억제할 수 있었다면 이렇게 되지도 않았을 거다.

베네리의 머리는 지금, 저 무시무시한 괴물과 닮은 여자를 유린해서 울분을 풀 생각으로 가득했다.

"……어차피 곧 이 도시를 뜰 거잖아. 그렇다면, 조금 정도는 군것질을 해도…… 괜찮겠지?"

혼잣말하듯 그렇게 중얼거린 후, 그는 짐을 내려놓고 소리도 없이 무기를 뽑았다.

이런 변두리에 사는 걸 보면, 여자도 갓 모험가가 되어 돈이 없는 것이리라. 하필 이렇게, 치안이 안 좋은 곳에 살다니.

재수도 없지, 라고 입속말을 하며 일그러진 미소를 짓는다. 그리고 자신은 재수가 좋다.

마른 입술을 핥으며 땅을 박차, 단숨에 달려나간다.

눈 깜짝할 새 거리를 좁힌 녹색 궤적이, 이번에야말로 사냥감의 다리를 베기 위해 쇄도한다. 상대는 알아채지도 못했다.

——하지만 그럼에도, 결과는 어제와 같았다.

시야 끄트머리에서 붉은 무언가가 움직였다. 그걸 알아챈 베네리가 양검의 궤도를 바꿔, 직감적으로 받아냈다.

"망할…… 왜 이렇게 방해하는 놈들이 많아!"

"그 무기…… 살인마, 네가……!!"

베네리에게 덤벼든 붉은 검사, 밀리나가 송곳니를 드러내며 소리쳤다.

밀리나가 그곳에 나타난 것은 그야말로 우연이었다.

한가해서 러닝을 하고 있었던 것뿐이다. 문득 저 멀리에 큰 짐을 짊어진, 묘한 분위기의 남자가 있기에 신경이 쓰여 보고 있었더니 갑자기 무기를 뽑았다. 허둥지둥 제지하기 위해 뛰어들고 나서야 상대의 무기를 알아보았다.

"네가 동료를!"

"왜 이렇게 일이 안 풀리냐고!"

대화가 맞물리질 않는다. 하지만 서로에게 검을 겨눌 이유만은 있었다.

"어, 어……?"

마술사로 보이는 여자는 아직도 상황을 파악하지 못했다.

금속음이 들려서 뒤를 돌아보니 모르는 사람이 칼을 부딪치고 있었던 것이다. 갓 모험가가 되어 거친 일에 익숙지 않은 탓에 그녀의 반응 속도는 느릴 수밖에 없었다.

"도망쳐!"

"히익?!"

갑자기 지근거리에서 시작된 싸움을 보고 망연자실해 있던 여자가, 호통치는 밀리나의 목소리를 듣고서 그제야 허둥지둥 도망쳤다.

그 모습을 배웅할 여유도 없어, 상대의 양검을 튕겨내고 거리를 벌렸다.

대치한 남자는 살의 실린 눈빛으로 밀리나를 노려보며 양검을 하단으로 겨누었다.

강하다. 밀리나는 남자의 보법과 좀 전의 일격을 통해 그 사실을 알아챘다.

눈에 익은 모험가다. 이름은 기억이 안 나지만, 몇 번인가 모험가인 오빠에게 시비를 거는 모습을 본 적이 있다.

명백하게 자신보다 한 수 위다. 아마 4등급인 오빠와 동급이거나 그 이상.

하지만. 밀리나는 장검을 세게 움켜쥐었다.

"물러설 수는 없어!"

신체 강화를 발동해 단숨에 돌진한다. 밀리나가 어깻죽지를 향해 사선베기로 장검을 내려치자 베네리가 반응했다.

한 걸음 물러나 사거리에서 벗어나며 하단으로 겨눈 양검의 위쪽 칼날을 측면에 갖다 대듯이 해서 옆으로 비껴낸다.

물렀던 발을 이번에는 한 걸음 앞으로 내디디며 아래쪽 칼날을 밀리나의 옆구리를 향해 옆으로 긋는다.

방어하기 위해 장검을 원위치시키려 해도 위쪽 칼날에 막혀 그럴 수가 없다. 자루가 긴 무기를 상대할 때 성가신 점 중 하나다.

순간적으로 왼손을 떼고 짧은 영창으로 불마술을 쏜다.

그러자 연속 동작으로 날린 일격이라 위력이 떨어진 양검의 기세가 약화되었다.

폭발의 힘을 빌려 물러났지만, 칼끝이 살짝 스쳐 방어구가 조금 찢어졌다.

"핫!"

"크……!"

마주친 건 한 합(合)뿐. 짧은 공방이 오갔을 뿐이지만 피아의 전력 차를 깨달은 두 사람의 얼굴에 대조적인 표정이 떠올랐다.

상대가 한 수 밑이라는 걸 알아챈 베네리가 공세에 나섰다.

하단으로 겨눈 위쪽 칼날이 치솟아 목을 노린 찌르기가 되었다.

그걸 장검으로 튕겨낸 직후, 속도에 비해 가볍다는 생각에 밀리나의 눈이 휘둥그레졌다.

찌르기를 페인트 삼아 아래쪽 칼날이 날아든다. 원위치한 장검으로 막았지만, 그 또한 가벼웠다.

아래쪽 칼날을 방어하게 한 베네리가 다시금 물러나며 찌르기에 사용한 위쪽 칼날을 당겼다.

원위치로 돌아가는 양검이 스치듯이 어깨에 닿는다. 이상하리만치 얇은 날은, 살을 베기에는 충분히 날카로웠다.

"크악?!"

어깻죽지에 화끈한 열기가 느껴져서 밀리나가 비명을 흘렸다. 뒤늦게 고통이 밀려들었다.

"칫, 얕았나. 감이 좋군."

기대했던 만큼의 효과가 나타나지 않자 베네리는 혀를 찼다.

식은땀이 밀리나의 뺨을 타고 흘렀다. 조금만 더 상체를 늦게 물렀다면 어깨의 힘줄이 베였을지도 모른다.

회복술이 있기는 해도 굵은 힘줄을 베이면 치료하는 데 시간이 걸린다. 고통만 참아도 되는 거라면 모를까, 힘줄을 베여 한쪽 팔을 봉인당하면 검사는 끝장이다.

──경험 차이가 너무 커.

한 방 먹여줄 작정이었던 밀리나는 자신의 생각이 물렀다는 사실을 깨달았다.

이제는 도망치기에도 늦었다. 등을 보인 순간을 놓칠 상대가 아니다.

이길 수 없는 상대. 죽음에 대한 공포.

하지만 이상하게도 그녀의 가슴에는 그것들과 다른 감정이 떠올라 있었다.

분하다. 그녀의 가슴을 가득 메운 감정은 그것뿐이었다.

이 상대는 강하다. 그건 틀림없는 사실이다.

"……하지만, 가벼워."

"어엉?"

그녀의 입을 뚫고 나온 말에 베네리의 목소리가 살짝 높아졌다.

그렇다, 가벼운 것이다. 검술 실력에 비해, 완력이 압도적으로 부족하다. 좀 전의 공방에서도 상대에게 좀 더 힘이 있었다면 완전히 밀렸을 거다. 이만큼이나 경험 차이가 있는 데도 아직 살아 있다.

'재능이 있는 녀석일수록, 실력이 오르는 속도를 체력이 못 따라가지.'

그래. 이 남자는 강하지만, 얄팍하다. 그렇기에, 그를 이기지 못하는 자신이 분했다.

"그만한 재능이 있으면서, 시답잖은 일에 빠져버렸네. 진지하게 단련했으면 더 위로 올라갈 수 있었을 텐데."

"……계집년이 뭘 안다고."

노골적인 도발에 베네리의 눈빛이 차가워졌다.

역시 그렇다. 몸뿐 아니라 마음도 약하다. 그래서 이 정도 도발에 넘어오는 거다.

"덤벼, 아저씨! 젊은 나를 따라올 수 있을까?"

"이 애새끼가아!!"

분노에 몸을 맡긴 베네리가 살의를 칼날에 실어 돌진했다.

밀리나가 그걸 필사적으로 받아냈다. 냉정함을 잃은 탓인지 베네리의 양검에서는 정교함이 사라진 상태였다.

"이것밖에 안 돼?!"

입으로는 그렇게 말했지만 이미 한계였다.

하지만 그럼에도 밀리나는 웃었다. 허세를 부리고 베네리를 비웃었다.

"나를 비웃지 마아!!"

젊고 우수한 모험가에게 무시당하는 것. 그것은 베네리에게 견디기 어려운 굴욕이었다. 격정이 칼을 둔하게 만든 덕에 밀리나는 살아남았고, 그 사실이 베네리의 신경을 다시 건드렸다. 악순환이 반복된다.

밤의 어둠 속에서 수차례 검격이 번뜩였고, 그와 같은 수의 금속음이 울려 퍼졌다.

몇 번이나 상대의 공격을 버텨냈을까.

양측의 실력 차이를 감안하면, 그녀는 선전하고 있었다.

——하지만 그럼에도 뒤집을 수 없는 또렷한 실력 차가 그곳에 있었다.

아무리 철저하게 방어를 해도 결국은 시간 벌이에 불과하다. 막아내지 못한 참격은 곳곳에 상처를 내, 몸을 붉게 물들였다. 치료해도 흘린 피까지는 돌아오지 않아, 착실하게 마력과 체력이 빠져나갔다.

"으, 윽……."

결국 마력이 바닥나, 기력으로 움직이던 몸이 말을 듣지 않기 시작했다.

"허억허억………… 망할 애새끼, 꼴좋다아……!!"

베네리가 숨을 헐떡이며 상처투성이가 된 밀리나를 향해 가학적인 미소를 지어 보였다.

"……윽."

몸은 안 움직인다. 그럼에도 그녀는 꿋꿋하게 베네리를 노려보았다.

"……마음에 안 드는 눈이야. 하지만 다리를 잃어도 같은 표정을 지을 수 있을지, 어디 볼까, 응?"

양검을 보란 듯이 들이댄다.

"편히 죽을 생각은 말라고. 우선 한쪽 다리를 베어내고…… 아아, 안심해. 죽지 않도록 지혈은 해줄 테니까. 그다음에는 손가락을 하나씩 베서, 배를 찢어 거기에 처넣어주지……!"

그녀의 피에 젖은 양검이 다리에 닿자 상처가 또 하나 생겼다. 고통과 공포가 밀리나의 표정을 조금 흔들어놓았다.

"……큭!"

그녀가 처음으로 겁먹은 표정을 지어 보이자, 베네리가 만족스럽게 웃었다.

"아아, 그래…… 그 얼굴! 끝내주는구만……."

그리고 양검을 번쩍 치켜들어, 밀리나의 발목을 겨누었다.

"약자는 강자 앞에서 벌벌 떨다가, 짓밟히기나 하라고!"

"──동감이다."

목소리가 들렸다. 어디서? 전율하기도 전에 몸이 움직였다.

온 힘을 다해 지면을 박차 그 자리를 벗어난다.

거의 그와 동시에 베네리가 있던 장소에 거대한 무언가가 떨어졌다. 몸을 던지다시피 날려서 아슬아슬하게 그걸 피했지만, 미처 피하지 못한 귀가 약간 썰려 나간 것이 느껴졌다.

직후, 굉음과 모래 먼지. 제대로 정비되지 않은 땅에 거미집 모양의 균열이 갔다.

무시무시한 위력이다. 조금이라도 피하는 게 늦었다면 베네리의 머리는 물론이고 몸까지 달걀처럼 박살 났을 거다.

"젠장, 이번엔 또 뭐야?!"

낙법을 취하며 베네리는 떨어진 무언가를 경계했다. 마술로 거대한 바위라도 떨어뜨렸나 싶었지만, 균열의 중심에는 인간 형태의 무언가가 있었다.

"하지만 기억해둬라. 힘이란 언젠가 반드시, 보다 강한 힘에 짓뭉개지기 마련이다."

거대한 그림자는 몸을 일으키더니, 푸른 쌍인검을 뽑아 들고 베네리와 대치했다.

† 

두 사람이 베네리의 숙소에 도착해보니, 이미 그의 모습은 없

었다. 숙소 여주인에게 물어보니 좀 전에 큰 짐을 들고 나갔다는 모양이다. 흩어져서 찾으려던 그때, 지그 일행을 발견한 여자 모험가가 도움을 청했다.

그녀는 갑자기 웬 남자에게 습격을 받은 참에 누군가가 구해줘서 도망쳐왔다고 했다.

'붉은 머리 여검사가 도와줬지만, 그분도 이길 수 있을지 어떨지 모르겠어요.'

그녀는 필사적으로 도망쳐왔는지 숨을 헐떡거리며 그렇게 말했다. 붉은 머리 여검사라는 익숙한 특징을 들은 순간, 베이츠의 안색이 변했다.

그녀의 상태로 미루어 그다지 시간이 없을 것 같다고 판단한 지그는 대략적인 장소를 물어 베이츠를 내버려 두고 선행했다. 최단 거리…… 건물 위를 달려 현장에 도착해서, 무기를 뽑을 기간도 없을 듯하기에 범인에게 스톰핑(stomping)을 선사한 것이다.

"밀리나, 괜찮냐!!"

지그보다 십여 초 늦게 따라붙은 베이츠가 밀리나를 보호하듯이 버티고 섰다.

"……베이츠 씨, 미안. 나…….”

"아무 말도 하지 마라. 넌 잘했다…… 그리고.”

그렇게 그녀의 상처를 살핀 후, 베이츠가 짐승처럼 으르렁거리며 베네리를 노려보았다.

"드디어 찾았다, 쓰레기 자식…… 넌 내 손으로 죽인다!!”

베이츠가 기염을 토하며 도끼 자루가 바스러지도록 움켜쥐었다.

"──라고 하고 싶지만………… 미안하다, 지그. 부탁 좀 하자."

하지만 그는 갑자기 몸에서 힘을 풀더니 베네리와 대치한 채 지그에게 맡겼다.

"괜찮은 건가? 그렇게 찾던 원수인데."

지그는 상대에게 시선을 고정한 채 베이츠에게 확인했다. 그는 계속 동료의 원수를 갚고 싶어 했다.

"분명 저 자식은 원망스럽지. 쳐 죽이고 싶어…… 하지만 말이다."

베이츠는 원수에게 망설임 없이 등을 돌리더니, 치료 마술이 걸린 약을 밀리나에게 건넸다.

"……나에게는 죽은 동료의 복수를 하는 것보다, 살아있는 동료를 지키는 게 훨씬 중요해."

죽은 자는 되살아나지 않는다. 복수는 죽은 사람이 아니라 자신들을 위한 것이라고 말했다. 격정에 사로잡힌 상태임에도 그는 자신에게 소중한 것의 우선순위를 틀리지 않았다.

지그는 그 뒷모습을 곁눈질로 흘끔 쳐다본 후, 옅은 미소를 띤 채 한마디로 답했다.

"──그렇군. 내게 맡겨라."


"자아, 오래 기다리게 했군. 시작할까."

갑자기 하늘에서 떨어진 덩치 큰 남자는 그렇게 말하며 자세를 낮췄다.

"…………."

대치한 베네리가 말없이 이를 갈았다.

덩치 큰 남자는 오래 기다리게 했다고 했지만, 베네리는 그들이 대화하는 동안 멀거니 서 있지만은 않았다. 새로운 적이 온 순간부터 계속 도망칠 기회를 엿보고 있었다.

그럼에도 그가 이 자리에서 움직이지 않은 이유. 그것은 정면에 선 덩치 큰 남자 때문이었다.

──빈틈이 없다.

계속 긴장 상태를 유지하고 있기는커녕 자연스럽기 그지없는 자세다. 그렇건만 이 남자에게서는 의식의 빈틈이라는 것을 찾을 수가 없었다.

상재전장(常在戰場)이라는 말이 있다. 늘 전장에 있다는 마음가짐으로 매사에 임하라는, 간단히 말하자면 방심하지 말라는 뜻이다.

이 남자의 존재 방식은 어떻게 보면 그와 정반대였다. 언제 죽고 죽이는 싸움이 시작되어도 이상할 게 없는 일촉즉발의 분위기이건만, 마치 일상생활을 하는 듯한 태도다. 전장에 서는 것이 일상 같아 보인다고 해야 할까.

도망칠 기회는 얼마든지 있어 보였다. 하지만 베네리의 직감이, 이 남자에게 등을 보인 순간 살해당할 거라고 경종을 울려댔다.

"약자는 얌전히 짓밟히기나 하라고 했지?"

"……하, 그게 뭐 어쨌다고. 마음에 안 드냐? 약한 자를 구하는 게 강한 자의 의무라고 잔소리라도 하시려고, 어엉?"

고상한 설교는 질리도록 들었다는 듯이 비아냥거렸다.

베네리는 그런 류의 설교가 질색이었다. 강자의 의무니, 약자를 구하라느니, 다 헛소리다. 왜 강한 자신이 약한 자들에게 맞춰줘야만 하는지 이해가 안 됐다.

"말했을 텐데? 동감이라고."

"……뭐라고?"

의미심장한 미소를 띤 지그의 말에, 베네리는 자신도 모르게 되물을 수밖에 없었다.

"요즘 세상에, 약하다는 건 죄악이야. 짓밟히고 싶지 않다면 강해져야지. 힘없는 정의에는 아무런 가치도 없어."

지그의 말을 듣는 동안, 베네리의 얼굴에 일그러진 미소가 떠올랐다. 동류를 찾았다는 듯한, 그런 미소다.

잘만 하면 이곳을 빠져나갈 수 있을지도 모른다고 생각했다.

"하…… 이것 봐라? 제법 얘기가 통하는 자식이었구만. 어때, 나랑 손을 잡…… ."

……지 않겠어? 그렇게 이어가려던 말이.

"──그러니, 이번에는 약한 네가 짓밟힐 차례다."

바위처럼 무거운 말에 짓뭉개졌다.

"…………뭐?"

무슨 말을 들은 것인지 바로는 이해가 안 됐다.

약해? 누가? 설마, 나 말이야……?

머리에 그 말이 녹아들자, 베네리의 눈에서 분노의 불꽃이 타오르기 시작했다.

지그는 그런 그에게 한 손을 내밀더니 까딱까딱, 도발해 보였다.

"덤벼라, 반편이. 각오도 없이 그 길을 택한 대가는 클 거다."

"……이, 새끼가아!!"

흥분한 베네리가 지그에게 달려들었고, 지그가 그를 요격했다.

녹색을 띤 얇은 날과 푸르고 굳센 날.

한때 나란히 놓여 있었던 두 개의 무기는, 다시금 여기서 마주쳤다.

"주우우우욱어어어어어어어!!"

쏜살처럼 달려나간 베네리가 양검을 휘두른다. 민첩한 동작으로 원운동을 이용하는 참격은 마치 인간형 태풍 같았다.

내려치기에서 뒤로 찌르기, 자루를 옆구리에 끼고 후리기. 물러난 지그에게 다시 찌르기.

녹색 선풍이 된 베네리가 종횡무진으로 살의를 흩뿌리고 있다. 지그는 날카로운 참격을 받아낼 뿐 반격은 하지 않았다.

"핫핫하아! 이래도 내가 약하다고 지껄일 거냐아?!"

상대가 반격할 기미를 보이지 않자 우쭐해진 베네리가 회전 속도를 더욱 높였다.

지그는 그 검의 궤도를 보고 과연, 하고 납득한 듯이 고개를 끄덕였다.

"……이걸 다루기 시작한 지 얼마 되지 않았을 텐데, 대단하군."

"이제야 알아챘냐, 허수아비! 하지만 이미 늦었어!"

쌍인검은 다루기가 매우 어렵다. 길이도 그렇지만 양쪽에 날이 달려 있는 무기를 다루려면 상상 이상의 적응력이 필요하다. 잡을 곳이 제한적이다 보니, 형태가 비슷한 창이나 봉술과는 다른 기술이 요구되는 것이다.

그런 것을 베네리는 능숙하게 사용하고 있다고 할 수 있다. 그의 재능은 진짜배기다.

"그렇기에, 약하다."

"……윽?!"

연격의 빈틈에 한 걸음 내디뎌, 막아낸다. 그저 방어했을 뿐인데 베네리의 회전이 멈췄다.

녹색 칼날이 완전히 멈춰버렸다. 그의 회전력은 칼날 끄트머리를 스치다시피 긋는 공격에서 비롯된 것이다. 중심에 다가가 방어하면 그것은 멈춘다.

"이, 게!"

베네리는 되밀어내고자 힘을 줬지만 지그의 쌍인검은 꿈쩍도 하지 않았다.

허와 실을 섞어 교묘하게 체중을 이동해 떨쳐내려 했지만, 소용이 없었다. 애초에 지그는 팔의 힘만으로 베네리의 양검을 억누르고 있는 것이다.

기량으로 어떻게 하려 해도 최소한의 힘은 필요하기 마련이다. 갓난아기의 몸으로는 무슨 수를 써도 어른에게 이길 수 없는 것과 마찬가지로, 지나치게 벌어진 힘의 차이는 기술만으로 메울 수 없다.

그리고 지그는 타고 난 체격에 안주하지 않고, 육체 단련과 기술 연마를 게을리하지 않았다.

재능으로 근력은 키울 수 없다. 재능으로 체력은 키울 수 없다.

베네리는 특출한 재능에 취해, 기초 단련을 너무 소홀히 했다.

"너는 약하다. 그 재능이, 너를 썩게 했다."

지그가 담담하게 내뱉은 말이, 베네리를 더욱 분노케 했다.

"······윽, 으아아아아아아아아!!"

베네리가 포효와 함께 신체 강화를 한계까지 끌어올려 지그의 칼을 쳐냈다.

재능과 함께 타고 난 마력량은 그의 태만을 보완해줄 정도였지만, 그것도 일시적이었다. 아무리 마력으로 강화해도 몸 자체가 약하면 오래 가지 못한다.

억지스러운 강화술과 혹사를 견디다 못해 고통을 호소하는 팔을 무시하고, 쳐올리기에서 돌아 베기.

회심의 일격이라 할 수 있는 공격이다. 베네리의 재능은 이 막판에 와서 자신의 껍질을 다시금 깨고 날카로운 기술을 내지르게 했다.

얇은 날이 이상적인 호를 그리며 지그의 오른쪽 어깻죽지로 쇄도한다.

"아깝군."

그리고 지그 크레인. 마녀를 꺾은 용병은 그걸 맞받아친다.

베네리의 일격을 지그가 때려 맞췄다.

쌍인검의 아래쪽 칼날을 힘껏 쳐올려, 베네리의 얇은 날과 굳센 날이 맞부딪혔다.

올려 베기와 내려 베기. 중력을 이용한 후자 쪽이 압도적으로 유리할 텐데도 튕겨져 나간 것은 베네리의 얇은 날이었다.

무기의 중량, 기술의 숙련도, 그리고 무엇보다도 압도적인 기초 체력의 차이.

그러한 것들이 만들어낸 검의 무게는, 껍질을 한 꺼풀 벗은 정도로 메울 수 있는 것이 아니었다.

지그가 처음으로 반격에 나섰다.

땅이 뒤흔들릴 정도의 다릿심으로 한 걸음을 내디디며 쳐올렸던 쌍인검에 중력을 싣듯이 내려친다.

"이런?!"

그 위력을 상상한 베네리가 놀란 얼굴로 물러났다.

그의 판단은 빨랐지만, 체격 차에서 발생하는 보폭과 팔의 길이, 나아가 내려칠 때 자루를 쥔 손의 위치를 아래로 내린 지그의 참격을 완전히 피하기에는 반걸음 모자랐다.

마구로 전개한 장벽을 깨부수고 반쯤 반사적으로 방어한 양검을, 지그의 쌍인검이 정면에서 때렸다.

마차에 치이기라도 한 듯한 착각이 들 정도의 충격과 꿈이라도 꾸고 있는 듯한 부유감.

배를 울리는 듯한 중저음은 도저히 칼과 칼이 부딪쳐서 일어난 것 같지가 않았다.

"커, 헉……."

폐에서 공기가 새어 나온다. 간신히 무기는 놓치지 않았지만, 양검은 중심 부분이 시옷자로 구부러져 있었다.

자루가 높은 강성을 띤 마수의 뼈로 되어 있지 않았다면 두 동강이 났을 거다.

단 일격을 제대로 받아낸 것뿐인데 이 정도 위력이라니.

"괴……물, 자식……."

무릎을 꿇은 채 베네리가 올려다보았다. 이 덩치 큰 남자는 베네리의 공격을 버텨내고, 이만한 일격을 내질렀음에도 호흡 하나 흐트러지지 않았다.

"말했을 텐데. 힘이란, 더 큰 힘에 짓밟힌다고."

마비되어 감각이 없는 팔을 필사적으로 움직여, 구부러진 양검을 지팡이 삼아 일어난다.

"약자를 짓밟고 나아가는 길은 그런 거다. 타인을 먹잇감 삼는 삶이란, 늘 자신도 잡아먹힐 가능성이 있는 삶이기도 하지. 약육강식── 네가 선택한 길이다."

떨리는 다리를 간신히 움직여 몸을 지탱한 베네리가, 경련하는 목을 쥐어짜 웃었다.

"히, 하핫…… 그러면, 언젠가 너도 잡아먹힌다는 소리가 되잖아! 자기소개를 아주 거창하게 하시는구만……."

베네리는 용납할 수 없었다. 이 남자는 자신과 같은 부류다. 그렇건만 타인의 인정을 받고, 신뢰 받고, 받아들여지고 있다. 자신과 이 남자가 뭐가 다르기에?

"너도 힘으로 타인의 목숨을 짓밟아 온 놈이잖아!! 네놈이랑 내가 하고 있는 짓이, 뭐가 다른데?!"

목을 쥐어짠 듯한 베네리의 통곡이 울려 퍼졌다.

"……다를 것 없지. 나나 너나."

지그가 자조 섞인 미소를 지었다. 그의 손에는 옛 전우의 목숨을 빼앗은 감각이 남아있다.

셀 수 없을 정도로 많은 생명을 짓밟은 끝에, 자신은 이곳에 있다. 그 사실을, 누구보다도 잘 안다.

그러니.

"——이번엔 널 짓밟아주지."

그 말을 신호 삼아 두 남자가 동시에 움직였다.

노리는 것은 상대의 목. 그저 상대의 죽음을 바라며, 뒷일을 생각지 않고 일격을 날린다.

푸른색과 녹색, 두 개의 궤적이 같은 궤도로 적의 목을 치고자 쇄도한다.

한 박자 후, 밤의 어둠에 붉은 피가 피어났다.

찰나의 교차 끝에, 서 있는 것은 한쪽뿐이었다.

"————."

한 줄기 선이 지그의 뺨을 타고 흐를 즈음, 이윽고 붉은 막이 내렸다.

뺨을 타고 흘러내린 선혈이 땅에 떨어짐과 동시에, 머리를 잃은 시체가 둔탁한 소리를 내며 쓰러졌다.

머리는 허공을 날아 뒤늦게 피 웅덩이에 떨어져 끈적한 물소리를 냈다.

"그 머리, 받아가마."

쌍인검을 한 차례 휘둘러 피를 털어낸 후, 지그는 베네리였던 것의 머리를 쥐었다. 놀란 나머지 휘둥그레진 눈을 감겨주려다가, 그만뒀다. 녀석에게는 필요 없으니.

4등급 모험가, 베네리 라스케스. 천부적이라 할 정도의 재능을 지녔던 그는, 매우 덧없는 최후를 맞았다.

"……그래서, 넌 어쩔 거지?"

지그가 그렇게 말하며 시선을 돌리자, 언제부터 있었는지 건물 뒤에 등을 기대고 있던 인물이 모습을 드러냈다.

풀어헤친 약식 전통 의상에 붉은 눈. 대나무 잎 모양 귀를 지닌 청년, 라이카가 달빛 아래서 웃고 있었다.

"이야아, 한발 늦었네. 설마 형씨까지 이 일에 뛰어들 줄은 몰랐어."

그는 딱히 뜻밖의 일도 아니라는 듯이 어깨를 으쓱하더니, 시선을 베네리의 머리를 잃은 시체로 돌렸다.

시시하다는 듯이 싸늘하게 식은 그 눈빛은, 마치 하잘것없는 물건을 쳐다보는 듯했다.

"그나저나…… 시시한 녀석이었네. 멋대로 죽여 놓고 마지막 순간까지 자신이 살해당할 각오도 못 하다니."

라이카는 지그가 든 머리를 향해 비웃는 듯한 시선을 보냈다.

"미안하다. 옆에서 가로채는 모양새가 되어서."

"현상금 사냥꾼은 기본적으로 빠른 사람이 임자거든. 게다가 사냥감을 빼앗긴 건 유감이지만, 이런 반편이를 베어봐야 재미없었을 테니까."

그는 정말로 괜찮다기보다는 관심이 없다는 듯이 어깨를 으쓱했다. 베네리와 대조적으로 라이카는 강자를 베는 데 관심이 있는 듯했다.

"그 대신, 언젠가 나랑 대련해줘. 그게 더…… 응, 훨씬 재미있을 것 같아."

일방적으로 그렇게 말하더니 그럼 안녕, 하고 손을 흔들며 어둠 속으로 모습을 감췄다.

"끝난 건가."

목소리가 들려와 그쪽을 돌아보니, 밀리나를 업은 베이츠가 있었다. 그녀의 부상 자체는 응급조치를 한 듯하지만, 잃은 체력까지는 회복되지 않은 모양인지, 베이츠의 등에 업힌 채 파랗게 질린 얼굴로 잠들어 있었다.

지그가 말없이 베네리의 머리를 내밀었다.

"아아…… 이제 드디어, 그 녀석들에게……!"

원수의 머리를 본 베이츠는 환희에 찬 표정을 지었지만, 그 눈에는 씻어낼 수 없는 슬픔이 떠올라 있었다.

"……그나저나 참, 허무하군그래. 복수란 건."

기쁨은 잠시뿐. 얼마 안 가서 그는 침울한 표정을 지었다.

"……그렇군."

그에게 할 말을 지그는 가지고 있지 않았다.

복수는 정당한 것이라든가, 남겨진 자의 마음에 매듭을 짓기 위한 일이라든가, 겉치레를 할 만한 말은 떠오른다. 하지만 진정한 의미에서 복수라는 것을 이해하지 못한 탓에, 지그는 선뜻 그 말을 건네기가 망설여졌다.

전쟁이란 어떻게 보면 복수의 연쇄다. 전쟁으로 가족을, 동료를 잃은 인간이 복수를 한답시고 적국의 인간을 죽인다. 살해당한 인간의 가족과 동료가 그 복수를 위해 죽인다. 그것이 전쟁이 지닌 하나의 본질이다.

전쟁에서 용병은 복수 대행의 첨병이라 할 수 있으리라. 누구보다도 복수에 관여해온 지그가 아직도 복수란 것을 이해하지 못한 것은 그야말로 처절한 아이러니라 할 수밖에 없으리라.

손에 든 머리를 주머니에 넣은 후, 지그가 쌍인검을 짊어지고 발걸음을 돌렸다.

"그래도, 이번에는 지켰잖아."

지그의 말에 베이츠는 등에 업은 밀리나를 보았다. 베이츠가 복수심을 완전히 버리지 못했기에 그녀를 구할 수 있었다. 복수를 위해 움직였기에, 지켜낸 목숨도 있었던 것이다.

"그렇군…… 그래, 결과가 좋으면 다 좋은 거지."

등에 느껴지는 온기를 보물처럼 조심스럽게 고쳐 업은 후, 베이츠는 자랑스럽게 그렇게 말했다.


일어난 소동에 비하면 어이없게 결판이 났다.

얼마 후, 머리를 베이츠에게 넘긴 지그에게는 현상금이 지급되었다. 어째서인지 그걸 가져온 게 밀리나여서, 시어셔가 위협하는 장면이 연출되기는 했지만…… 뭐, 그건 아무래도 좋다.

"또 일을 하셨나요?"

위협할 때 헝클어진 머리카락을 지그에게 빗게 하며 시어셔가 물었다. 그녀의 위협에 밀리나는 불쌍할 정도로 위축되고 말았지만, 그럼에도 꿋꿋하게 일전의 일에 대한 감사 인사를 했다.

"의뢰는…… 아니라고 생각했지만, 결과적으로는 그렇게 됐나."

모험가 활동에 필요한 장비를 갖추려면 돈이 든다. 전쟁으로 돈을 벌 수 없으니, 자금은 많을수록 좋다.

착각을 계기로 관계가 생겨나 이렇게 의뢰를 받게 되었으니, 이 무슨 기연(奇緣)이란 말인가.

선배 용병이 사람과의 인연은 일에도 영향을 미친다는 소릴 자주 했었는데, 아예 무시할 수는 없을 것 같다.

"저기, 지그 씨."

"……응? 뭐지?"

옛날 일을 떠올리느라 반응이 늦어진 지그가 되묻자, 그녀는 뒤로 돌아 푸른 눈으로 그를 바라보았다.

"저기…… 역시 원래 있던 대륙으로 돌아가고 싶다고…… 생각한 적이 있으신가요?"

시어셔의 눈동자가 흔들리고 있다. 잠시뿐이었지만, 덧없는 분위기를 띤 그 눈은 그녀가 마녀라는 사실을 잊게 했다. 평소의 여유로운 표정 때문에 착각하기 일쑤지만, 그녀는 그다지 정서가 안정적인 편이 아니다. 관심 없는 것에 반응하지 않는 것뿐이다.

그런 그녀가 던진 질문은, 뒤집어 생각하면 시어셔가 지그의 속마음이나 생각에 관심이 있고, 그걸 알고 싶어한다는 증거였다.

요컨대, 그녀는 불안했던 것이다. 감정을 잘 내색하지 않는 지그가 무슨 생각을 하고 있는지, 어떻게 느끼고 있는지를 알고 싶었다. 단지 그뿐이다.

"……흐음."

궁지에 몰려도 표정이 바뀌지 않는 건 전장에서 이점으로 작용한다는 말은 지도 담당인 부단장에게 들었지만, 이런 상황에 불안해하는 의뢰인에게 대처하는 법은 배우지 못했다.

지그는 내색하지 않은 채 조금 초조해져서 뭐라고 답할까 고민했다. 시어셔는 입을 다문 그를 보고 더더욱 불안해졌다.

──좋지 않은 균형이라는 생각이 들었다.

"윽?!"

그래서, 움직였다.

빗을 놓고 오른손을 시어셔의 머리에. 그녀가 놀라도 개의치 않고 슥삭슥삭 아무렇게나 쓰다듬는다.

모처럼 빗은 머리카락이 푸석푸석해졌다.

"저, 저기……."

"전쟁이 없다는 소릴 들었을 때는, 어떻게 먹고 살지 고민이었는데."

뭐라고 하려던 그녀의 말을 가로막고 지그가 입을 열었다. 결국 무슨 말을 해야 할지는 떠오르지 않았다. 하지만 뭐, 그건 문제없을 거다.

"하지만 내 일거리는 어디에나 굴러다니고 있고, 요즘에는 마술이라는 길거리 공연도 매일 볼 수 있지."

지그 본인은, 지금의 생활에서 싫증을 느낀 적이 없다. 그렇다면 생각한 바를 입 밖에 내면 된다.

"……나쁘지 않아."

그렇게 마무리 짓고는 머리에 얹었던 손을 떼고서, 다시 빗을 들고 턱짓으로 앞을 보라고 했다.

"……네."

그렇게 푸석푸석해진 머리를 다시 빗기 시작한다. 처음에 비하면 상당히 익숙한 손놀림으로 빗질을 하고 있지만, 지그는 여전히 앞을 보고 있는 시어셔가 어떤 표정을 짓고 있는지 알 수 없다. 하지만 확인할 생각도 없었다.

"지그 씨, 지그 씨."

"뭐지?"

"좀 더 세게 해주세요."

그녀의 요구에 따라 조금 세게, 하지만 조심스럽게 머리를 빗어 나간다.

조금 전까지의 묘한 분위기는 말끔하게 사라져 있었다.

"그러고 보니, 너를 공격했다는 남자, 죽었다."

화제를 바꾸자 그녀는 고개를 갸웃하려다가…… 머리를 빗는 중이었다는 걸 떠올리고는 관뒀다.

"아아~? ……그런 일이 있었던가요?"

시어셔의 반응이 신통치 않다. 그녀의 머릿속에서는 이미 지난 일로 처리된 듯하니, 이대로 잊힐 것이다.

"뭐, 다 그런 거지."

타인을 먹잇감 삼는 인간이, 보다 강한 자에게 잡아먹혀 잊혀 간다. 자신들 같은 인간에게는 어울리는 최후일지도 모르겠다.

"……나는 언제까지, 거기에 저항할 수 있을까."

"지그 씨?"

중얼거린 말에 반응한 그녀에게 아무 것도 아니라고 답하며 머리를 빗는다.

언젠가 자신보다 강한 자에게, 당해내지 못할 상대에게 잡아먹혀 죽는다.

그건 괜찮다. 그럴 각오는 한참 전부터 되어 있었으니까.

하지만 그렇게 된다 해도……. 눈앞에서 사람의 손길을 받는 고양이처럼 눈웃음을 짓고 있는 시어셔를 바라보았다.

그렇게 된다 해도, 그녀는 지켜야만 한다.

"……의뢰, 니까."

뒤늦게 생각이 난 듯, 그렇게 덧붙여 말했다.

# 후기

늘 신세가 많습니다, 작가인 초호키테키 카에루입니다.

여러분 덕분에 무사히 2권을 낼 수 있었습니다. 우선 그 사실에 감사를.

1권 이후 되도록 빨리 내고자 담당 편집자분과 여러모로 의논한 결과, 상당히 빡빡한 일정이 되었지만 후회는 없습니다.

기대되는 책은 빨리 읽고 싶잖아요. 저도 학창시절에는 서점을 들락거리며 언제 다음 권이 발매될까, 하고 다음 달 간행 일람을 보고 일희일우하고는 했습니다.

설마 제가 다른 사람을 기다리게 하는 쪽이 될 줄은 꿈에도 몰랐지만…… 기다려주신 것 맞죠?

자아, 2권은 모험가 활동에도 적응이 되기 시작한 두 사람이 사건에 휘말려들고, 그 사건에 관계하기도 하는 내용입니다.

1권은 마수가 많이 등장한 것에 비해 2권은 대(對) 인간…… 지그의 특기 분야와 관련된 사건이 핵심입니다. 그럼에도 환경이 다르면 대처 방법도 다르기 마련. 인식 차이와 오해, 성가신 세력과의 충돌로 고생할 일도 많겠죠. 앞으로 그러한 문제와 얽히기도 하는 지그와 시어서, 두 사람의 모습을 기대해 주십시오.

웹소설판을 읽어주신 분들은 '그 복선을 여기서 회수하나!'라고 하실지도 모르겠네요. 핫핫하, 서적화를 예상하고 깔아두었던 복선을 성공적으로 회수했군요. 이것이 저의 구성력이랍니다. 두려우십니까? ……죄송합니다, 거짓말이에요. 대충 깔아놨던 복선을 추가 가필 과정에서 써먹을 수 있을 것 같아서 회수한 것뿐입니다.

이렇게 개인적 취향으로 떡칠을 한 마니악한 소설이 서적화될걸 예상할 수 있을 리가 없잖아요. 아키하바라에 약 7.5미터나 되는 거대 광고가 공개된 걸 본 순간, '어라, 이거 생각했던 것보다 일이 커진 것 같은데?'라는 생각을 하고 새삼 긴장하기 시작한 저 같은 놈이 말이에요.

그리고 놀랍게도, 이번에 만화화가 결정되었습니다. 작화를 담당해주시기로 한 건 미야키 마사토 선생님입니다.

아직 콘티밖에 못 봤지만, 약동감 넘치는 일러스트와 귀엽게 그려진 시어셔에게 한눈에 반해버렸습니다. 지그의 중후함과 시어셔의 귀여움을 양립시키기는 아주 어려울 거라 생각했던지라, 어느 한쪽을 희생할 필요가 있을지도 모른다고 생각했었는데…… 역시 프로. 일반인의 얕은 생각을 손쉽게 뛰어넘어 주셨습니다.

아니, 정말로 시어셔가 귀엽다니까요…… 저도 독자 여러분과 함께 목이 빠져라 기다리는 중입니다.

3권도 되도록 오래 기다리지 않으셔도 되게끔 낼 테니, 만화판과 함께 기대해주세요.

끝으로 늘 꼼꼼하게 문장과 이야기의 모순 등을 지적해 주시는 담당 편집자님. 저의 자잘한 주문에도 빠짐없이 응해주시는 카나세 벤치 님.

그밖에도 여러 면에서 지탱해주신 여러분과 응원해주신 독자 여러분.

언제나 정말 감사합니다. 앞으로도 최선을 다하도록 하겠습니다.

MAJYO TO YOUHEI Vol.2
©2023 by Chohokiteki Kaeru / Kanase Benchi
All rights reserved.
First published in Japan in 2023 by MICRO MAGAZINE, INC.
Korean translation rights reserved by Somy Media, Inc.

# 마녀와 용병 2

**2025년 2월 15일 1판 1쇄 발행**

저　　　자 초호키테키 카에루
일 러 스 트 카나세 벤치
옮 긴 이 정대식
발 행 인 유재옥
담 당 편 집 정영길

이　　　사 조병권
출판본부장 박광운
편 집 1 팀 박광운
편 집 2 팀 정영길 조찬희 박치우
편 집 3 팀 오준영 이소의 권진영 정지원
디자인랩팀 김보라 이민서
디지털사업팀 김경태 김지연 윤희진
콘텐츠기획팀 박상섭 강선화
라이츠사업팀 김정미 이윤서 임지윤
영업마케팅팀 최원석 이다은 윤아림
물 류 팀 허석용 백철기
경영지원팀 최정연
인쇄제작처 ㈜코리아피엔피
발 행 처 ㈜소미미디어
등　　　록 제2015-000008호
주　　　소 서울시 마포구 토정로222, 502호 (신수동, 한국출판콘텐츠센터)
판매 및 마케팅 (070) 8822-2301

ISBN 979-11-384-3294-8 (04830)
ISBN 979-11-384-3216-0 (세트)